HIMMELSTÜRMER VERLAG

Originalausgabe, 1. Auflage
Veröffentlicht im Himmelstürmer Verlag
Hochallee 114, 20149 Hamburg

Herausgeber: Achim Albers
Lektorat: Ingid Heinz
Umschlaggestaltung: Albert Morell, Hamburg
Druck: Interprint Limited
ISBN 3-934825-02-8

citizen_b

Mein Name ist Faust

Himmelstürmer Verlag

für Ulf

1

HAPPY BIRTHDAY, DOKTOR FAUST

Frankfurt/Main. Samstag, 28. August 1999. Goethes 250. Geburtstag. Das weiß ich, auch ohne in die Zeitung zu schauen. Schließlich ist heute auch mein Geburtstag. Der Vierzigste!
Wenn ich mich kurz vorstellen darf: Mein Name ist Faust. Doktor Johann Wolfgang Faust.
Diesen enorm originellen Namen verdanke ich meinem Vater, der ein glühenden Bewunderer des Dichterfürsten war. Mein Vater war von allem fasziniert, was mit Goethe zu tun hat. Vor allem aber von Faust, denn das ist ja schließlich unser Familienname.
Es ist Mittag und ich bin mit der S-Bahn unterwegs. An der Konstabler Wache steige ich aus und fahre mit der Rolltreppe hoch auf die Zeil.
Bombenwetter.
Die Stadt Frankfurt hat sich für den Ehrentag ihres bedeutendsten Sohnes mächtig ins Zeug geworfen: Wohin man schaut: Goethe, Goethe, Goethe... Lieder-Chöre, Lesungen, Theateraufführungen. Des Dichters Konterfei ziert T-Shirts und Tüten der vorbeieilenden Passanten...
Im Schaufenster von Chic & Adrett gibt es eine ganz spezielle Goethe-Deko: Eine Figur des hochbetagten Dichters und Denkers, überlebensgroß und superniedlich, sitzt auf einem Plüsch-Pegasus, der sich dank Hydraulik wie ein Karussellpferdchen auf und nieder bewegt.
„So hoppelt er dahin, der unwürdige Greis", denke ich während ich an dem Schaufenster vorbeieile. Über die Straße und auf den Erzeugermarkt.

Ein unrasierter Bursche mit fettigen Haaren und unvorteilhaften Klamotten aus der Altkleidersammlung wankt auf mich zu und ruft: „Tot! Tot! Ihr seid alle tot!“ Der arme Junge verteilt Zettel, auf denen in ungelenker Schrift „Jahr 2000: Armageddon!“ zu lesen ist. Ich lasse den selbsternannten Propheten links liegen und steuere direkt auf die Ecke mit den Äppelwoi-Ständen zu.
Zur Feier meines Vierzigsten leiste ich mir ein Gläschen Sekt. Es ist niemand da, den ich kenne, was mich wenig wundert: Die meisten Tucken aus meinem Bekanntenkreis liegen samstagmittags noch im Bett und schnarchen. Also stoße ich sozusagen mit mir selbst an und lasse mein verpfuschtes Leben vor meinem geistigen Auge Revue passieren. Vierzig und fertig: Doktor der Biologie, in der Forschung gescheitert, arbeitslos, Bauchansatz, Haarausfall, selbstmordgefährdet und schwul.
„Prost!“, sage ich zu mir selbst, nippe an dem Sektglas und knipse mir eine Kippe an.
Ah, dieser würzige Geschmack!
Ich trinke, rauche und schaue mich um: Ein rotgesichtiger Hypertoniker kurz vorm Infarkt mit vollgestopften Einkaufstüten kauft Karnickelfutter, ein frisch verliebtes Heten-Pärchen stolziert Hand in Hand einher, ein schwules Landei mit C-&-A-Fähnchen an der Jeansjacke sucht vergebens Anschluss, überforderte Eltern versuchen ihren unerzogenen, laut nörgelnden Stammhalter zu beruhigen...
Gerade beobachte ich besagtes quengelndes Kleinkind. Von links kommt ein rosagefärbter Zergpudel mit FCI-Schur ins Bild. „Ein rosa Pudel?!“, flüstere ich mir selbst zu und vergesse für einen Augenblick an meiner Zigarette zu ziehen. Der Köter nähert sich dem Kind, kläfft und beißt dann blitzschnell ins Bein des kleinen Rackers.

Einen Augenblick später ist die Töle in der Menge verschwunden. Blut fließt. Tränen sowieso. Ich weiß nicht, was ich dazu sagen soll!
Ich kippe den Sekt runter und trolle mich die Zeil entlang Richtung Hauptwache.

Am Bauzaun, hinter dem einst das legendäre Kaufhaus Schneider stand, haben Obdachlose ein lebendes Goethe-Denkmal geschaffen: Einer von ihnen, mit einem schmuddeligen, ehemals weißen Bettuch und albernen Hut ausgestattet, hat es sich auf einem Bretterhaufen in der Pose von „Goethe in der römischen Campagna“ des Malers Tischbein bequem gemacht. Zwei weitere sammeln mit Plastikbechern Geld. Gutgelaunt spendiere ich zwei Mark.
Ein paar Schritte weiter registriere ich dunkelviolette „Gay Justice“-Graffiti an der Fassade der ehemaligen Hauptpost. Sie sieht man im Augenblick überall in Frankfurt.
Schon bin ich an der Hauptwache. Im Vorübergehen beobachte ich die jungen Skateboarder, die hier ihre kleinen Kunststücke vorführen. Lauter hübsche Jungs. Einer gefällt mir besonders gut. Seine blonde Mähne ist ein klein wenig zu lang. Und ein bisschen arg ungeschickt stellt er sich auf seinem Skateboard auch an. Aber das macht er durch sein umwerfendes Lächeln mehr als wett. Was für ein süßer Kerl! Ob ich bei ihm landen könnte? Hm...
Plötzlich bewegt sich etwas in meiner Hose. Spontan auftretendes Stangenfieber!
Ich laufe die Fressgass lang und singe still vor mich hin: „Wenn die Nudel drückt, werd ich verrückt. La la la la la...“ Leider hab ich den Rest des Textes vergessen.

Bevor ich es mir recht überlege, bin ich am Opernplatz angelangt. Direkt vor dem U-Bahn-Eingang. Ich fahre die Rolltreppe runter und stehe vor dem Eingang zum Männer-WC.

„Warum zur Hölle nicht!“, denke ich und öffne die Tür. Niemand da. Ich stelle mich an die Pissrinne und hole mein bestes Stück aus der Hose. Mit kleinen kreisenden Bewegungen bringe ich ihn schnell wieder auf Vordermann.
Ich höre, wie die Tür aufgeht und tue so, als würde ich hier nur so zufällig herumhängen und gelangweilt vor mich hin urinieren. Jemand stellt sich direkt neben mich und knöpft seine Hose auf.
Vorsichtig riskiere ich einen Blick: Ein verdammt gutaussehender, braungebrannter Bursche, vielleicht gerade mal 20, mittelgroß, muskulös, kurzes schwarzes gewelltes Haar, grüne Augen, volle geschwungene Lippen. Er trägt Nike-Turnschuhe, Texashosen, ein malvenfarbenes T-Shirt mit V-Ausschnitt und dem Aufdruckt: „ARF! ARF!“ sowie eine Millennium-Uhr von MacDonald's. Er lächelt mir frech zu. Mit dem Schwanz, den er mir jetzt keck präsentiert, könnte er glatt jemanden totschlagen.
Mein Herz rast. Schweißperlen bilden sich auf meiner Stirn. Ich schau ihn wie hypnotisiert an und spüre, wie er nach meinem pulsierenden Glied greift. Das fühlt sich ganz fantastisch an! Innerhalb von Augenblicken bin ich jenseits von Gut und Böse. Bibbernd vor Lust lasse ich es ganz einfach kommen. Wie ein Vulkanausbruch! Die Ladung schleudert gegen die kalte, gekachelte Wand des Pissoirs. Er selbst bleibt ganz gelassen, packt ein und knöpft die Jeans wieder zu. Dann zwinkert er mir zu und

flüstert: „Happy birthday, Doktor Faust!“ Bevor ich mich wieder fangen kann, ist er weg.

Später, in meiner bescheidenen Zwei-Zimmer-Wohnung in Frankfurt-Griesheim: Ich sitze auf meinem Stuhl an meinem Tisch, rauche und trinke eine Tasse Instant-Kaffee. Die Stereo-Anlage nudelt eine Kassette mit alten Elvis-Costello-Hits.
„Mann, war das gut!“, murmele ich vor mich hin.
Es klopft an der Tür. Hat sich doch noch jemand an meinen Geburtstag erinnert? Ich schlurfe zur Wohnungstür und öffne.
Vor mir steht der Typ von der Klappe am Opernplatz!
„Hallo-o!“, sagt er und grinst entwaffnend, „Doktor Faust? Wollen Sie mich nicht hineinbitten?“
„Bitte...“, höre ich mich heiser brabbeln. Ich bin völlig verblüfft.
Das lässt er sich nicht zweimal sagen und schon ist er im Wohnzimmer.
„Mein Gott! Was für ein Loch!“ Er schaut sich um. „Schmutzige Socken sollte man niemals auf dem Fußboden liegen lassen. Man weiß nie, ob nicht vielleicht unverhofft Besuch auftaucht.“ Er setzt sich auf meinen Stuhl und duzt mich: „Du kannst mich übrigens Jack nennen.“
Jack deutet auf meinen zweiten Stuhl, auf dem sich Zeitschriften und Zeitungen stapeln: „Setz dich. Wir müssen reden.“
Ich räume das Altpapier weg und setze mich hin.
„Du kennst doch Goethes Faust. Der Teufel wettet mit dem lieben Gott, dass er die Seele des Gelehrten Faust korrumpieren könnte. Also bietet der Teufel Faust die Achterbahnfahrt seines Lebens an: Jugend! Abenteuer!

Erkenntnis! Sex! Sex! Sex! Solange Faust immer noch mehr will, ist alles Bingo. Aber wenn er sich selbstzufrieden in die Ecke setzt und meint, es wäre jetzt gut, dann ist seine Seele verloren." Jack schenkt mir einen Blick wie ein Versicherungsvertreter kurz vor dem Abschluss. „Und, mein lieber Wolfi, genau diesen Deal möchte ich dir heute anbieten!"
Ich bin sprachlos.
„Ich sehe schon, du glaubst mir nicht", stellt Jack fest. „Aber das ist okay. Komm mit, ich will dir jemanden vorstellen."

Wir verlassen meine Wohnung. Vor dem Haus steht mit laufendem Motor Jacks Auto quer über den Bürgersteig. Ein feuerroter Ferrari F-50. Ich registriere das Kennzeichen: JA-CK 666. Wir steigen ein und schon gibt Jack Gas. Der Wagen schießt mit quietschenden Reifen über die rote Ampel auf die Mainzer Landstraße. Jack setzt sich eine verspiegelte Sonnenbrille auf die Nase und macht das Radio an: Gerade können wir noch die letzten Takte von Rudi Carells „Goethe war gut" hören, schon folgt France Gall mit „Ein bisschen Goethe, ein bisschen Bonaparte", während wir mit atemberaubendem Tempo stadteinwärts, am Main entlang und schließlich über den Fluß nach Sachsenhausen rasen.
Wir halten vor der Alt-Sachsenhausener Traditions-Äppelwoi-Wirtschaft „Zum Blauen Bembel" und gehen rein. Brechend voll, aber es ist ja auch Samstagabend. Jack steuert direkt auf das Hinterzimmer zu. Von einem Tisch ganz hinten, neben dem Gang zu den Toiletten, winkt ihm eine Gestalt zu. Weiblich, irgendwo jenseits der Dreißig. Auf einem hochgewachsenen spindeldürren Körper thront ein überproportional großer Kopf. Krause blonde

ungepflegte Locken. Sie mustert mich durch die tropfenförmigen Gläser einer alten Ray-Ban-Sonnenbrille. Ihr kleiner hässlicher Mund - mit anscheinend chronisch herunterhängenden Mundwinkeln - bewegt sich. Wort schlüpfen heraus.
„Das soll er sein?“ Sie scheint enttäuscht.
„Wart‘s mal ab, Schätzchen“, erwidert Jack guten Mutes.
Wir setzen uns. Überraschend schnell kommt ein Kellner mit der Karte. Voll die Schwester, wie mir mein untrüglicher Kennerblick sofort verrät.
„Bring mir noch einen Long Island Ice Tea“, Jacks Bekannte reicht ihm ihr leeres großes Äppelwoi-Glas. Ich registriere ihre abgekauten Fingernägel. „Und“, fährt sie fort, „Grüne Soße mit Eiern.“
Ich wähle Handkäs mit Musik und einen Sauergespritzten.
Jack blättert in der Karte.
„Ich nehme ebenfalls einen Sauergespritzten“, entscheidet Jack schließlich, „und einmal Haspel mit Kraut.“
Haspel ist eine schwabbelige, weichgekochte Schweinshaxe. Eine Frankfurter Spezialität.
Während die Saaltochter von dannen wackelt, wendet sich Jack an die geheimnisvolle Sonnenbrillenträgerin: „Da fällt mir ein: Wie repariert man eine ausgeleierte Muschi?“
„Keine Ahnung.“
„Man steckt eine Haspel rein und zieht den Knochen raus.“
Eisiges Schweigen.
„Und?“, fragt die Unbekannte eine halbe Ewigkeit später und deutet mit dem Daumen auf mich.
Jack legt seine Hand auf meine Schulter: „Ein waschechter Faust. Heute vierzig geworden. Ein Studierter. Mit Doktorhut. Forscher. Eine richtige Labor-Ratte. Er hat an einem Impfstoff gegen das Ebola-Virus gearbeitet, aber

das Projekt wurde gestoppt. Kein kommerzielles Potential. Dann hat er heimlich menschliche Zellen geklont. So nebenbei. Zu seiner eigenen Erbauung. Das kam dummerweise raus und hat ihn seinen Job gekostet. Die ganze Geschichte wurde natürlich vertuscht. Das ist schon ein paar Jährchen her. Seither hadert er mit dem Schicksal und spielt mit dem Gedanken, sich umzubringen. Kann man das so sagen?"
Die Frage ist an mich gerichtet. Ich sage „Hmpf".
„Menschliche Zellen geklont? In der Mittagspause ein bisschen Gott gespielt, was?" Sie scheint amüsiert, schenkt mir ein mißglücktes Lächeln und schüttelt kraftlos meine Hand. „Du kannst mich übrigens Angela nennen." Angela hat eine wirklich unangenehme säuerliche Fahne. Zu Jack gewandt, meint sie: „Ich denke, er ist in Ordnung."
Die Getränke werden gebracht. Sie nimmt erst einmal einen guten Schluck von ihrem Longdrink. Und dann noch einen.
„Also, Faust. Du bist informiert, oder? Zur Ehre des Tages, Goethes Geburtstag, wie du sicher weißt, rekonstruieren wir die Wette aus dem ersten Teil von Faust. Der Herr und Mephisto wetten, ob es Mephisto gelingt, Faust vom rechten Wege abzubringen. Der rechte Weg ist: Das Streben nach Erkenntnis, gute Werke und pada-bim, pada-bam, pada-bum. Ich hoffe, du hast zu Hause eine Faust-Ausgabe und liest dir das mal genauer durch. Jack wird dir also die Ecken und Enden der Welt zeigen. Und natürlich wird er versuchen dich aufs Glatteis zu führen. Er ist ein gottverdammter Lügner und Schuft. Wenn du dich auf diese Geschichte hier einläßt, dann darfst du eins nie vergessen: Er ist das Böse selbst!"

Angela nimmt einen weiteren guten Schluck und winkt mit dem leeren Glas nach der Bedienung.
„Woher weiß ich eigentlich, ob ihr mich nicht total verarscht? Ich meine, ist das hier die versteckte Kamera oder so was?“, frage ich trotzig, nur um überhaupt mal etwas zur Konversation beizusteuern. Im Grunde habe ich die schwindelerregende Ahnung, dass alles wirklich so ist, wie Jack und Angela es mir schildern.
„Okay, Faust, was sagst du dazu?“, Angela setzt ihre Sonnenbrille ab und schaut mich an.
Ich blicke in ihre wässerigen blauen Augen und sehe, was dahinter liegt. Heaven inside. Unendliche Weiten. Ein zeitloses, eisblaues Vakuum, das mich mit Haut und Haaren aufsaugen möchte. Sie setzt die Brille wieder auf und seufzt.
„Noch Fragen?“
Ihr nächster Drink wird gebracht. Ich bin platt und zünde eine Zigarette an.
„Und um was habt ihr gewettet?“
Jack schenkt mir ein gewinnendes Lächeln: „Der Verlierer schuldet dem Gewinner eine Kiste Veuve Monsigny. Der gute Aldi-Schampus, weißt du?“
„Also, was ist jetzt?“, will Angela wissen. „Machst du mit?“
„Na klar mach ich mit!“, platzt es aus mir heraus.
„Ausgezeichnet! Dann musst du jetzt hier unterschreiben!“ Sie zieht einen verknitterten Zettel mit geheimnisvollen Zeichen aus ihrer Handtasche sowie ein Schweizer Taschenmesser, das sie sogleich aufklappt. „Mit Blut!“
Bevor ich reagieren kann, schneidet sie blitzschnell in die Fingerkuppe meines rechten Zeigefingers.
„Aua!“

„Stell dich nicht wie ein kleines Mädchen an!“, weist sie mich scharf zurecht.
Blut tropft auf das Papier.
„Das war es auch schon. Blut ist ein ganz besond´rer Saft!“ Sie packt das blutverschmierte Schriftstück in ihre Handtasche, leert ihr Glas in einem Zug, erhebt sich und sagt im Gehen: „Ich muss jetzt los. Wir sehen uns.“
Schon ist sie fort.
„Ich mach mich dann auch auf die Socken. Wir telefonieren. Ciao, Wolfi.“ Jack drückt mir einen kleinen Kuss auf die Stirn und ist genau so schnell verschwunden wie seine Wettpartnerin.
Ich sitze da, den blutenden Finger im Mund. Und jetzt kommt der Kellner mit dem Essen.

2

DAS KLEINGEDRUCKTE

Sonntag, 29. 8.: Es ist schon Abend, als ich aus einem Alptraum hochschrecke.
Irgend etwas mit Engeln und Teufeln. Bleiche, blonde Engel mit Flügeln aus weißen Daunenfedern. Nackt, aber auf eine eher unerotische Weise.
Ihre satanischen Widersacher dagegen sind ziemlich sexy: Muskulöse, glutäugige Latin Lover. Blutjung, mit knackigen Hintern und rötlich schimmernder Haut. Hörner wachsen zwischen den dunklen Locken aus ihren Häuptern. Und zwischen den Beinen: Oh la la!
Jedenfalls kämpfen die himmlischen Heerscharen mit der Armee der Finsternis um meine arme verlorene Seele...
„Au weia!“, stöhne ich und starre auf meinen rechten Zeigefinger, den ein Pflaster ziert. Ich spüre, wie die Wunde darunter pocht. Schon sind die klischeehaften Gestalten aus meinem Traum wie weggewischt. Statt dessen erscheinen der diabolische Jack und die engelhafte Angela vor meinem geistigen Auge.
Jetzt fällt mir alles wieder ein: Die himmlische Schnapsdrossel und der hübsche Satansbraten haben gewettet, ob es ihm gelingen wird, mich vom rechten Weg abzubringen. Um eine Kiste Aldi-Schampus! Und ich selbst bin - einfach so und ohne Not - einen Pakt mit dem Leibhaftigen eingegangen.
Das alles ist wirklich passiert!
Ich spüre, wie aus der Tiefe meines Inneren eine Panikattacke von der Größe eines ausgewachsenen Blauwals in mir aufsteigt.

„Jesus Christus!“ Schon bin ich aus dem Bett gesprungen und in der Küche. Erst mal Kaffee. Und eine Zigarette.
Jetzt bloß nicht durchdrehen. Nachdenken.
Angela gab mir den Tipp, Einzelheiten über die Wette zwischen Gottvater und Mephisto und Fausts Pakt mit dem Teufel bei Goethe nachzuschlagen.
Den halben Meter Goethe, den mir meine Eltern hinterließen, hab ich allerdings längst schon ins Antiquariat geschafft. Zusammen mit den Schriften von Schiller und Dingsda und Sowieso und der in Leder gebundenen „Mein Kampf“-Ausgabe meiner Großeltern mütterlicherseits, mit Widmung „Dem glücklichen Brautpaar“.
Aber das macht nichts!
Ich angle einen schäbigen alten Schuhkarton mit alten zerfledderten Comicheften vom Küchenschrank. Darin sind ein paar Ausgaben von „Die Spinne“, „Wastl“, „Superman und Batman“ usw. Zielsicher ziehe ich die Ausgabe Nr. 129 aus der Reihe „Illustrierte Meisterwerke“ heraus: „Johann Wolfgang v. Goethe - FAUST“.
Einer der Höhepunkte meiner Kindheit war es, ein Comic zu besitzen, auf dem in großen Lettern mein Name stand.
Ich mach es mir mit einem Becher Kaffee und einer Zigarette bequem und nehme das Heftchen unter die Lupe.
Auf Seite dreizehn finde ich, was ich suche:

Und so weiter, und so weiter.

Ich lese mir das mehrmals durch und überlege scharf: Eigentlich ist das, was Mephisto und Faust hier beschließen, kein Pakt, sondern eine weitere Wette. Wenn Mephisto Faust zufrieden stellen kann, hat er die Wette und Faustens Seele gewonnen. Und seine Wette mit Gott. Schafft er es nicht, sind seine Bemühungen vergebens und er verliert die Wette mit Faust. Und seine Wette mit Gott.
Das heißt, dass meine Seele gar nicht so ohne weiteres verloren ist. Keineswegs!
Denn: Wann war ich in meinem Leben überhaupt jemals wirklich mit irgendetwas zufrieden? Und warum sollte sich meine – zugegebenermaßen vielleicht etwas nörgeltantige - Einstellung plötzlich ändern?
Alles halb so schlimm! Ha!
Meine chronische Unzufriedenheit ermöglicht mir vielleicht einen völlig risikolosen Supertrip: Jugend, Abenteuer, Ekstase!
Ich kann es schon deutlich vor mir sehen: Ich, wieder jung und sagenhaft schön! Als hochbezahltes Topmodell, weltberühmter Schauspieler oder erfolgreicher Politiker! Kanzler Faust! Klingt gar nicht schlecht. Mein Leben wird eine Non-Stop-Sex-Orgie sein, ein nicht enden wollender Super-Orgasmus...
Während ich dusche, singe ich erleichtert vor mich hin: „I can´t get no – wah wah - satisfaction."

3

DIE LUSTIGE KNEIPE

Wann geht das große Abenteuer denn jetzt eigentlich los?
Ich warte.
Es ist schon ziemlich spät.
Der Fernseher läuft.
Endlich klingelt das Telefon. Es ist Jack.
„Hallo, Wolfi", zwitschert er vergnügt, „schnapp dir ein Taxi und komm rüber ins *Schwejk*, dann können wir schauen, wie es weitergeht."

Das *Schwejk.* Die lustige Kneipe. Frankfurts Schwulentreff Numero Uno. Wenn hier mal nichts los ist, dann ist in ganz Frankfurt nichts los. Hier trifft sich Jung und Alt, Arm und Reich, Blöd und Schlau. Das *Schwejk* bringt die Szene auf den kleinsten gemeinsamen Nenner. Deshalb ist der Laden auch meistens proppenvoll. Deutsche Schlager, Autoscooter-Techno, volkstümliche Hitparade und die neuesten Chartbreaker dröhnen aus den Lautsprechern. Die Lampen über der Theke schwingen im Takt. Da kommt Stimmung auf! Hier steppt der Bär! Äppelwoi, Sekt und Bier fließen in Strömen. Es wird mächtig gebaggert. Wer trotzdem allein nach Haus geht, ist selbst dran schuld.
Tatsächlich war ich schon seit Jahren nicht mehr hier.

Ich drücke dem Taxifahrer ein paar Scheine in die Hand und gehe rein. Halbdunkel. Marianne Rosenberg schluchzt: „Eine von uns beiden muss jetzt gehen..." Es ist gar nicht so viel los, wie ich befürchtet habe. Das liegt

daran, dass Sonntag ist. Brave Schwestern erholen sich sonntagabends von den Strapazen des Wochenendes.
Acht oder neun Augenpaare schießen neugierige Blicke in meine Richtung. Ich zünde eine Zigarette an. Jack ist nirgendwo zu sehen und hinter der Bar erblicke ich – Gott im Himmel steh mir bei! - Bierschiss-Bruno!
Ich habe keine Ahnung, woher Bierschiss-Bruno diesen grässlichen Namen hat. Wer will das auch wissen. Jeder nennt ihn so. Jedenfalls hinter seinem Rücken. Bierschiss-Bruno ist um die Zwanzig und das Klischee schlechthin. Trendklamotten. Trendfrisur. Immer mittendrin. Immer pleite. Immer unter Strom. Ich hatte ihn mal - notgeilerweise - mit nach Haus genommen und er war so angesäuselt, dass bei ihm rein gar nichts ging. Besser so! Es ist mir schleierhaft, wie dieses Würtstchen an einen Job im *Schwejk* gekommen ist.
Wahrscheinlich durch Erpressung.
Bierschiss-Bruno scheint mich glücklicherweise nicht zu erkennen. Ich bestelle einen Sauergespritzten. Marianne Rosenberg hat zu Ende gesungen und jetzt läuft Udo Jürgens' „Der Teufel hat den Schnaps gemacht".
Ich stehe an der Theke und nippe an meinem Glas. Wo ist Jack? Die Jungs neben mir erzählen sich Witze. Grauenhafte Leute! Plötzlich legt einer von ihnen seine Hand auf meine Schulter, beugt sich zu mir rüber und bohrt seine feuchte Zunge in mein Ohr. Ein großer Kerl, schlacksig, vielleicht fünfundzwanzig, nach vorne gekämmtes blondes Haar mit viel Wachs drin, Stupsnase, Jungbanker-Outfit. Ich habe ihn noch nie vorher gesehen.
„Hallo, Wolfi!", haucht er in mein Ohr.
„Jack!", stelle ich fest. Sein Aussehen, seine Art sich zu bewegen, selbst seine Stimme sind völlig anders als gestern.

„Keine Namen!“, flüstert er.
Jack stellt mich seinen Trinkkumpanen vor: „Hey Leute, kennt ihr Gernot? Gernot arbeitet als Maître de Cuisine im *Frankfurter Hof*. Außerdem betreut er eine Kochsendung auf TM3.“
Er lügt wie gedruckt.
Jack deutet auf einen drahtigen Dunkelhaarigen mit blondgefärbten Strähnchen und enganliegendem weißen Body-Shirt, unter dem sich ein Brustwarzen-Piercing abzeichnet. „Das ist Heiko und das ist, äh, wie war nochmal dein Name?“
„Andy“, sagt der Angesprochene. „Hallo, Gernot. Kennst du den? Was ist der Unterschied zwischen einer Tunte und einem Tumor?“
„Keine Ahnung“, flunkere ich, obwohl ich diesen Kalauer bestimmt schon tausend Mal gehört habe. Ich mustere Andy. Er hat einen Crew-Cut und trägt eine Brille, die ihm überhaupt nicht steht und ein schwarzes Polo-Hemd von HOM.
„Hahaha!“, prustet Andy los und krümmt sich vor Lachen, bevor er die Pointe dann doch noch an den Mann bringen kann. „Es gibt auch gutartige Tumore!“ Er kann gar nicht mehr aufhören zu gackern.
„Wahnsinnig witzig!“, ich ringe mir ein kleines Lachen ab.
„Eine Runde Hütchen für meine Freunde!“, ruft Jack gutgelaunt.
Bierschiss-Bruno baut eine Reihe Asbach-Cola-Hütchen auf. Eins für sich. Wir prosten uns alle zu und die Barschlampe legt eine neue CD auf. Juliane Werding schmachtet: „Verdammt in alle Ewigkeit, ich brauche deine Zärtlichkeit...“

„Aufgepasst“, Jack ist heute Abend eine richtige Stimmungskanone, „ich zeig euch ein paar Tricks!“
Er macht eine geheimnisvolle Handbewegung, wie ein Zauberer in einer Sechziger-Jahre-Samstag-Abend-Fernsehshow, und deutet auf sein Kinn. Man muss schon genau hinschauen: Barthaare sprießen, erst langsam, dann schneller, bis innerhalb von höchstens dreißig Sekunden ein sogenanntes Techno-Bärtchen Jacks Gesicht ziert.
„Oh Mann!“, sagt Heiko.
„Es kommt noch besser!“ Jack genießt seinen Auftritt.
Wieder macht er eine mysteriöse Geste. Alle Farbe entweicht seinem Gesicht, dann färbt es sich schlagartig leuchtend grün.
Alle starren ihn an, völlig baff.
„Krass! Wie machst du das?“, will Andy wissen.
„Das“, behauptet der Verwandlungskünstler frech, „hab ich bei Siegfried und Roy in Las Vegas gelernt“. Er grinst selbstzufrieden. „Für meinen nächsten Trick brauche ich ein großes Glas Wasser!“
Bruno, dem die ganze Geschichte ganz offenkundig irgendwie spanisch vorkommt, füllt ein Glas mit Mineralwasser und stellt es auf die Theke. Er guckt misstrauisch. Jacks Gesicht hat mittlerweile wieder die richtige Farbe angenommen,. das Bärtchen ist auch verschwunden. Er schnippt mit den Fingern und zeigt auf das Glas. Die Flüssigkeit sprudelt und schäumt.
„Probier mal! Keine Angst, das ist nicht giftig.“ Jack gibt das Glas Heiko, der vorsichtig einen Schluck nimmt.
„Äppelwoi!“ Heiko ist spürbar erleichtert und nimmt gleich noch einen Zug.
„Jetzt ist aber mal gut,“ sagt Bierschiss-Bruno sichtlich nervös.

„Ach, komm schon, Bierschiss-Bruno! Ich mach doch nur Spaß!", entgegnet Jack.
„Und bitte nenn mich nicht so!" Bierschiss-Bruno versucht seiner Stimme einen energischen Ton zu geben, aber es klingt nur kläglich.
„Also bitte! Sogar deine Mutter nennt dich so! Wenn du nicht dabei bist." Jack trumpft auf. „Ich weiß sogar, woher du den Namen hast. Vor fünf Jahren, als du mit der Schule auf Klassenfahrt warst, hast du mit deinen Kumpeln einen Kasten Bier gekauft und dann..."
„Halts Maul!" Bruno verliert die Contenance. „Halt dein Scheiß-Maul!"
„Pass mal auf." Jack nimmt das Glas mit der verzauberten Flüssigkeit und gießt es ganz langsam über die Theke. Dann nimmt er ein silbernes Zippo-Feuerzeug aus der Hosentasche, lässt es aufschnappen, zündet es an und – Wusch! – schon steht die ganze Theke in hellen Flammen. Bierschiss-Bruno ergreift einen feuchten Lappen und versucht das Feuer zu ersticken. Der Lappen brennt. Und seine Hände. Geistesgegenwärtig steckt er beide Hände in das volle Spülbecken. Es zischt.
„Oh Gott!", kreischt Bierschiss-Bruno.
„Gott", stellt Jack hochnäsig fest, „hat überhaupt nichts damit zu tun!"
Die Flammen breiten sich schnell aus. Ein beherzter Gast hat den Feuerlöscher entdeckt. Leider kann er ihn nicht bedienen. Panik. Heiko, Andy und die anderen Zecher geben Fersengeld. Im Nu ist der Laden leer.
Jack klatscht in die Hände und die Flammen sind augenblicklich verschwunden.
„Komm, wir gehen!", schlägt er vor. „Ich fahr dich nach Haus."

Gesagt, getan. Schon sitzen wir in dem weißen Porsche Boxter, mit dem Jack heute unterwegs ist, und flitzen nach Griesheim.
Jack wirft eine CD in die Stereo-Anlage: „Pleased to meet you, hope you guess my name..." Das sind natürlich die Stones. Jack singt die charakteristischen Woo-woos gutgelaunt mit, und schon halten wir vor dem heruntergekommenen Mietshaus, in dem ich wohne.
„Heute kein Sex, Wolfi! Ich hab noch schrecklich viel zu tun. Du weißt ja: Der Teufel schläft nie!", ruft er mir zu, während ich aussteige. „Ach ja, und sei bitte morgen früh um exakt viertel nach neun genau hier!" Er drückt mir einen Zettel mit einer Adresse in der Bürostadt Niederrad in die Hand und verschwindet laut hupend in der Nacht.

4

BÜROSTADT INFERNO!

Frankfurt/Main. Montag, 30. 8. Ich habe kaum geschlafen.
Punkt halb acht springe ich wie eine Feder aus dem Bett. Rasieren, Duschen, Zähneputzen. Dann eine Zigarette und Kaffee. Und dann noch eine Zigarette. Und noch etwas Kaffee. Planet-Radio spielt die neuesten Hits und verbreitet unerträglichen Frohsinn.
Zwanzig nach acht verlasse ich das Haus. Ich liege gut in der Zeit. Der blaue Himmel verspricht einen sonnigen Tag. Ich quetsche mich in die überfüllte Straßenbahn Richtung Hauptbahnhof. Hier muss ich umsteigen. Eine verwirrte alte Schachtel, die ihre ganze Habe in einem halben Dutzend Einkaufstüten herumträgt, glotzt mich an und stammelt „Du! Du! Du!“, aber ich bin schon im Tiefgeschoss verschwunden und haste zur S-Bahn Linie 8, Richtung Rüsselsheim über Frankfurt Flughafen. Auf dem Bahnsteig warte ich mit unzähligen ungeduldigen Angestellten, die wohl alle ein bisschen spät dran sind, und einer rein männlichen, leicht angejahrten Reisegruppe mit Bergen von Koffern und Taschen auf die S-Bahn.
Schon kommt die Acht. Die Sesselpupser, die Sextouristen und ich zwängen uns in die eh schon vollgestopften Wagen und gleich darauf ruckelt und zuckelt die Bahn eiligst von dannen.
In Niederrad spuckt die S-Bahn das Angestellten-Heer aus. Ich schließe mich der schier endlosen Karawane an, die in Richtung der Bürotürme zieht.

Pünktlich um 9:15 Uhr bin ich vor der verabredeten Adresse. Ein riesiges Bürohochhaus. Wo ist Jack? Während ich warte, rauche ich eine Zigarette, beobachte die Flieger, die am Himmel vorbeiziehen und mache mir Sorgen, ob das alles nicht doch ein paar Nummern zu groß für mich ist.
„Doktor Faust?“ Ein stattlicher Bursche nähert sich. Der Hausmeister, nehme ich an. Sandfarbenes glattes Haar, breite Nase, gespaltenes Kinn. Unrasiert. Er trägt eine grobe blaue Arbeiterhose und ein graues T-Shirt. Auf dem rechten Arm hat er eine Tätowierung, die ein Kreuz auf einem Hügel mit Sonnenaufgang zeigt.
„Das bin ich“, bestätige ich und schau ihn mir an. Ein ordentliches Päckchen in der Hose und ein üppiger Hintern.
„Hier entlang.“ Er führt mich ins Haus und zum Fahrstuhl. Wir warten. Ich stelle mir vor, dass wir in den Keller fahren und es dort miteinander treiben.
Blühende Phantasie!
Der Fahrstuhl kommt. Wir fahren aufwärts, bis nach ganz oben. Ich folge ihm über die Treppe bis zur Tür zum Dach. Er bückt sich und fischt einen Schlüssel unter der Fußmatte hervor. Dabei rutscht seine Hose ein gutes Stück nach unten und ich habe einen prima Blick auf die Klempnerfalte, die frech zwischen Hosenbund und dem viel zu kurzen T-Shirt hervorlugt. Mir läuft das Wasser im Munde zusammen.
Wir treten aufs Dach. Ganz schön frisch hier oben!
„Okay“, meint der Kerl, während ich das gegenüberliegende Bürohochhaus unter die Lupe nehme, das noch um einige Stockwerke höher ist, als das, auf dessen Dach wir stehen, „zieh dich aus!“
„Wie bitte?“

„Zieh dich aus, ich will dich ficken!“ Der Bursche geht ganz schön ran. Derb greift er mir zwischen die Beine, dass mir Hören und Sehen vergeht.
„Warum eigentlich nicht? Sind wir nicht alle geile Tiere?“, denke ich und ächze: „Na, hören Sie mal! Wer glauben Sie eigentlich, wer ich bin?“
„Du kleines Ferkel brauchst es doch ganz dringend!“ Mit einer blitzschnellen Bewegung reißt er mir das Jackett vom Leibe, das ich gerade erst im Schlussverkauf bei Hertie für achtundneunzig Mark erstanden habe.
Ratsch! Wie Papier!
„Hey!“ Ich suche nach Worten. Der geile Bock greift nach meinem gefälschten Versace-Classic-Shirt.
Ripp! Zack!
Das war der Gürtel. Wie macht er das? Das geht doch nicht mit rechten Dingen zu! Der Unhold packt meine Hose mit beiden Händen, zerreißt sie völlig mühelos und wirft sie achtlos über die Brüstung. Bis auf meine Olaf-Benz-Unterhose, meine Socken und meine Dockers bin ich völlig nackt.
„Jack!“, stelle ich fest. Der Leibhaftige hat mir erst vor wenigen Stunden gezeigt, dass er jede beliebige Gestalt annehmen kann.
„Der Kandidat hat hundert Punkte!“, schmunzelt er, zerfetzt meinen Schlüpfer und entledigt sich dann selbst im Handumdrehen seiner Kleidung. Der lüsterne Hausmeister, der in Wirklichkeit der Teufel selbst ist, lächelt mich gierig an. Ordentlich Haare auf der muskulösen Brust. Stark erregt. Genau so wie ich!
Ich werfe einen Blick auf das gegenüberliegende Hochhaus und sehe Dutzende von Sachbearbeitern mit dampfenden Kaffeetassen und Zigaretten am Fenster stehen und zu uns rübergaffen. Einige lachen. Andere tun

so, als wären sie empört. Eine von den Tippliesen hat einen Fotoapparat mit Blitzlicht. Klick, klick, klick!
„Ach du Scheiße Laß uns hier verschwinden!“ Ich habe keine Lust auf Publikum.
„Zu spät!“, keucht er und drückt mich gegen die hydraulische Winde für den Fensterputzer-Lift. „Komm schon, Wolfi, nimm´s wie ein Mann!“
Es tut höllisch weh, als er in mich eindringt.
„So ist das, wenn man vom Teufel geritten wird! Versuch es zu genießen!“, brummt er, während er fest zustößt.
Also versuche ich es zu genießen. Was soll ich auch sonst tun? Ich konzentriere mich ganz und gar auf meine Geilheit. Und auf Jack. Und auf das Publikum.
„Das Beste kommt noch!“, flüstert Jack zwischen zwei Stößen und zeigt auf eine Boeing 747 am Himmel.
Die Maschine fliegt verdächtig tief und kommt überraschend schnell auf uns zu. Ein immer lauter werdendes Dröhnen erfüllt die Luft. Ich bemerke, dass das Fahrwerk ausgefahren ist. Sturzflug! Unsere Zuschauer schauen jetzt gar nicht mehr so amüsiert aus der Wäsche. Eher ängstlich. Der Jumbo kommt immer näher. Er wird immer größer. Jack keucht immer ekstatischer. Mir ist, als ob ich die Stimmen oder die Gedanken der Fluggäste hören könnte.

„Mayday! Mayday!“
„Oh bitte bitte, bitte nicht!“
„Pull up! Pull up!“
„Zwickt mich, damit ich aufwache!“
„Oh my sweet Jesus!“
„Mama!“
„Cut the Engines!“
„Nein, nein, nein, nein, nein!“

Schreie und Jammern. Nackte Angst. Pure Verzweiflung. Verleugnung des Unabwendbaren. Tränen fließen. Schließmuskeln versagen...
Jetzt ist der Flieger ganz nah. Er ist wirklich riesig. Majestätisch und bedrohlich schwebt er vielleicht zehn Meter über uns. Die Luft vibriert. Es stinkt nach Kerosin. Die Triebwerke sind unvorstellbar laut. Für seine Größe ist er wirklich unglaublich schnell.

Eine unendliche Zehntelsekunde später trifft er auf das Bürohochhaus mit den schaulustigen Angestellten. Ihre schrillen Entsetzensschreie übertönen alles. Hunderte von Fensterscheiben zerspringen. Metall prallt mit ohrenbetäubendem Geräusch auf Beton.
Und dann, zeitgleich: Die Explosion! Eine gewaltige Druckwelle aus Flammen, Glassplittern, Metalltrümmern, Blut, Knochen und heißer Luft rast über uns hinweg.
Jack explodiert im gleichen Augenblick. Er wimmert: „Oh Jesus! Mein süßer Jesus!“ Ich spüre sein Sperma. Es ist eiskalt. Jetzt komme auch ich. Inmitten des lodernden Feuerballs. Die Hitze überwältigt mich und ich glaube, ich verglühe.

5

DIE GRUSEL-KLINIK DES DOKTOR VORNOFF

Als ich die Augen wieder öffne, sitzen Jack und ich in einem nachtblauen Landrover, der in einem Höllentempo über die Autobahn jagt.
„Bitte versuch hier nicht alles vollzubluten!“, meint Jack gutgelaunt vom Fahrersitz aus und reicht mir ein schmuddeliges Tempo, „die Karre ist brandneu!“
Ich werfe eine Blick in den Rückspiegel. Meine Nase blutet wie die Seuche. Außerdem sehe ich weit hinter uns eine gigantische schwarze Rauchsäule in den Himmel aufsteigen.
„Oh Gott!“
„Gott“, doziert Jack und imitiert dabei den besserwisserischen Trickfilmhelden Schlaubi Schlumpf, „hat keinen Finger gerührt, um diese Katastrophe zu verhindern!“
Er angelt ein Päckchen Reval aus dem Handschuhfach, bietet mir eine an und aktiviert den Zigarettenanzünder. „Wow! War das nicht atemberaubend? So muss Sex sein! Bombastisch! Wie ein Feuersturm!“
Ich wische das Blut ab, so gut es geht, zünde die postkoitale oder postinfernale Zigarette an und inhaliere.
Würzig und verdammt stark. Schmeckt ein bisschen nach Blut, aber das ist okay.
Jack hat die gleiche Gestalt wie bei unserem ersten Treffen angenommen: Jung, braungebrannt, muskulös, hinreißend lächelnd. Die rabenschwarzen Haare sind heute allerdings etwas länger, lockiger und ziemlich ölig. Er trägt ein weißes T-Shirt mit dem Aufdruck „Hard Rock

Café Izmit“, eine protzige goldene Rolex, schwarze Adidas-Trainingshosen, die an der Seite mit Druckknöpfen zusammengehalten werden, und dazu passenden Sportschuhe.
Ich selbst bin immer noch splitternackt, bis auf die Socken und die Dockers. Erstaunlicherweise habe ich überhaupt keine Brandwunden. Abgesehen von dem Nasenbluten registriere ich nur ein paar Abschürfungen, blaue Flecken und ein leicht flaues Achterbahngefühl. Ansonsten geht es mir richtig prima, wenn man bedenkt, dass gerade eben direkt neben mir ein vollbesetzter Jumbo-Jet explodiert ist.
„Da drüben ist der treue Fridolin!“, ruft Jack und deutet auf einen antiken, völlig verrosteten, ehemals türkisfarbenen Kühlwagen, der vielleicht hundert Meter vor uns herschleicht. Schon sind wir direkt neben ihm. Jack lässt das Beifahrerfenster herunter und hupt. Ein speckgesichtiger Bursche mit dunkelblonder Mecki-Frisur und Doppelkinn lächelt uns zu. Zwischen den feisten Lippen glimmt ein dicker Zigarrenstumpen. Haare quellen aus dem ärmellosen Feinripp-Unterhemd. Er hat ein kleines Cartoon-Teufel-Tattoo mit dem Slogan „The Devil made me do it!“ auf dem behaarten linken Oberarm. Irgendwie erinnert er mich an den blinden Würger aus dem Edgar-Wallace-Film „Die toten Augen von London“. Die Stereoanlage dröhnt bis zu uns herüber „I´m on a highway to hell!“ Das sind AC/DC von Anno Dunnemals, 1979. Damals noch mit dem unvergeßlichen Bon Scott. Jetzt kommt das Gitarrensolo. Fridolin grinst über alle vier Backen, zeigt uns einen nach oben gerichteten Daumen und hupt zurück.
Jack gibt Gas, und schon lassen wir ihn hinter uns.
„Fridolin ist ein großartiger Kerl. Einer meiner besten Mitarbeiter. Aber Vorsicht, Wolfi! Beim Sex ist er wie ein

wildes Tier, weißt du? Der reißt dir beim Ficken glatt den Kopf ab und merkt es erst 'ne halbe Stunde später. Also: Hände weg, okay?“, warnt mich Jack mit erhobenem Zeigefinger, während er ein Handy aus der Hosentasche fummelt und eine Nummer wählt.
„Ich muss mich jetzt mal gerade ums Geschäft kümmern.“ Er wendet sich seinem Gesprächspartner zu. „Hallo, Eric? Ich bin´s! Wir sind jetzt auf dem Weg. Genau. Fridolin hat alles besorgt! Aktion Hohes-C geht jetzt in die heiße Phase! Ach ja, und ich bringe noch jemanden mit, für das verbesserte Jungbrunnen-Programm.“
Jack wirft mir einen prüfenden Blick zu. „Also, ich glaube, im Grunde wirklich alles von A bis Z. Vollständige Generalüberholung! Was? Was soll das heißen, keine Zeit? Du vergißt wohl mal wieder, wer hier der Boss ist, Eric-Baby! Soll ich mal mit deinem kleinen Schatz darüber reden? Soll ich den putzigen Lausbuben vielleicht mal von der Schule abholen? Den süßen Blondschopf? Würde dir das gefallen?“
Jack kann seiner Stimme einen wirklich bedrohlichen Ton geben, wenn er will. Zuckersüß flötet er weiter.
„Siehst du! Dann sind wir uns doch einig. Und als kleinen Extra-Bonus habe ich ein Original-Autogramm von diesem entzückenden Star-Wars-Racker für dich besorgt. Wie heißt er noch? Jake Lloyd. Genau! Also bis später, du Strolch!“
Gleich darauf wählt er eine weitere Nummer.
„Silvie? Ich bin´s. Sei ein Schatz und lauf rüber ins Filmplakat-Geschäft in der Müllerstraße und besorg mir ein Photo von diesem Kinderstar aus „The Phantom Menace“, okay? Wir treffen uns kurz hinter Rosenheim. Ich bin in einem Landrover unterwegs. Das übliche Kennzeichen.“

Noch während Jack telefoniert, überfällt mich eine bleierne Müdigkeit und ich döse ein.
„Du schnarchst!“, verrät mir Jack, als ich wieder aufwache.
Ich werfe einen Blick aus dem Fenster: Weißblauer Himmel, sattes Grün, ein herrliches Alpenpanorama liegt vor uns. Im Autoradio dudeln volkstümliche Hits.
Jetzt kommen die Nachrichten im Radio: „Man kann mit Sicherheit davon ausgehen, dass alle 348 Passagiere und die Mitglieder der Crew den Tod gefunden haben. Der Flug 714 nach Sydney ist bereits mit über einer halben Stunde Verspätung gestartet...“ Jack sucht einen anderen Sender. „... drei Stunden nach der Katastrophe hat die Feuerwehr den Brand immer noch nicht unter Kontrolle...“ „...wurde für den kompletten Stadtteil das Ausnahmerecht verhängt...“ „...warum der Pilot eine Schleife über Frankfurt geflogen ist, um dann wieder Kurs auf den Flughafen zu nehmen, ist nach wie vor ungeklärt...“
„Und so weiter, und so fort! Diese Trottel werden niemals herausfinden, was wirklich passiert ist.“ Jack deutet mit dem Daumen auf den Rücksitz, wo ein verbeulter, verschmorter orangefarbener Metallkasten mit weißen und schwarzen Markierungen und der Aufschrift „DO NOT OPEN!“ liegt.
„Das ist der Cockpit-Flugschreiber!“, verkündet er stolz und freut sich wie ein Kind.
Plötzlich klopft es an die Beifahrertür. Ich schaue raus. Eine junge Frau rast auf einer Yamaha-Virago neben uns her und schenkt uns ein strahlendes Lächeln. Sie trägt eine Motorradbrille, ein hellblaues Tank-Top, schwarze Radlerhosen und weiße Sandalen mit unmöglich hohen Plateau-Sohlen. Ihre langen schwarzen Haare flattern im Wind.

Jack lässt das Beifahrerfenster herunter und sie pfeffert einen braunen A-4-Umschlag auf meinen Schoß. Dann gibt sie Gas, dreht sich noch einmal um, wirft uns eine Kusshand zu und hängt uns mühelos ab.
„Das ist Silvie“, sagt Jack, „sie leitet unser Münchener Office.“
Vergnügt fährt er weiter und pfeift ein kleines Lied, während ich die Landschaft genieße und versuche, an gar nichts denke. Kurz darauf biegen wir von der Autobahn ab. Von der Abfahrt aus sehe ich einen riesigen See mit Touristen-Dampfern und Segelbooten. Wir fahren ein Stück am See entlang, durch eine hübsche Ortschaft und dann in ein kleines Villenviertel am Waldrand. Schließlich halten wir vor einem unauffälligen, mehrstöckigen Landhaus.

PRIVATKLINIK
PROF. DR. MED. E. VORNOFF
PLASTISCHE CHIRURGIE
TERMIN NACH VEREINBARUNG

steht auf einem protzigen Schild. Daneben gleich noch ein Schild: WARNUNG VOR DEM HUNDE! mit Abbildung eines wildgewordenen Pitbull-Terriers. Jack hupt und gleich darauf öffnet sich die Pforte und wir fahren in die Tiefgarage.
Kaum dass er den Motor abgeschaltet hat, zieht Jack ein großformatiges Foto aus dem braunen A-4-Umschlag, nimmt einen schwarzen, wasserfesten Edding aus dem Handschuhfach und schreibt in einer leicht kindlichen Schreibschrift „with best regards, Jake Lloyd“ quer über die Abbildung eines Jungen, der mit den beiden bekannten Star-Wars-Robotern in einer Art Wüstenlandschaft posiert.

Dann steigen wir aus und Jack führt mich zum Aufzug, mit dem wir nach oben fahren.
Hier sieht alles sehr krankenhausmäßig aus, und der typische Geruch von antiseptische Reinigungsmitteln liegt in der Luft. Jack steuert auf eine Tür mit der Aufschrift SPRECHZIMMER zu und tritt ohne Klopfen ein. Ich folge auf dem Fuße.
„Hallo Eric, alter Junge!", ruft Jack jovial quer durch den abgedunkelten Raum.
Es ist niemand zu sehen. Ich schaue mich um. Die Wände sind über und über mit gerahmten Fotos und Autogrammkarten irgendwelcher Kinderstars überseht: Timmy aus „Lassie", Bud aus „Flipper", Macauley Culkin, Heintje, die Teens, Shawn Cassidy, Aaron Carter, der original Kinder-Schokolade-Junge aus den 60er Jahren und Hunderte mehr, die ich nicht kenne, meist schwarz-weiß, teils leicht vergilbt, aber alle mit Widmung.
Dann nehme ich eine Bewegung wahr. Ein unglaublich kleiner Mann kommt hinter dem riesigen, mit Zeitschriften und Büchern überladenen Schreibtisch hervorgetrippelt. Er ist gerade mal 1,30 Meter groß. Gesicht und Hände wirken wie die eines Kindes. Gleichzeitig habe ich den Eindruck, einen Greis vor mir zu haben, so unvorstellbar langsam bewegt er sich. Sein kurzes, blondgefärbtes Haar ist dünn, die Haut im Gesicht wirkt unnatürlich gespannt. Er trägt einen weißen Arztkittel und hat ein Stethoskop um den Hals.
„Der gute Jack Hammer, welch eine Ehre!", seine Stimme klingt brüchig und gleichzeitig sehr hell. „Und wen haben wir denn hier? Hast du den Burschen auf einem Autobahn-Parkplatz aufgerissen?" Er mustert mich von oben bis unten und schaudert. „Großer Gott, schau dir das an: Motiv-Socken und Dockers-Wanderschuhe. Na danke!"

„Angela und ich haben mal wieder so eine Faust-Wette laufen, weißt du? Und das ist unser neuer Doktor Faust. Aus Frankfurt am Main. Er war übrigens einer der ersten, der menschliche Zellen geklont hat", sagt Jack und legt seine Hand auf meine Schulter.
„Doktor Johann Wolfgang Faust? Ich glaube, ich habe von Ihnen gehört! Sie haben sich doch einen Homunkulus in der Petri-Schale auf dem Fensterbrett gezüchtet, nicht wahr? Ja ja, da gab es Gerüchte im Internet." Der Kleinwüchsige gibt mir einen erstaunlich festen Händedruck. „Sie können mich übrigens Doktor Vornoff nennen."
„Das war damals nur so ein kleines Experiment. Ich wollte es auch eigentlich rechtzeitig abbrechen", murmele ich. Das ist - nebenbei gesagt - nicht ganz wahr: Tatsächlich hatte ich bereits ein Buch mit den schönsten Kindernamen der Welt gekauft.
„Ja ja", sagt Doktor Vornoff und nimmt eine kleine Tischglocke von seinem Schreibtisch, mit der er dreimal klingelt.
„Schau mal, was ich dir mitgebracht habe!" Jack übergibt dem Doktor das Foto aus dem Umschlag. „Kaum zu glauben, dass der süße Fratz später mal auf die dunkle Seite der Macht wechseln soll, nicht?"
Bevor der gute Doktor antworten kann, betritt eine stämmige Frau in Schwesterntracht das Sprechzimmer. Sie hat die Statur einer Hammerwerferin, eine beachtliche Oberweite und wildes blondes Haar. Ein Fieberthermometer hängt im rechten Mundwinkel. Sie ist stark geschminkt, schwer parfümiert und hat lange, weißlackierte Fingernägel mit silbernen Applikationen.
„Schwester Ilsa, bitte begleiten Sie den jungen Mann auf sein Zimmer!", befiehlt Doktor Vornoff. Das lässt sie sich

nicht zweimal sagen. Sie packt mich am nicht vorhandenen Schlafittchen und dirigiert mich aus dem Sprechzimmer hinaus Richtung Fahrstuhl. Wir fahren in den vierten Stock. Sie öffnet eine Tür.
„Das ist dein Zimmer! Dusch dich erst mal. Du hast es weiß Gott nötig."
Ich schaue mich um. Ganz hübsch: Blick auf den Wald und den dahinter liegenden See. Ein einladendes Bett, in das ich mich jetzt am liebsten legen würde, Radio, eine OP-Liege hinter einem Bettschirm, eine kleine Nasszelle mit Waschbecken, Dusche und WC. Das Übliche...
Die Dusche tut mir wirklich gut. Während das heiße Wasser auf meinen müden Körper prasselt, denke ich an die Ereignisse des Vormittags: Die bedauerndswerten Seelen in dem Flugzeug! Und die armen Angestellten in dem Bürohochhaus! Mein Gott, das darf doch alles gar nicht wahr sein! Dann denke ich an Jack und unsere geile Nummer auf dem Hochhausdach! Schon habe ich eine steinharte Erektion.
Gerade trockne ich mich ab. Da platzt Schwester Ilsa ohne anzuklopfen ins Zimmer. Sie rollt einen kleinen Instrumentenwagen, mit einem Rasiermesser, Rasierseife, einem Rasierpinsel und einer Nierenschale voller Wasser drauf, vor sich her und starrt pikiert auf meinen Ständer.
„Das ist ja wohl absolut widerlich!", herrscht sie mich an und greift nach dem Rasiermesser. „Wenn du irgendwelche Schweinereien versuchst, schneid ich ihn dir ab! Jetzt leg dich hin, ich soll dich für die Operation vorbereiten. Rasieren und Fiebermessen."
„Aber ich ..., ich...", entgegne ich schwach.
„Kein Aber!", wettert sie und lässt das Fieberthermometer blitzschnell von einem Mundwinkel zum anderen wandern, „alle Männer sind potentielle Vergewaltiger."

Plötzlich passiert alles entschieden zu schnell. Im Handumdrehen hat die resolute Krankenschwester meine Schamhaare eingeseift und abrasiert und mich auf der bereitstehenden Liege festgegurtet. Wir fahren mit dem Fahrstuhl abwärts bis ins dritte Tiefgeschoss.

Schwester Ilsa schiebt mich in einen großen, schlecht beleuchteten Raum, der mir wie eine wilde Mischung aus mittelalterlicher Hexenküche und High-Tech-OP vorkommt.
Brennende Kerzen sind auf den neuesten Computer-Monitoren befestigt. Mit getrockneten Fröschen und Fledermausflügeln gefüllte Bonbongläser stehen neben einem supermodernen Sekretabsauger und einer halbvollen Flasche Martini. Rostige Knochensägen und chromblitzende Kornzangen liegen auf den Instrumententabletts völlig durcheinander. Eine Katze faucht. Es riecht nach Krankenhaus und Haschisch.
„Ich gebe die Narkoseschwester!“, ruft Jack fröhlich. Er trägt einen forstgrünen OP-Chirurgenmantel, OP-Handschuhe sowie Mundschutz und spielt mit einer Fingerringsäge.
„Hey! Können wir nicht noch einmal darüber reden?“, versuche ich zu protestieren.
„Keine Zeit, keine Zeit!“, brummt Doktor Vornoff, der ein entsprechendes Outfit und einen Stirnspiegel trägt. Er hantiert mit einem Mastdarmspekulum. „Zählen Sie langsam von zehn abwärts!“
Jack presst mir einen nach Äther stinkenden Lappen über Mund und Nase.
„Zehn!“, huste ich.

„Also, wenn ihr mich fragt, was wir hier machen, ist eine totale Verschwendung von Zeit und Geld!“, stellt Doktor Vornoff fest.
„Neun!“
„Wenn wir schon mal dabei sind, sollten wir auch gleich seine Hämorrhoiden wegätzen“, schlägt Jack vor.
„Acht!“
„Was ist mit diesem Skalpell? Das ist ja total stumpf! So kann ich nicht arbeiten!“, schimpft der Doktor.
„Sieben!“
„Wie wär‘s mit einer radikalen Geschlechtsumwandlung? Das wäre doch bestimmt eine irre Überraschung für das Spatzl!“, kichert Schwester Ilsa.
„Sechs!“
„Einverstanden. Haben wir genug Silikon für die Brüste?“
„Fünf!“
„Diese Abdecktücher stieren vor Dreck! Was soll das wieder? Hab‘ ich nicht ganz klar gesagt, nicht wieder so ein Pfusch?!“, nörgelt Jack.
„Vier!“
„Ist diese Nadel steril?“
„Drei!“
„Wo ist dieses verfickte Scheiß-Zauberbuch?“
„Zwei!“
„Los kommt, wir sägen ihm die Beine ab! Das gibt einen Riesenspaß!“
„Eins!“
„Meinetwegen! Und dann am besten auch grade noch die Arme!“
„Null!“
Ich höre die drei noch kichern und dann wird alles schwarz und ich stürze in ein bodenloses Loch.

6

OPERATION JUNGBRUNNEN

Ich habe einen Traum:
Jack und ich fahren in einem fickfroschgrünen Citroen 2CV durch eine malerische, sonnendurchflutete bayerische Seenlandschaft. Vögel zwitschern, Kühe muhen, Mägde singen. Aus irgendeinem mysteriösen Grund sind wir auf der Flucht und haben uns als Frauen verkleidet, um unsere Verfolgen abzuschütteln. Wir tragen lächerliche blonde Langhaarperücken, die unsere übertrieben großen Koteletten kein bisschen verbergen können. Jack spricht mit einem starken niederländischen Akzent, und ich habe eine kieksige, sich ständig überschlagende Stimmbruch-Stimme. Es kommt zu allerlei Verwicklungen und unsere Verfolger, lauter liebenswerte bayerische Originale, müssen ebenfalls Frauenklamotten anziehen. Jedenfalls läuft alles darauf hinaus, dass wir, unsere Verfolger und ein paar Schlagersänger in auffälligen Schlaghosen, die zufällig auftauchen, Gruppensex in einem Heuschober haben, der dann einstürzt. Schließlich rasen Jack und ich in einem Motorboot über den Wörther See und Jack singt „Der Junge mit der Mundharmonika“. Er hat wegen des starken Seegangs sichtbar Schwierigkeiten, die Lippen synchron zum Playback zu bewegen.

Für einen Augenblick komme ich zu mir. Ich spüre Nadelstiche in meiner Kopfhaut und ein Saugen an meinen Hüften. Meine Augen sind bandagiert und ich kann mich nicht bewegen. Das alles ist mir zum Glück herzlich egal, ich habe ein angenehmes gleichgültiges Gefühl, als wäre ich in Watte gepackt. Gott segne Valium! Dann falle ich zurück in den Schlaf und träume weiter:

Es ist Nacht. Jack und ich - immer noch in Frauenkleidern - tragen eine endlos lange Leiter durch die dunklen Straßen einer ostdeutschen Kleinstadt. Wir kommen zu einem riesigen gelben Barockhaus. Mit Hilfe der Leiter klettern wir durch ein Fenster im dritten Stock. Dann sind wir in einer Stube mit einem altertümlichen Ohrensessel und einem miefigen ungemachten Bett. Es ist Goethes Sterbebett. „Los mach´s mir!“, fordert mich Jack auf. „Gib dem Teufel, was dem Teufel gebührt!“ Schon liegen wir im Bett und treiben es wie die Wilden. „Mehr Licht!“, stöhnt Jack. „Mehr Licht! Mehr Licht!“

Jetzt liege ich in einer Art Halbschlaf und höre ein leises Kinderweinen von ganz weit her. Manchmal spüre ich ein Ziehen oder Kneifen, aber das ist mir nach wie vor piepegal.
Jemand singt: „Mütter haltet eure Kinder fest, am Chiemsee ist heut Kinderfest...“ Es ist Doktor Vornoffs glockenhelle Greisenstimme.
Ich habe ein Gefühl, als würden hunderttausend weißglühende Ameisen durch meinen Körper krabbeln. Wieder schlafe ich ein und der Traum geht weiter:

Jack und ich – beide immer noch im Fummel – rauchen dicke Zigarren. Wir sind schwer bewaffnet und überfallen eine Bank. Obwohl es gar nicht nötig ist, knattern wir mit unseren Maschinenpistolen vergnügt in die Menge und flüchten lachend in einem Bus, dessen Passagiere wir als Geiseln nehmen.

Als ich diesmal wieder wach werde, liege ich in dem gemütlichen Bett in meinem Krankenzimmer. Es ist heller Tag. Ich kann mich zwar immer noch nicht rühren, aber immerhin kann ich mich umsehen. Neben dem Bett steht ein Infusionsständer mit Tropfglas, das zur Hälfte mit einer bläulichen Flüssigkeit gefüllt ist. Ich kann spüren, wo die Kanüle in meinen Arm sticht.
Im Zimmer nebenan singt jemand die Notenleiter rauf und runter. In verschiedenen Oktaven. Trällert kleine Melodien. Immer und immer wieder. Stunde um Stunde.
Draußen geht die Sonne unter und wieder gleite ich hinüber ins Land der Träume:

Jack und ich - immer noch als Frauen getarnt – sind auf der Flucht. Kläffende Bluthunde sind uns auf den Fersen. Wir rennen auf einen Bahndamm zu, aber wir kommen nur langsam voran, wegen der hochhackigen Pumps, die wir tragen, und weil wir mit Handschellen aneinander gefesselt sind. Trotzdem schaffen wir es, auf einen vorbeidonnernden Güterzug aufzuspringen. Der Zug rollt durch ein verwüstetes Frankfurt. Scheinwerfer tasten den bewölkten, stockdunklen Himmel ab. Der Messeturm steht in Flammen und es regnet Blut. „Das ist die Apokalypse! Das ist das Ende der Welt!“, schreit Jack quietschvergnügt. Ein Fledermaus-Schwarm greift uns an. Eine der Fledermäuse verbeißt sich in meinen rechten Oberarm. Das sticht!

Ich wache auf.
„Er wacht auf!“, bemerkt Doktor Vornoff, der neben meinem Bett steht und mich beobachtet.
„Nicht bewegen! Nicht bewegen! Das dauert nur noch zehn Sekunden“, ruft Jack. Er ist damit beschäftigt, etwas

auf meinen rechten Oberarm zu tätowieren. „So, schon passiert!“
„Schwester Ilsa!“, ruft der Arzt und schnippt mit den Fingern.
Augenblicklich kommt die Gerufene herein. Die stattliche Krankenschwester rollt einen mannshohen Spiegel vor sich her.
„Na los, Wolfi, schau dir das an!“, fordert mich Jack auf. „Das bist du.“
Ich stehe auf und stelle mich vor den Spiegel.

Das bin ich: Unglaublich jung! Höchstens achtzehn! Volles Haar! Strahlend weiße Zähne! Athletisch! Attraktiv! Geradezu hinreißend schön! Auf meinem rechten Arm ist die frische Tätowierung zu sehen. Ein schlichter, dynamischer Schriftzug, den ich auch in Spiegelschrift entziffern kann: JACK.
„Ich liebe es, meine Arbeit zu signieren!“, kommentiert Jack.
Ich bin von meinem eigenen Spiegelbild einfach überwältigt und schon merke ich, wie sich etwas zwischen meinen Beinen rührt.
„Modell Pornostar! Für den Fall, dass du eine Filmkarriere im Auge hast!“, preist Jack mein monströses Glied, das sich jetzt stolz erhebt.
„Der Lümmel kriegt schon wieder einen Steifen! Das ist ja nicht zum Aushalten!“, mault Schwester Ilsa und bekreuzigt sich.
„Nimm doch bitte Rücksicht auf die anwesenden Damen“, mahnt der gutgelaunte Satansbraten und reicht mir eine schwarze Cargo-Hose und ein dunkelgraues T-Shirt mit RENT-Aufdruck. „Das dürfte deine Größe sein, Wolfi-Schatz. Bedecke deine Blöße.“

„Er ist perfekt, absolut perfekt“, stellt Doktor Vornoff fest, der kaum seinen Blick von mir abwenden kann. „Das ist mit Abstand unsere gelungenste Operation!“
„Die Ehre gebührt allein dir, Eric, mein Allerwertester! Von diesem modernen Laser-Skin-Resurfacing-Zeug und Nano-Technologie-Dingsda habe ich dummes Ding doch keinen blassen Schimmer“, lobt Jack den guten Doktor, der noch schnell einen kleinen Verband über dem frischen Tattoo befestigt.
Im Handumdrehen schlüpfe ich in Hose und Hemd und ziehe meine alten Dockers an. Mein Magen knurrt. Ich könnte einen Bären verschlingen.

„Komm mit, ich zaubere dir ein Frühstück!“ Schwester Ilsa dirigiert mich in die im Landhaus-Stil gehaltene Küche im Erdgeschoss. An der Wand hängt ein Kruzifix und ein kitschiges Bild, das zeigt, wie der Heiland mit einer frommen bayerischen Großfamilie am gedeckten Tisch betet. Sie schenkt mir einen großen Becher dampfenden Kaffee ein, stellt Butter und einen Brotkorb auf den Tisch mit der weiß-blauen Tischdecke und schlägt sechs Eier in die Pfanne.
„Kann ich eine Zigarette haben?“, bitte ich höflich.
„Spinnst du? Hast du eigentlich eine Ahnung, wieviel Teer der Doktor aus deiner Lunge gekratzt hat? Willst du unsere harte Arbeit grad wieder zunichte machen? Rauchen ist doch heutzutage sowieso völlig passé!“, schimpft die Schwester, während sie die Rühreier auf einen Teller gibt und serviert. „Du müßtest deine Nikotinsucht eigentlich auch schon überstanden haben.“
„Wieso? Ich meine, wie lange bin ich denn eigentlich schon hier?“, frage ich zwischen zwei Gabeln.

Sie zeigt auf einen Kalender mit Bibelsprüchen. „Heute ist der neunte September. Also gut zehn Tage."
Jack kommt in die Küche. Er hat sich umgezogen und trägt jetzt einen schwarzen Anzug von Brioni, ein edles blütenweißes Hemd und einen bunten Versace-Schlips. „Mach mal zu, Wolfi! Der Wagen wartet! Wir haben heute noch viel vor!"
Gerade kann ich noch runterschlucken und mit Kaffee nachspülen, da drängt er mich schon zum Ausgang. Doktor Vornoff drückt mir im Vorbeigehen noch schnell die Hand und ruft: „Viel Glück, Doktor Faust! Viel Glück!"

Draußen wartet tatsächlich eine weiße Lincoln-Stretchlimousine mit laufendem Motor. Fridolin, gekleidet wie ein Chauffeur, mit Reitstiefeln und rasiertem Schädel, öffnet den Schlag. Er salutiert und glotzt gierig grinsend auf das stattliche Paket zwischen meinen Beinen. In der Limousine erwartet uns Silvie. Sie trägt ein kurzes schwarzes Cocktailkleid und kämpft gerade mit dem Verschluß einer Flasche Veuve Clicquot. Wir steigen ein, da kommt noch Schwester Ilsa angerannt und drückt mir eine Packung Nikotinpflaster in die Hand.
„Gib auf dich acht", ruft sie und gibt mir einen dicken Kuss auf die Wange. „Und lass die Finger von den Zigaretten!"
Alle winken und der Wagen setzt sich in Bewegung.
„Ich bin übrigens Silvie!", sagt Silvie und reicht mir ein Glas Champagner. Wir sind uns ja offiziell noch gar nicht vorgestellt worden.
„Mein Name ist Faust", entgegne ich, und wir stoßen an. Schon sind wir auf der Autobahn.

„Komm schon, Fridolin, jetzt drück mal auf die Tube!“, befiehlt Jack, „wir haben nicht den ganzen Tag Zeit!“ Dann prostet er mir zu. „So, Wolfi, jetzt geht das große Abenteuer endlich richtig los!“
„Wo geht´s denn hin?“, frage ich neugierig.
„Warst du eigentlich schon mal bei einer schwarzen Messe?“ Silvie beantwortet meine Frage mit einer Gegenfrage, „ich meine, bei einer richtigen schwarzen Messe?“

7

DIE SATANISCHE JUNGSCHAR

Die Stretch-Limo saust wie ein Pfeil über die Autobahn.
Fridolin legt eine CD ins Car-Stereo: Dean Martin in seiner besten Schmalz- und Schnulzen-Phase.
Jack singt ein paar Zeilen mit: „In the chappel, by the moonlight..."
Ich nippe am Champagner und beobachte die Landschaft. Wälder, Wiesen, Kleinstädte, Industrieanlagen und Raststätten huschen vorbei. Schon sieht alles gar nicht mehr so typisch bayerisch aus.
„Ich glaube, das ist die beste Leistung, die unser guter Doktor je zustande gebracht hat! Du siehst einfach hinreißend aus", sagt Silvie, die mich von oben bis unten mustert.
„Ja, absolut umwerfend", pflichtet Jack bei. „Das ist nicht dieser oberflächliche Pfusch, den Eric sonst liefert. Aber er hatte ja auch prima Material und er war hervorragend motiviert."
„Doktor Vornoff!" Silvie spuckt den Namen geradezu verächtlich aus. „Ich kann mich noch erinnern, als er diese Engelmacher-Klinik in London hatte. In den fünfziger Jahren. Was hat er immer gesagt?", sie äfft ihn nach. „Bei Abtreibungen kommt es nicht so drauf an!"
„Ach komm", versucht Jack einzulenken. „er hat sicher auch seine guten Seiten. Wir haben sie nur noch nicht entdeckt."
„Schau mal, was ich hier für dich habe!" Silvie wechselt das Thema und hält mir ein Bündel Papiere unter die

Nase. „Geburtsurkunde, Personalausweis, Reisepass, Führerschein, alles was du brauchst!“
„Dankeschön!“ Ich schau mir den Personalausweis genauer an.

Name: Faust
Vorname: Wolfgang
Geburtstag und Ort: 28.08.81 FRANKFURT/MAIN

Auf dem Passfoto sehe ich wirklich absolut fantastisch aus. Und blutjung!
„Wow! Wann habt ihr denn das Foto aufgenommen?“, frage ich begeistert.
„Du warst noch in Narkose und hast überhaupt nichts davon mitbekommen“, sagt Jack, der sich jetzt hinter der aktuellen Bild-Zeitung verschanzt hat. „Deine Unterschrift hab ich auch gefälscht. Übrigens: Du bist jetzt dein eigener Nachfahre! Sieht so aus, als wäre der alte Doktor Johann Wolfgang Faust in den frühen achtziger Jahren mal für fünf Minuten verheiratet gewesen. Gerade lange genug, um einen Sohn zu zeugen. Dich! Deine Mutter ist dann kurz nach deiner Geburt bei einer Safari verschütt gegangen. Von Kannibalen gekidnappt oder so. Und es sieht ganz so aus, als wäre der grundgute Johann Wolfgang, dein lieber Vater, bei dem Flugzeugabsturz in Niederrad umgekommen. Ein unschuldiger Passant, zur falschen Zeit am falschen Ort!“
„Ich bin mein eigener Sohn! Cool!“, ich stecke die Dokumente in eine der zahlreichen Hosentaschen. „Und was ist das jetzt für eine schwarze Messe?“
„Die Satanische Jungschar feiert!“ Silvie gibt ihren Worten einen dramatischen Ton. „Junge Schwule und Lesben, die den Teufel anbeten, weil die offizielle Kirche

sie anpisst. Allein in Deutschland haben wir weit über 50.000 Mitglieder. Natürlich alles streng geheim. Wir finanzieren die Jungschar durch unsere Merchandising-Einnahmen."

„Welche Merchandising-Einnahmen?", ich bin heute ganz schön neugierig.

„Du kennst doch die typischen Teufelsdarstellungen. Der Bocksfüßige mit Hörnern und zottigem Schwanz oder die Schlange mit dem Apfel im Maul. Populäre Begriffe wie Dämon, Sukkubus, Inkubus oder die magische Zahl Sechshundersechsundsechzig. Und natürlich Jacks bekanntere Pseudonyme: Der Widersacher, Höllenfürst, Luzifer, Teufel, Pferdefuß, Satan, Old Nick, Scratch, Mephisto, Beelzebub und all die anderen Namen." Silvie nimmt einen Schluck Champagner und füllt unsere Gläser auf.

„Wir konnten diese Charaktere und Bezeichnungen leider nicht wirklich rechtskräftig schützen lassen. Trotzdem, wenn irgendeine Heavy-Metal-Band sich Satanic Hellhounds nennt, oder wenn in irgendeinem Gruselfilm Luzifer selbst nach den Seelen der Unschuldigen trachtet, dann wollen wir selbstverständlich am Gewinn beteiligt werden! Wir fragen erstmal ganz höflich an. Zwanzig Prozent vom Netto-Income oder so. Leider werden unsere freundlichen Anfragen in den meisten Fällen ignoriert. Dann schicken wir Fridolin vorbei, der haut dann mal eben mit der Faust auf den Tisch und schon läuft es wie geschmiert."

Fridolin grunzt freundlich vom Fahrersitz aus. Ich stelle mir vor, wie arrogante stinkreiche Rockstars ihm vor Angst schlotternd ihre Einnahmen auf die Hand zählen.

Silvie fährt fort: „Da kommt schon einiges zusammen, das kannst du glauben. Und das stecken wir in den Nachwuchs.“
„Silvie kümmert sich um das Business“, ergänzt Jack. „Das macht sie ganz verteufelt gut!“
Kurze Zeit später biegt Fridolin von der Autobahn ab. Ich schaue aus dem Fenster. Hier sieht schon alles wieder sehr hessisch aus. Wir fahren in ein kleines Kaff. Auf dem Ortsschild steht „Stillborn“. Schließlich parken wir unter den Kastanienbäumen vor einem großen, versteckt gelegenen Landhaus und steigen aus.
„Hier wohnte früher ein einschlägig bekannter Industriellensohn“, kommentiert Jack.
Wir gehen zum Eingang. Ich stelle fest, dass Jack seine Augenbrauen leicht verändert hat. Höher geschwungen als sonst, sehen sie fast schon ein bisschen diabolisch aus. Bevor wir überhaupt läuten können, wird die Tür geöffnet.

„Mein lieber Jack! Verehrte Silvia! Fridolin! Grüß Gott, kommt nur herein!“ Ein hagerer, nichtssagend aussehender Mann, vielleicht Mitte dreißig, mit schlechtsitzendem Toupet, ausdruckslosen Vogelaugen und dünnen Lippen bittet uns herein und starrt mich an. Er trägt eine pechschwarze Mönchskutte und ein kleines umgekehrtes Kruzifix an einem goldenen Halskettchen. „Wer ist der junge Herr?“
„Mein Name ist Faust!“, sage ich ziemlich knapp und ignoriere die Hand, die er mir hinhält.
„Ich bin Bruder Rüdiger“, stellt er sich vor. „Wir haben bereits angefangen und ein paar Kaninchen und Meerschweinchen geopfert. Um die richtige Stimmung zu erzeugen. Der Standesbeamte ist auch schon da und die Trauungszeremonien haben begonnen. Insgesamt haben

wir seit heute früh wohl über siebzig Eheschließungen durchgeführt“, informiert er Jack, den das alles nicht sehr zu interessieren scheint.
„Trauungszeremonien?“, frage ich.
„Heute ist doch der 9. 9. 99“, klärt mich Silvie auf. „Alle Welt heiratet heute. Also haben wir einen Standesbeamten bestochen, der vermählt heute Schwule und Lesben ganz amtlich und hochoffiziell, was ja sonst bekanntlich nicht geht!“
„Ich wusste gar nicht, dass Schwule und Lesben nicht heiraten dürfen. Ich meine: Ein Schwuler kann doch eine Lesbe heiraten, oder?“, versuche ich zu scherzen, aber niemand hört mir zu. Ich merke, dass ich einen ganz schönen Schwips habe, von gerade mal zwei Gläsern Champagner.
Bruder Rüdiger führt uns in einen etwas größeren Saal im Erdgeschoss. Fünf oder sechs junge Lesben- und Schwulenpärchen in schwarzen Mönchskutten stehen vor einer Art Traualtar, auf dem ein paar arme Kaninchen in ihrem Blut schwimmen.
„Und hiermit erkläre ich euch für Mann und Mann und Frau und Frau! Ihr dürft einander jetzt küssen!“, salbadert ein ganz unübersehbar völlig betrunkener alter Sack.
Schon fallen sich die glücklichen Frischvermählten in die Arme. Eine vertrocknete Schachtel am Ende des Saals spielt den Hochzeitsmarsch auf einer Bontempi-Heimorgel.
Das hat schon was!
„Jack, Faust, wollt ihr zwei nicht auch gleich heiraten, wenn wir schon mal dabei sind?“, fragt Silvie betont unschuldig.
„Oh ja! Das ist doch eine tolle Idee!“, platzt es vorlaut aus mir heraus.

„Was? Nein, nein, nein. Nichts gibt's!“, protestiert Jack.
„Oh bitte, Meister Jack! Es wäre für uns eine große Ehre! Schließt den Bund fürs Leben mit Eurem Begleiter Faust. Schlagt uns diese Bitte nicht ab“, bettelt Bruder Rüdiger.
Schon sind wir von Kuttenträgern umringt. Sie greifen nach Jack, als wäre er ein berühmter Popstar und schreien wild durcheinander.
„Na gut!“, sagt Jack zu mir. „Zeigen wir es ihnen. Lass es uns tun!“
Schon stehen wir vor dem korrupten Standesbeamten. Er stinkt nach billigem Fusel und hat die glasigsten Augen, die ich je gesehen habe.
„Habt ihr eure Papiere dabei?“, säuselt er.

Ich gebe ihm meine nagelneuen Dokumente. Jack reicht ihm einen uralten Reisepass.
„Ausgezeichnet!“, lallt der Beamte und schwankt bedrohlich. „Wir haben uns hier heute versammelt, um, äh...“, er vergißt den Text. „... den Bund fürs Leben zu schließen. Genau. Willst du, Wolfgang Faust, den hier anwesenden Jack Hammer, zu deinem rechtsmäßig angetrauten Ehemann nehmen, ihn lieben und ehren, in guten wie in schlechten Zeiten, bis dass der Tod euch scheidet?“
„Ja, ich will!“
„Und willst du, Jack Hammer, den hier anwesenden Wolfgang Faust zu deinem angetrauten Gatten...“, er brabbelt und kann sich kaum mehr auf den Beinen halten.
„Teufel auch! Gottverdammtnochmal! Ja!“
„Hiermit erkläre ich euch für Mann und Mann. Ihr dürft euch jetzt küssen.“
Alle jubeln. Silvie schüttet sich aus vor Lachen. Fridolin grölt wie beim entscheidenden Elfmeter bei einem

Weltmeisterschafts-Endspiel. Und die alte Schrippe orgelt noch einmal den Hochzeitsmarsch.
Jack nimmt mich in die Arme und gibt mir einen dicken fetten Kuss, der einfach kein Ende zu nehmen scheint und nach Pfefferminz schmeckt.
Jemand legt eine alte knisternde Schallplatte auf. „Ganz in weiß“ von Roy Black. Ich fühle mich riesig. Alle schütteln uns die Hände. Einige werfen Reis oder Blumen. Champagner wird ausgeschenkt. Jack verteilt Autogramme. Der besoffene Beamte drückt mir meine Papiere und meinen nagelneuen Trauschein in die Hand.
Schon ist eine tolle Party im Gange und alle schwätzen, lachen wild durcheinander und tanzen zu den größten Hits der Village People.
Ungefähr eine halbe Stunde später taucht plötzlich Bruder Rüdiger aus der tobenden Menge auf. „Meister Jack! Es ist soweit!“
„Was ist soweit?“, frage ich.
„Der Antichrist wird geboren! Seine Niederkunft wird im Internet übertragen. Hier entlang bitte!“, der Westentaschen-Satanist führt Jack, Silvie und mich über die Treppe in den ersten Stock.
Im Vorübergehen ergattere ich einen kurzen Blick durch eine offenstehende Tür in ein halbdunkles Zimmer. Es ist mit Matratzen ausgelegt, an den Wänden hängen leuchtende Blacklight-Poster mit heidnischen Motiven und satanischen Symbolen. Zwanzig oder dreißig frischvermählte Teufelsanbeter geben sich splitternackt den unkeuschen Freuden des Gruppensex hin. Hier wird die gerade geschlossene Ehe sofort vollzogen und gleichzeitig gebrochen. Mittendrin kann ich den monströs behaarten, stämmig-muskulösen Fridolin ausmachen, der es wie ein wilder Stier mit zwei oder drei Burschen

gleichzeitig treibt und dabei ekstatisch grunzt und brüllt und röhrt wie ein Löwe oder Elefant oder Gorilla oder Godzilla im Kampf gegen die Weltraumungeheuer.
Ein beeindruckender Anblick.
„Hoffentlich dreht er nicht wieder durch!“, flüstert Jack zu Silvie.
Bruder Rüdiger führt uns in einen großen Raum, der nur durch ein paar große flimmernde Computermonitore erleuchtet wird. Eine Handvoll händchenhaltender Satansjüngerinnen lümmelt auf gemütlichen Ledercouchen und verfolgt sichtlich bewegt die Live-Übertragung aus dem World Wide Web:

Eine wackelige Schwarz-weiß-Kamera hält auf eine junge hochschwangere Frau, die sich vor Schmerz windet und unkontrolliert weint und schreit und den Allmächtigen verflucht. Ärzte und Krankenschwestern wimmeln um sie herum. Die Übertragungsqualität ist lausig, deshalb wirken ihre Bewegungen ziemlich ruckhaft.

„Es gibt Komplikationen!“, informiert man uns. „Die Geburt wird jetzt eingeleitet!“
„Oh lieber Gott!“, stöhnt Jack. „Bitte lass mein Baby nicht sterben!“
„Mal nicht den Teufel an die Wand!“ Silvie versucht Jack zu beruhigen. „Es gibt doch überhaupt gar keinen ernsten Grund zur Sorge.“
Wir machen es uns auf einer der Couchen bequem.
„Woher wissen wir eigentlich, dass das Kind wirklich der Anti-Christ ist?“, will ich wissen.
„Pst...“, macht eine der satanischen Lesben und zieht an einer barbarisch stinkenden selbstgedrehten Zigarette.

Eine andere, ebenfalls mit einer qualmenden Kippe im Mund, reicht mir wortlos eine Zeitung. Es ist die aktuelle Ausgabe der WEEKLY PLANET NEWS und die Schlagzeile schreit: I´M HAVING SATAN´S BABY! Darunter ist eine Fotomontage, die eine glückliche Mutter mit teuflischem Säugling im Arm zeigt. Der kleine Liebling schaut höchst diabolisch aus der Wäsche. Er hat Vampir-Milchzähne, Katzenaugen und spitze Hörner auf dem kleinen kahlen Schädel. Die Ziffern 666 sind auf seiner Stirn eingraviert. Wie man sich den Anti-Christen gemeinhin so vorstellt.
Ich seufze und mein Magen knurrt.
„Es wird bestimmt noch eine Weile dauern, bis das Kleine zur Welt kommt. Auf geht's, Faust, mal sehen, ob wir die Küche finden“, schlägt Silvie vor, der solche Kleinigkeiten offenbar nicht entgehen.
Das lasse ich mir nicht zweimal sagen.
„Bringt mir ein Thunfisch-Sandwich mit!“, ruft uns Jack hinterher, der immer noch wie versteinert auf einen der Monitore starrt.

Wir haben Glück, in der dunklen Küche stehen mehrere Tabletts mit leckeren Schnittchen bereit. Ich mache das Licht an und schnappe mir erst mal ein Schinken-Röllchen. Dann finde ich auch noch ein bisschen Obst und ein paar eiskalte Seven-ups im Kühlschrank.
„Es ist übrigens wirklich der Anti-Christ, der da zur Welt kommt!“ Silvie beantwortet meine Frage, während sie eine Lachs-Schnitte verdrückt. „Jedenfalls einer davon. Anfang des Jahres hatte Jack einen wirklich teuflisch-genialen Einfall. Er hat ein paar hundert Dämonen losgeschickt und die haben, völlig unbemerkt, die Vorräte in allen

Samen-Banken der Welt gegen Jacks satanisches Sperma ausgetauscht."
Sie öffnet eine Büchse Seven-up, nippt daran und fährt fort: „Das müssen schon ein paar Eimer voll gewesen sein! Wie auch immer, die gute Patrizia, die du ja gerade eben schon im Internet bewundern konntest, hat sich von ganzem Herzen ein kleines Bambino gewünscht. Aber sie hatte keine Lust, irgend so einen keuchenden, verschwitzten Heinz über sich drüber rutschen zu lassen. Deshalb hat sie sich künstlich befruchten lassen. Mit dem schneeweißen Sperma eines sportlichen, norwegischen Nobelpreisträgers. Dachte sie!"
Silvie kurbelt die Jalousie nach oben. Draußen scheint die Sonne. Es ist ein herrlicher Spätsommernachmittag.
„Kaum, dass sie schwanger war, fingen die Visionen an. Visionen von der Geburt und Herrschaft des Anti-Christen und der Wiederkehr Jesu und dem Kampf zwischen den beiden. Visionen vom Ende der Welt und dem Jüngsten Gericht. Die Apokalypse und dieser ganze Unfug aus der Offenbarung im Neuen Testament. Völliger Blödsinn, wenn du mich fragst. Irgendwie hat die gute Patrizia jedenfalls den Braten gerochen, dass sie den Anti-Christen selbst in der Röhre hat!"
Ich habe zwischenzeitlich ein Päckchen Krönung light im Küchenschrank entdeckt. Jetzt blubbert die Kaffeemaschine fröhlich vor sich hin und ein angenehmer Kaffeeduft erfüllt die gemütliche Küche. Silvie fährt mit ihrer Erzählung fort.
„Und was hat sie gemacht, die werdende Satansmutti? Hat sie einen Exorzisten bestellt oder wenigstens die Armageddon-Hotline des Vatikans angerufen? Nein! Sie hat ihre Story an die Sensations-Presse und ans Fernsehen verscheuert. Natürlich hat ihr niemand diesen Quatsch

geglaubt, aber in der Sauregurkenzeit haben sie sich trotzdem alle drauf gestürzt. Und jetzt liegt sie im Kreisssaal und versucht gut auszusehen, für ihre Großaufnahme!“

Ich genehmige mir noch ein Käseschnittchen und frage beiläufig: „Und die satanische Jungschar? Müssten die nicht eigentlich alle völlig aus dem Häuschen sein? Der Leibhaftige selbst kommt vorbei, die Geburt seines Stammhalters wird im Internet übertragen. Das muss doch wie eine totale Sonnenfinsternis oder die allererste Mondlandung für einen hartgesottenen Teufelsanbeter sein.“

„Also bitte“, lacht Silvie und schüttelt ihre lange schwarze Mähne, „die kleinen Dummerle haben nicht den Hauch einer Ahnung, was hier wirklich gespielt wird. Die glauben, Jack wäre einfach nur ein durchgeknallter schwerreicher Sack. Ein Exzentriker, der Satan spielt und nichts Besseres zu tun hat, als ihre piefigen Sex-Orgien zu finanzieren. Schau dir mal Schwester Rüdiger an. Der ist doch nur dabei, weil er glaubt, er dürfte auch mal ran. Natürlich lassen ihn die kleinen Biester nie bei ihren Orgien mitmachen. Bestenfalls pieseln sie ihm auf sein lächerliches Toupet. Also schiebt er Dauerfrust und verwaltet die Klubkasse. Außerdem kümmert er sich um die Akquise neuer Mitglieder. Jeder, der mitmachen will, überträgt seine Seele an Jack. Notariell beglaubigt natürlich. Und schon geht der Spaß los!“

„Zucker? Milch?“ Ich reiche Silvie eine Tasse Kaffee und gieße mir auch eine ein.

„Schwarz. Danke. Was die naiven Spatzeln nicht ahnen ist: Sie haben ihre unsterblichen Seelen tatsächlich an Luzifer selbst verscherbelt. Für ein bisschen Flaschendrehen mit Ficken und Lecken und Blasen. Schön

blöd, nicht? Und später, wenn sie tot sind, finden sie sich in der Hölle wieder. Zur Grundausbildung als Soldaten in der Armee der Finsternis. Das ist kein Zuckerlecken, das kannst du glauben!“
Silvie nimmt ein Tablett mit Schnittchen. „Sei ein Schatz und bring die Kanne und ein paar Tassen mit rüber. Ich wette, ein starker, heißer Kaffee und ein paar Kanapees werden Jacks Laune schnell wieder auf Vordermann bringen.“

Wir gehen zurück in den inzwischen völlig verrauchten Raum mit den Computermonitoren und stellen die Sachen auf einen Couchtisch.
„Und wie schaut es aus?“, frage ich Jack.
„Der Kopf ist schon draußen. Aber man kann kaum etwas erkennen, die Übertragung ist einfach lausig“, brummt er und greift sich ein Salami-Gurke-Schnittchen mit Mayonnaise.
Ich versuche etwas auf den Monitoren zu erkennen, aber alles was ich sehe, sind die ruckhaften Bewegungen hektischer Ärzte und Krankenschwestern. Dann zoomt die Kamera auf einen der Ärzte. Er hält ein kleines Bündel in den Händen. Die Kamera geht noch weiter darauf zu. Es sieht aus wie ein nackter Maulwurf und es rührt sich überhaupt nicht.
Stille. Zigaretten werden angezündet. Ich bin plötzlich auch ganz furchtbar nervös und spüre ein starkes Verlangen nach einer guten alten Zigarette. Zum Glück habe ich die Nikotinpflaster, die Schwester Ilsa mir gegeben hat, und klebe mir schnell eins auf den linken Oberarm.
„Das Baby atmet nicht!“, flüstert Jack schließlich mit fast tonloser Stimme. „Es ist tot! Tot!“

Die versammelten Lesben schluchzen und fallen sich heulend in die Arme.
„Komm, wir gehen.“ Jack versucht gar nicht erst, seine Enttäuschung zu verbergen. Er zupft mich am Ärmel und ich folge ihm die Treppe runter nach draußen an die frische Luft.

Zielstrebig geht er auf einen silbernen Audi TT zu und schnippt mit den Fingern. Augenblicklich öffnen sich die Türen wie von Geisterhand und der Motor beginnt zu laufen.
Wir steigen ein. Jack fährt. Im Radio plärrt Ricky Martin „Living la vida loco“.
Im Handumdrehen sind wir auf der Autobahn und ich kann schon bald den Frankfurter Messeturm ausmachen.
„Dann klappt es halt beim nächsten Mal!“ Jack hat seine notorisch gute Laune schnell wiedergefunden, „irgendwo da draußen sind zigtausend werdende Mütter. Allesamt schwanger. Von mir! Die eine oder andere wird schon einen gesunden Anti-Christen gebären. Vielleicht sogar direkt am ersten Januar 2000. Ein Millennium-Baby wäre doch auch nicht schlecht, oder, Wolfi? Und wenn das alles nicht funktioniert, dann könntest du meine satanischen Zellen mit deinen eigenen verschmelzen und wir klonen unseren eigenen kleinen Satansbraten! Das wäre doch toll!“
„Ich weiß nicht, ob ich das für eine gute Idee halte...“, versuche ich abzuwiegeln.
Wir rasen die Darmstädter Landstraße stadteinwärts herunter. Vor uns liegt die Frankfurter Skyline im Sonnenschein.
„Ich weiß es aber ganz genau!“, Jack strahlt vor Optimismus. „Wir sind frisch vermählt, wenn du das

schon vergessen hast. Ein gemeinsames Kind wäre doch die Erfüllung unserer Ehe, meinst du nicht?"
„Das kommt jetzt aber ein bisschen plötzlich..."
„Auch wenn es dir nicht gefällt, Wolfi! Wenn deine Seele erst mir gehört, wirst du dich darum reißen, uns den Anti-Christ klonen zu dürfen. Das ist immer noch hunderttausendmal besser, als in der Hölle die Toiletten zu putzen!"
„So schnell kriegst du meine Seele nicht!", verkünde ich mit Nachdruck.
„Das sagen sie alle. Schau dich an: Jung. Gutaussehend. Spitz wie Nachbars Lumpi. So einen Körper gibt es nicht für Geld und gute Worte! Lass uns mal dreißig oder vierzig Jahre warten, bis du wieder fett und schlaff und grau bist. Du wirst mich auf den Knien anflehen: Meine Seele für ein kleines bisschen Jugend! Allerspätestens dann habe ich die Wette gewonnen!", frohlockt Jack, während der Audi über die Schaumainkaibrücke brettert und dann mit quietschenden Reifen am Mainufer abbiegt. Schließlich parkt Jack auf einem Behindertenparkplatz, und wir steigen aus.
„Hoffentlich findet Rüdiger den Wagen hier wieder!", meint Jack leichthin. Dann zeigt er auf eine fünfstöckiges Wohnhaus. „In dieser Bruchbude im Ghetto kannst du unmöglich bleiben. Fürs Erste wirst du hier einziehen."

Wir fahren mit dem Fahrstuhl in den vierten Stock. Zielstrebig geht Jack auf eine Wohnungstür zu, vor der eine Fußmatte mit Aufschrift „Salve!" liegt und schließt auf.
„Viereinhalb Zimmer. Amerikanische Küche. Bad mit Badewanne. Gästeklo mit Dusche. Zwei Balkone und ein begehbarer Schrank. Wohnzimmer mit Blick auf den

Main. Schlafzimmer liegt zum Hof.“, preist er die Wohnung an, nimmt im Vorbeigehen eine Flasche Champagner aus dem Kühlschrank, zwei Sektgläser aus einem der Hängeschränke und wirft mir gleichzeitig das Schlüsselbund zu. „Da ist auch noch der Schlüssel zu deiner alten Wohnung dran, falls du da noch deine Plüschtiere oder so was rausholen willst.“

„Wow!“, sage ich. Ich bin schwer beeindruckt.

„Das kannst du dir alles morgen noch genauer anschauen!“, murmelt Jack, gibt mir einen Klaps auf den Hintern und drängt mich Richtung Schlafzimmer. „Jetzt kommt erst mal die Hochzeitsnacht!“

8

SEX-O-RAMA

Die hohen Wände des Schlafzimmers sind von oben bis unten verspiegelt. In der Mitte des Raumes steht ein maßlos breites, altmodisches französisches Bett und daneben, auf dem Parkett, eine Micro-Stereo-Anlage mit Riesenboxen, Subwoofer und einer kleinen Auswahl von CDs.

Jack kickt seine Schuhe in die Zimmerecke und legt Musik auf. Eine schwermütige Arie aus irgendeiner italienischen Oper, bekannt aus diversen Mafia-Filmen und Werbespots, erfüllt den Raum.

„Na, das ist doch die richtige Fick-Musik, eh, Wolfi?!“, grinst Jack und schlüpft aus Anzug und Hemd.

Er sieht verboten gut aus.

Während ich mich eiligst von meinen Klamotten befreie, kümmert sich Jack um den Champagner.

„Sex ohne Grenzen!“, sagt er trocken, setzt einen betörenden Verführerblick auf, und wir lassen die Gläser klingen.

Mein Herz schlägt bis zum Hals. Jack nimmt mich in die Arme und wir sinken aufs Bett.

Schon wälzen wir uns zwischen den weißen Satin-Laken und verknoten unsere Zungen. Zufällig werfe ich einen Blick in einen der Spiegel und sehe zwei unglaublich attraktive junge Männer in engster Umarmung.

„Das bin ich!“, denke ich und schaue meinem Spiegelbild in die Augen. „Das ist mein Körper. Ich bin ja wirklich enorm sexy!“

Jack bohrt mir seine heiße feuchte Zunge ins Ohr und zwirbelt meine Brustwarzen. Mir bleibt glatt die Spucke weg und dann dreht sich der schöne Schurke genau so, dass mir das Wasser nur so im Munde zusammenläuft. Ihm ganz offensichtlich auch...
Etwa eine halbe Stunde später habe ich einen Orgasmus, der so stark ist, dass er bestimmt etwa ein Viertel meiner Gehirnzellen vernichtet.

Kurz darauf: Wir liegen auf dem Bett, genießen den kitschigsten Sonnenuntergang der Welt und schlürfen Champagner.
Dass des Teufels Sperma eiskalt ist, hatte ich ja irgendwie schon mitbekommen. Aber wer hätte gedacht, dass es auch noch wie leckeres Vanille-Eis schmeckt?
„Okay, Wolfi", haucht mein Angetrauter und drückt mir einen kleinen Kuss auf die Stirn, „bist du bereit für Runde zwei?"

Gegen 22 Uhr: Fürs Erste haben wir beide genug und inspizieren die Wohnung auf der Suche nach Essbarem.
„Schau mal!", ruft Jack, der den Kühlschrank durchsucht, und hält mir eine Packung Crisco-Backfett unter die Nase. „Wie wär es jetzt mit einem zünftigen Faust-Fick?"
Solche Wortspiele muss man sich als Schwuler mit meinem Nachnamen ständig anhören.
„Warum nicht", kontere ich, „aber erst mal will ich den Jackpot knacken!"
Wir schütten uns aus vor Lachen. Jack öffnet noch eine Flasche Schampus und ich finde eine halbvolle Schachtel Crackers in einem der Hängeschränke.
Dann werfen wir einen schnellen Blick in das kleine Zimmer neben dem Wohnzimmer. Darin befindet sich

weiter nichts, als eine monströse Kommode, eine Schlafcouch mit weißem Lederbezug, ein paar Stühle und ein massiver Esstisch, auf dem ein tangerine-farbener iMac steht.
Als nächstes nehmen wir den weitläufigen Raum neben dem Schlafzimmer unter die Lupe.
Dieser ist vollkommen in Weiß gehalten. An den Wänden sind weiße Billy-Regale, vollgestopft mit dem kompletten Opern-Repertoire von Zweitausendeins, einer Stereo-Anlage, mehreren Jahrgängen „Opernwelt“ und einem Stapel Librettos. Mitten im Raum steht ein weißer Yamaha-Flügel.
„Das Arbeitszimmer. Er war ein bekannter Opernsänger.“ Gemeint ist wohl der vorherige Bewohner. „Heldentenor! Er war zum Vorsingen ans Opera-House in Sydney eingeladen, und rate mal, welchen Flieger der arme Teufel genommen hat!“
Jack setzt sich, klimpert vor sich hin und singt mit der Stimme eines alten Blues-Man: „I´m sure I´m gonna go to heaven, cause I spent all my life in hell...“
Dann packt er mich und lässt mich unsanft auf den Flügel fallen. Das Instrument quittiert dies mit einem langanhaltenden dunklen Dröhnen.
„Komm schon, Wolfi!“, Jack ist in unübersehbarer Weise schon wieder geil. „Ich zeig dir die Pianisten-Stellung!“

Nach Mitternacht: Wir haben den Pizza-Service angerufen und etwas zum Essen und zwei Flaschen Rotwein geordert. Mampfend sitzen wir splitternackt auf dem Wohnzimmer-Balkon und schauen auf den Henninger-Turm und auf den Main, auf dessen Oberfläche sich die Lichter der Großstadt spiegeln.

Gerade hab ich den letzten Bissen meiner Calzone verdrückt und greife nach einem Stück von Jacks Vierjahreszeiten-Pizza.
„Hey, hey, hey, mach mal langsam, du Vielfraß!“, mahnt mein frischgebackener Ehemann, „Hast du eigentlich eine Ahnung, wieviel Liter Fett wir dir in der Klinik von den Hüften gesaugt haben?“
„Was? Nein, keinen blassen Schimmer.“
„Über zwanzig Liter! Fridolin und deine geliebte Schwester Ilsa haben sich ein leckeres Süppchen davon gekocht. Ich glaube, die beiden großen Leckermäuler haben dich wirklich zum Fressen gern."
Vor meinem geistigen Auge sehe ich, wie die beiden Feinschmecker, mit hohen Kochmützen und blütenweißen Schürzen ausgestattet, die heiße Brühe aus einer Terrine löffeln und mit Maggi-Würze abschmecken.
Sehr komisch!
Mich fröstelt. Ich gehe in das nur von Kerzen beleuchtete Wohnzimmer und lümmele mich auf ein gigantisches Sofa.
Das Wohnzimmer ist wirklich riesig. Zwischen den beiden breiten Mahagoni-Regalen, die mit vorsintflutlichen Vinyl-Schallplatten, Souvenirs aus aller Herren Länder und Buchattrappen aus dem Möbelgeschäft gefüllt sind, ist ein superflacher Großbildschirm befestigt. An der gegenüberliegenden Wand hängt ein mittelalterlicher Gobelin, der den heiligen Georg im Kampf gegen den Drachen zeigt, umrahmt von transparenten Plexiglas-Lautsprecherboxen. Die dazugehörige Anlage, mit uraltem Technics-Plattenspieler, auf dem sich augenblicklich eine Frank-Sinatra-Scheibe dreht, steht direkt darunter auf dem kühlen weißen Marmorfußboden.
Jack folgt mir.

Ich ziehe ihn zu mir aufs Sofa und sage: „Einmal geht noch, Baby!"
„Du hast es wirklich faustdick hinter den Ohren!", seufzt er, „unersättlich! Du erinnerst mich an meine Großmutter."
„Darum geht es doch bei unserer Wette, oder? Einfach nie genug kriegen!", kann ich gerade noch sagen, dann hab ich auch schon wieder seinen Prügel im Hals.

Im Morgengrauen: Wir liegen eng umschlungen im Bett.
„Sag mal, Schatz", necke ich ihn, „was kriege ich eigentlich als Hochzeitsgeschenk von dir?"
„Rate mal! Es ist schwarz, glänzend und schnell wie der Blitz", erwidert Jack und fragt dann mich: „Und was schenkst du mir?"
„Weiß nicht! Ich hab auch überhaupt kein Geld für ein Hochzeitsgeschenk. Wünscht du dir irgend etwas Bestimmtes?"
Jack setzt ein durchdringendes diabolisches Lächeln auf.
„Hm, wie wäre es mit deiner unsterblichen Seele?"

9

SHOP OR DIE!

Jack und ich bleiben bis zum frühen Nachmittag in den Federn. Das heißt aber nicht, dass wir die ganze Zeit schlafen.
Keineswegs!
Schließlich treibt mich der Hunger aus dem Bett, und ich hüpfe unter die Dusche.
Während ich mich rasiere, habe ich für den Bruchteil einer Sekunde das merkwürdige Gefühl, als würde mich jemand aus dem Rasierspiegel heraus beobachten.
Blödsinn!

Als ich ins Schlafzimmer zurückkomme, ist Jack mitten in einem Telefonat: „Okay, okay! Sag Fridolin, er soll einfach vor dem Haus warten. Was? Ja, wird gemacht. Ciao!"
Jack lächelt mir zu. „Grüße von Silvie. Sie ruft dich an. Ich werd auch erst einmal duschen und dann gehen wir schnell was essen und einkaufen. Wir brauchen Zahnbürsten und du brauchst frische Socken!"
Während Jack sich frisch macht, ziehe ich nochmal die Klamotten von gestern an und lege eine CD auf. Die Hypnotic Stairs mit ihrem aktuellen Hit „Early Retirement (is not for me)", einer strunzdummen Trance-Nummer.
„Leg das bloß ab!", grölt Jack, der pudelnass ins Zimmer kommt und mit einem Handtuch wedelt.
Also drücke ich schnell auf STOP und EJECT und nehme die CD aus dem Player. Jack reißt sie mir aus der Hand

und wirft sie wie ein Mini-Frisbee aus dem offenen Fenster.
„Weg mit dem Dreck! Du kannst das nicht bewusst wahrnehmen, aber für meine empfindlichen Ohren ist es wirklich ziemlich heftig, weißt du?“, erklärt er und schlüpft in seinen zerknitterten Anzug. „Silvie hat eine ganze Reihe von diesen CDs mit fast unhörbaren sublimen Botschaften in den Handel gebracht. Während der Beat Ba-boom-ba-ba-boom-boom-ba-boom macht, penetriert eine Nachricht wie SATAN IST MEIN HIRTE oder so dein Unterbewußtsein. Wieder und wieder und wieder. Das gibt es als Techno und Hip-Hop und als Schlager und Country-&-Western und sogar mit biederen Kirchenliedern. Überall, wo es Tonträger gibt. Du siehst es einmal mehr: Der Teufel steckt im Detail. Das Zeug verkauft sich übrigens wie geschnittenes Brot.“

Wir schnappen uns ein Taxi, fahren nach Bornheim und essen in Knoblauchsauce schwimmenden Schwertfisch in einem kleinen griechischen Restaurant. Schließlich ist heute Freitag.
Dann bummeln wir die Berger Straße runter und kaufen ein paar Lebensmittel, Champagner und Zahnbürsten bei Aldi sowie ein Dutzend Paar schwarze Kellnersocken bei einem fliegenden Händler.

Auf der Straße und in den Läden bemerke ich immer wieder Passanten und Verkäufer, die schwarze Schleifchen an ihrer Kleidung befestigt haben.
„Was bedeuten eigentlich diese Schleifen?“, frage ich Jack, der gerade eine chromblitzende Swatch für mich und eine Timex mit beleuchtbarem Zifferblatt für sich selbst aussucht.

„Sie symbolisieren Solidarität und Mitgefühl mit den Angehörigen der Opfer des Bürostadt-Desasters. Es sind ja nicht nur die Leute in dem Jumbo umgekommen“, erklärt er mir und lächelt verträumt, „sondern auch noch mal gut 400 Büroangestellte und Leute, die in ihren Autos von den brennenden Wrackteilen erschlagen wurden und so weiter. Du hast das ja alles nicht so mitgekriegt, damals, aber halb Deutschland war noch Tage später wie gelähmt vor Betroffenheit!“

Als nächstes erstehen wir ein paar schicke Calvin-Klein- und Versace-intensive-Slips in verschiedenen Farben für mich.
Jack ist eher nicht so der Unterwäsche-Typ.
„Das Allerwichtigste ist, dass dein Päckchen da vorn gut zur Geltung kommt“, doziert Jack in dem kleinen Wäschegeschäft und greift mir beiläufig in den Schritt, „da schauen die Leute immer als erstes hin!“
Bei Saturn erwerben wir einen Rio-Player und eine Olympus-Digitalkamera.
„Für den Fall, dass du vielleicht mal ganz spontan Lust hast, Aktfotos von dir ins Internet zu stellen“, meint Jack.
Dann nehmen wir im Vorbeigehen beim Optiker noch zwei identische ultra-coole JPG-Sonnenbrillen mit und stiefeln so, quasi im Partnerlook, ins nächste Schuhgeschäft. Ich entscheide mich für ein Paar helle Wildlederschnürschuhe und schwarze Laufschuhe mit blauem Inlet und Jack findet ein paar ganz okaye hellbraune Slippers.
Als nächstes brauchen wir Hemden. Jack feilscht um vier schlichte Polo-Shirts in verschiedenen Farben von De Kalb und ich nehme ein kobaltblaues Plüsch-Body-Shirt von Terre-de-Pierre sowie ein paar schwarze Dinger mit

V-Ausschnitt, ein Karo-Hemd von Cavenline und ein farbenfrohes Tinky-Winky-T-Shirt, das den beliebten Tele-Tubby vor einer Regenbogen-Fahne zeigt.
„Hemden“, belehrt mich mein Gemahl, „müssen so eng geschnitten sein, dass die Nippel richtig gut rauskommen. Dann denken die angesprochenen Verkehrskreise automatisch an Sex!“
Anschließend kaufen wir eine halbe Douglas-Parfümerie leer, erstehen ein halbes Pfund billigen Modeschmuck bei einem Straßenhändler und schauen noch in die eine oder andere Boutique.
Ich erwärme mich für ein Paar einfache Raw-Denim-Hosen und weiße, halblange Dingsda-Shorts, wegen der anhaltenden sommerlichen Temperaturen. Jacks Wahl fällt auf stinknormale D-&-G-Jeans.
Während ich die Hosen anprobiere, gibt mir Jack wertvolle Tips: „Der Hintern muss knacken. Das ist deine Visitenkarte. Und nie vergessen: Bei dem Päckchen da vorn muss den Tucken das Wasser nur so im Munde zusammenlaufen. Das ist das A und O. Sonst kannst du ja grad in einem Kartoffelsack rumlaufen. Und stopf nicht immer alles in die Hosentaschen, das wirkt total unschwul!“, sagt er und wirft mir einen modischen Eastpak-Bodybag zu, der, wie er sagt, ganz zauberhaft mit meiner Augenfarbe korrespondiert.
Schnell kaufen wir noch ein bonbonfarbenes Nokia-5110-Handy mit günstigem Fun-Tarif.
„Natürlich brauchst du ein Handy, Schatz“, belehrt mich mein Gatte, „nun stell dir mal vor, du verpasst den Fick des Jahrtausends, nur, weil du zwei Minuten lang nicht zu erreichen bist!“
Zum krönenden Abschluss nehmen wir noch einen Hunderter-Pack extra-starke schwarze Gummis und zwei

Tuben Gleitcreme aus der kleinen Kondomerie am Merianplatz mit.
Wenn immer möglich, zahlt Jack mit einer Kreditkarte, auf der der Name eines bekannten Fernseh-Nachrichtensprechers und -Moderators steht.
„Der blecht alles, und zwar ohne mit der Wimper zu zucken!“, behauptet Jack kichernd, als ich ihn darauf anspreche, und ich verzichte lieber darauf, genauer nachzufragen.

„Satan! Satan! Du bist der Teufel!“ Wie aus dem Nichts steht urplötzlich ein großer hagerer Kerl vor uns auf dem Bürgersteig. Er riecht nach kaltem Schweiß und hat filzige lange Haare, einen buschigen Vollbart, weit aufgerissene Augen und trägt, obwohl es ein brütend heißer Tag ist, einen schmutzigen Salz-und-Pfeffer-Mantel. In der einen Hand hält er eine qualmende Zigarette, mit der anderen gestikuliert er wild.
„Der Satan! Der Satan!“, krächzt er heiser und kann sich überhaupt nicht mehr beruhigen.
„Da hast du mich ja voll durchschaut. Herzlichen Glückwunsch!“, sagt Jack mit jovialem Lächeln und schnippt mit den Fingern.
Im gleichen Augenblick beginnt der arme Kerl zu husten. Ein nicht zu stoppender Hustenanfall. Seine Augen tränen. Er würgt und würgt und hustet und hustet und verkrampft sich und lässt seine Zigarette fallen.
„Ich glaube, er hat einen Frosch im Hals“, meint Jack.
Dann, wie aufs Stichwort, hüpft ein schwarzer Frosch aus dem Hals des Hageren, quakt und verschwindet mit zwei Sprüngen im nächsten Gulli.
Ich schaue mich um. Anscheinend hat niemand etwas von dem bemerkt, was sich hier gerade abgespielt hat.

Jack winkt uns ein Taxi heran, und wir machen uns aus dem Staub.
„Einige Geisteskranke sind interessanterweise in der Lage, meine Tarnung wie Fensterglas zu durchschauen“, erklärt Jack den Vorfall. „Zum Glück bin ich aber nicht völlig hilflos.“

Mit vollgepackten Tüten springen wir kurz vor halb sieben vor meinem neuen Zuhause aus dem Taxi.
Auf der gegenüberliegenden Straßenseite sehen wir den guten Fridolin warten.
Er trägt transparente Kunststoff-Sandalen, beige Texashosen, und ein riesiges schwarzes T-Shirt, mindestens XXXL, mit weißem Aufdruck „Anthropo-FAG and proud of it!“. Er winkt uns zu und lächelt wie ein Honigkuchenpferd.
„Silvie hat mir am Telefon erzählt, dass er bei der blöden Jungschar-Orgie später noch ein faustgroßes Stück aus der Schulter von so 'nem arroganten Schnösel gebissen hat!“, kichert Jack, während wir über die Straße gehen. „Irgendwie macht dieser große Junge instinktiv immer das Richtige!“
Wir schütteln dem freundlich schnurrenden Riesen die Hand, ich bin ganz erstaunt, dass er sie mir nicht aus Versehen zerquetscht, und dann überreicht er Jack einen Autoschlüssel.
„Der ist für dich, Wolfi!“, ruft mein Schatz ganz begeistert und gibt mir einen leidenschaftlichen Kuss. „Mein Hochzeitsgeschenk für dich!“
Fridolin gibt den Blick frei auf den chromblitzenden schwarzen BMW Z 3 Roadster, vor dem er sich aufgebaut hat.

„Gerade in schwarz sieht er fast ein bisschen aus wie die Kinderkarussell-Ausgabe des Batmobiles“, sagt Jack und drückt mir den Schlüssel in die Hand, „aber wart erst mal ab, bis wir damit über die Autobahn zischen, du wirst begeistert sein!“

10

AUTO, MOTOR, SEX!

„Höchstgeschwindigkeit 250 Kilometer pro Stunde!“ Jack erklärt mir die Vorzüge meines neuen Roadsters. „Guck ihn dir ruhig mal an! Toll, nicht? Überhaupt, ich sage dir, dieses kleine Baby ist genau das richtige für dich: Nicht zu protzig, aber auch nicht zu armselig. So einen sportlichen Flitzer schenken heutzutage Eltern ihren braven Kindern zum Abitur. Komm, Wolfi, wir machen eine Spritztour!“
Wir steigen ein. Ich hinter dem Lenkrad.
„Ich bin seit Jahren nicht mehr Auto gefahren!“, beichte ich.
„Ach komm“, meint Jack, „das ist wie mit dem Schwanzlutschen. Wenn du es erst mal drauf hast, verlernst du es nie mehr.“
Also lass ich den Wagen an.
„Wir treffen uns Punkt Mitternacht in der *Stählernen Banane*!“, ruft Jack Fridolin zu, der freundlich nickt und gleich darauf nur noch als kleiner Punkt im Rückspiegel zu sehen ist.
„Wow!“, höre ich mich sagen, „das macht ja richtig Spaß!“
„Genieße die rohe Power der Sechzylinder-Triebwerke!“, deklamiert Jack wie in einem Werbespot, „Das ist das echte Roadster-Feeling! Gib Gas!“
Während wir die Friedberger Landstraße hochjagen, versuche ich mich anzuschnallen.
„Lass das!“, mahnt Jack, „nur Feiglinge schnallen sich an!“

Ich halte kreuzbrav vor einer roten Ampel, und er verdreht die Augen, als wäre ich nicht ganz dicht.
Wenigstens kann ich mich jetzt schnell mal mit dem Cockpit vertraut machen. Alles sehr edel. Dann entdecke ich Fridolins Zigarrenstummel und irgendwelche abgenagten Knöchlein im Aschenbecher.
„Oh nein! Der wird doch nicht etwa ein halbes Hähnchen hier im Auto verdrückt haben!“, verzweifelt halte ich nach Fettflecken auf den topasblauen Ledersitzen Ausschau, finde aber zum Glück keine.
„Das sind doch keine Hühnerknochen!“, sagt Jack und leert den Aschenbecher auf die Straße aus. „Pass auf, Wolfi! Lass uns schauen, ob du das Baby in weniger als zehn Sekunden auf hundert Stundenkilometer kriegst, okay?“
„Hast du irgendwann mal als Verkehrsteufel gearbeitet?“, frage ich zurück.
Dann schaltet die Ampel auf Grün und ich gehe voll aufs Gas.
„Sieben Sekunden! Gar nicht schlecht!“, lobt er mich, während er auf seine neue Timex guckt. „Das ist doch ein irrer Sound, eh? Der pure Genuss!“, er meint das Motorengeräusch. „Komm, wir düsen aufs Land und ficken irgendwelche Dorfdeppen in den Hintern!“

Wir zischen fast einhundert Kilometer über die Autobahn Richtung Köln und wieder zurück, liefern uns kleine Wettrennen mit anderen vorbeifahrenden Sportwagenfahrern, scheuchen Sonntagsfahrer von der Überholspur, brettern bei Wiesbaden über die Landstraßen, tanken zwischendurch, trinken eiskaltes Binding-Lager, werfen die leeren Büchsen während der Fahrt aus dem Auto und amüsieren uns einfach königlich.

Gerade kurven wir durch die Botanik irgendwo bei Darmstadt-Wixhausen. Es wird jetzt ziemlich schnell dunkel.
„Lass uns noch schnell ins *Café Mörfelden* fahren!“, schlägt Jack vor.
„Na hör mal“, entgegne ich mit gespielter Empörung, „wir sind frisch verheiratet! Brauchst du etwa jetzt schon Abwechslung vom Ehealltag?“
„Pah! Jetzt vergiß mal ganz schnell diesen Heirats-Unsinn! Eine Ehe zwischen dem Teufel und einem Sterblichen ist wahrscheinlich sowieso nicht rechtsgültig!“, antwortet Jack mit ebenfalls gespielter Spitzfindigkeit, während ich Kurs auf *Café Mörfelden* nehme.

Von den zahlreichen „schwulen“ Autobahn-Parkplätzen im Rhein-Main-Gebiet ist *Café Mörfelden* mit Abstand der beliebteste. Eine Institution. Es gibt sogar Merchandising-Artikel wie T-Shirts, Baseball-Mützen und Kaffeebecher mit dem Slogan „*Café Mörfelden* – hinfahren und abfahren!“ beziehungsweise „*Café Mörfelden* – hinfahren und abspritzen!“ zu kaufen. Die Becher fehlen in keinem Frankfurter Tuckenhaushalt, der wirklich etwas auf sich hält.
Heute Abend ist hier jedenfalls wirklich die Hölle los. Vielleicht wegen des guten Wetters. Wir haben redlich Mühe, einen freien Parkplatz zu ergattern. Überall stehen Fahrzeuge mit Kennzeichen aus der näheren Umgebung. Die darin sitzenden Männer werfen uns bedeutungsschwangere Blicke zu, wenn sie nicht gerade anderweitig beschäftigt sind.

Auf den Rücksitzen und im Gebüsch wird auf Teufel komm raus gewichst, geblasen und gefickt.
Grillen zirpen.
Wir lehnen uns an meinen schicken Roadster und genießen die laue deutsche Nachtluft. Jack dreht das Radio lauter, es läuft der weltweite Sommerhit „Mambo Number Five“.

Ein junger blonder Kerl, ganz passabel aussehend und nur mit einem viel zu knappen Feinripp-Unterhemd, seidenem Turnhöschen und zitronengelben Adidas-Jogging-Schuhen bekleidet, kommt „zufällig“ vorbeispaziert und starrt gierig auf die Beulen in unseren Hosen.
„Na komm schon her“, lockt ihn Jack.
Das lässt er sich nicht zweimal sagen und Jack zieht ihm im Handumdrehen das Höschen runter und lässt ihn bäuchlings auf die heiße Motorhaube des BMWs sinken.
„Hu-u-u-u!“, macht der schöne Unbekannte.
„Was für ein Prachtarsch!“, freut sich Jack und drückt mir ein Gummi und die Tube mit Gleitcreme in die Hand. „Ich glaube,die Ärmste braucht es dringendst!“
Ich lasse meine Hose herunter, rolle das Kondom fachmännisch über meine stark erregte Männlichkeit, gebe einen ordentlichen Stratz Gleitcreme darauf, setze an und stoße unerbittlich zu.
„Ah-h-h-h!“, ächzt die blonde Stute.
Ja, das tut gut.
„Okay“, höre ich Jack sagen, der sich von hinten an mich schmiegt, „jetzt machen wir das Grillhähnchen!“
Gesagt, getan!
Im Radio läuft jetzt eine aktuelle Dance-Nummer mit Stampf-Beat, die uns den richtigen Rhythmus vorgibt.

„Schau dir das an“, sage ich hinterher zu Jack, „die kleine Sau hat voll auf die nagelneue Motorhaube abgerotzt!“
„Mach dir nichts draus“, erwidert er, „das ist nur Eiweiß, das geht beim nächsten Regen wieder ab.“

Mittlerweile platzt der kleine Autobahnparkplatz aus den Nähten. Es ist ein einziges Kommen und Gehen und Gehen und Kommen. Starker Verkehr, sozusagen Stoßzeit auf *Café Mörfelden*.
„Ach du Schreck!“ Jack lässt seine Timex aufleuchten. „Schon halb zwölf durch! Wir sind doch um Mitternacht mit Fridolin in der *Stählernen Banane* verabredet! Mach mal hin“, herrscht er den biederen Familienvater an, der gerade dabei ist, uns beiden abwechselnd die Schwänze zu lutschen, „wir haben nicht die ganze Nacht Zeit!“
Keine zehn Minuten später rasen wir in einem Höllentempo über die Autobahn zurück nach Frankfurt.

Und die Nacht ist noch jung!

11

DIE STÄHLERNE BANANE!

„Die *Stählerne Banane* ist einer dieser illegalen Tanzschuppen, die im Augenblick überall aus dem Boden schießen. Irgendwo an einer geheimen Location, im Industriegebiet zum Beispiel, blüht er im Verborgenen und löst sich dann, nach ein paar Wochen vielleicht, in Wohlgefallen auf." Jack ist bestens gelaunt, während er mich durch die stockdunklen Straßen am Osthafen lotst.
„Da sind wir schon!", sagt er, und ich bringe den Roadster zum Stehen. Es ist absolut nichts zu sehen. Wir steigen aus und folgen dem Boom-Boom-Boom einer Bass-drum, das aus einem finsteren Lagerhaus zu uns herüberweht.
Jack klopft an eine Stahltür, auf der ein winziger Chiquita-Banana-Aufkleber haftet, jemand begutachtet uns durch ein Guckloch und lässt uns dann ein.
„Hallo, Jerome!", Jack drückt dem dunkelhäutigen Türsteher ein Küsschen auf die Wange, und wir steigen eine Treppe hinunter und sind auch schon mitten in der *Stählernen Banane*.
Der Laden ist ein bisschen auf Hafenbar getrimmt, mit Fischernetzen an der niedrigen Decke und Rettungsringen und Seesternen an den Wänden. Außerdem gibt es eine alte Onkel-Tuca-Dekoration vor der Tür zum Notausgang und jede Menge Photographien und Poster, die Josephine Baker bei ihrem berühmten Bananentanz zeigen. Die Attraktion ist auf jeden Fall der riesige, ausgestopfte Haifisch, der über der langen Theke baumelt. Direkt daneben hängt eine echte Bananenstaude. Die Bananen sind allerdings noch ziemlich grün.

Hinter der Theke wurstelt ein verknitterter glatzköpfiger Barkeeper herum, der im Augenblick nichts weiter zu tun hat, als Schnapsgläser zu polieren. Irgendwie kommt er mir bekannt vor, vielleicht hat er früher mal im *Karussell* gearbeitet oder im *Bingener Loch*. Das muss schon irre lange her sein.
„Um diese Uhrzeit ist hier natürlich noch nichts los. Erst so gegen fünf oder sechs, wenn die anderen Läden dicht machen“, kommentiert Jack die gähnende Leere und bestellt uns zwei Sauergespritzte.
Der DJ, eine übermäßig stark geschminkte Trine, legt eine Neubearbeitung von „Non, je ne regrette rien“ mit einem geilen pumpenden Beat auf und Jack summt den Refrain mit.
Wir entdecken Fridolin an einem Tisch neben der provisorischen Tanzfläche. Er trägt ein flottes Hawaiihemd, trinkt Bier und spielt Würfeln mit zwei flachsblonden jungen Burschen.
„Das sind Sascha und Wassilij, Zwillinge aus der Ukraine oder so. Die talentiertesten Stricher, die Frankfurt je gesehen hat, das kannst du mir glauben. Die beiden Schlingel arbeiten generell nur als Duo. Wassilij ist ein Deckhengst wie er im Buche steht und wird von allen nur Big Willy genannt, wenn du weißt, was ich meine, und Sascha ist ein absolut begnadeter Bläser vor dem Herrn“, erzählt mir Jack und winkt ihnen freundlich zu.
„Heute sind ja wirklich nur bekannte Gesichter hier“, Jack meint einen schlaksigen Enddreißiger mit auffällig vorstehendem Adamsapfel, Jacketkronen und zurückweichenden dunkelblonden Haaren, in cremefarbenen Jeans und weißem Calvin-Klein-T-Shirt, der gerade hereinschneit.

„Das ist Hank aus San Diego. Hank hat in den Achtzigern ein Vermögen mit Scherzartikeln gemacht. Seine größte Erfindung war Fake Toiletpaper, die täuschend echte Nachbildung einer Toilettenpapier-Rolle aus Vollgummi. Stell dir vor: Du sitzt fröhlich pupsend auf dem Thron und denkst, alles ist Bingo, und wenn du nach dem Klopapier greifst, erlebst du eine böse Überraschung! Damit hat er Millionen gescheffelt. Ein Arschloch. Aber schwerreich. Jetzt treibt er sich überall in der Weltgeschichte herum, immer auf der Suche nach hübschen Bengeln wie dir."
Der besagte Hank kommt direkt zu uns an die Bar, bestellt einen Jim Beam auf Eis und begrüßt uns.
„Hello, Jack, how do you do? Wer ist denn der good-looking Boy hier?" Er lässt seinen affektierten amerikanischen Akzent voll raushängen.
„Muss ja, und selbst?", erwidert Jack und legt seine Hand auf meine Schulter. „Das ist Wolfgang!", stellt er mich vor. „Wolfi ist neu in der Stadt."
Hank mustert mich mit Kennerblick und sagt dann: „Hello, Wolfgang, you're looking great!"
Jack lässt seine Timex aufleuchten. „Jesus Christus! Schon so spät! Fridolin und ich müssen jetzt aber rennen, sonst verpassen wir den Flieger!", teilt er mir mit, wirft der Barschlampe einen Zehnmarkschein zu und ruft laut „Fridolin! Wir müssen los!", über die Tanzfläche.
„Mach keine Dummheiten, während ich weg bin. Gegen Ende nächster Woche bin ich wieder in Frankfurt." Er gibt mir einen dicken Kuss.
„Ich könnte doch mitkommen!", schlage ich in einem Anflug von Reiselust vor.
„Lieber nicht. Du würdest dich bestimmt nur langweilen, Schatz. In dringenden Fällen kannst du mich übrigens

erreichen, wenn du dreimal laut meinen Namen rufst. Aber nur, wenn´s wirklich super-wichtig ist, okay?"
Bevor ich noch irgendetwas erwidern kann, haben sich Jack und Fridolin aus dem Staub gemacht.

Der DJ legt den aktuellen Remix einer alten KLF-Nummer auf, und es zieht mich auf die Tanzfläche. Es kommt mir vor, als ob ich seit zwanzig Jahren nicht mehr getanzt hätte.
Ich bin ein richtiges Energiebündel und tanze stundenlang vergnügt vor mich hin.
Langsam füllt sich die *Stählerne Banane*. Jede Menge Happy People, Zigarrenraucher in teuren Anzügen und ein paar echt schrille Typen. Der DJ bedient die tanzwütige Meute mit heißem Funk, House und schwulen Dance-Classics. Gloria Gaynor und der ganze Scheiß. Die Stimmung steigt. Schweiß trieft von der Decke.
So gegen drei Uhr habe ich erst mal genug. Ich habe Durst und kämpfe mich zur Theke durch, um mir ein Wasser zu bestellen. Grade will ich nach der Bedienung winken, da fällt mir schlagartig ein:
Ich habe ja kein Geld dabei! Ich habe überhaupt gar kein Geld! Keine EC-Karte! Keine Kreditkarte! Nichts!
„Darf ich dich einladen, zu einem Getränk?", fragt mich Hank, der urplötzlich neben mir aus dem Gedränge auftaucht.
„Aber gern!", lächle ich, und er bestellt zwei Gläser Hausmarke. Wir stoßen an. Er hat schon ganz schön einen im Tee.
„Okay, Sweetheart", flüstert er mir ins Ohr, „hast du Lust, ein paar ordentliche Deutschmarks zu machen?"

Vielleicht zwanzig Minuten später brausen wir in meinem schwarzen Roadster den Oeder Weg hoch, suchen uns einen Parkplatz und eilen in seine mondän ausgestattete Drei-Zimmer-Wohnung im dritten Stock eines eleganten Neubaus.
„Sag mal, Darling“, meint Hank, während er mir eine schwere weiße Kunststoffschürze in die Hand drückt, „hast du eigentlich schon mal bei einer Metzger-Schwein-Nummer mitgemacht?“

12

DAS PONY IN DER SAUNA!

Samstag, 11. 9. 12:45 Uhr. Ich habe kaum geschlafen, trotzdem bin ich topfit.
Ich greife mir ein paar Scheine aus dem Bündel Banknoten, das mir Hank gegeben hat. Dafür habe ich ihn in einer Metzgerschürze, in Gummistiefeln und mit einem Plastik-Messer bewaffnet stundenlang durch seine weitläufige Wohnung gejagt, und Hank hat wie eins von den drei kleinen Schweinchen gequiekt und sich der wilden Phantasie hingegeben, geschlachtet und ausgenommen zu werden. Dann hat er mir sechs- oder siebenhundert Mark und jede Menge Dollarscheine zugesteckt und mich für übermorgen früh in seine Wohnung und für nächsten Sommer auf seine Yacht in Nizza eingeladen.
Natürlich habe ich zugesagt. Es ist leicht verdientes Geld und irgendwie auch wirklich richtig heiter.

Wie auch immer, ich platze vor Tatendrang. Schnell kleb mir ein frisches Nikotin-Pflaster auf den Hintern, schlüpfe in die neuen Shorts, das bekloppte Tinky-Winky-T-Shirt und die neuen ultra-coolen Laufschuhe und mach mich auf die Socken Richtung Konstabler Wache.

Ich schaue auf dem von Menschen nur so wimmelnden Erzeugermarkt auf der *Konsti* vorbei und mache einen kurzen Stopp an einem der Äppelwoi- und Sekt-Stände. Heute genehmige ich mir aber nur einen süßen Apfelsaft, weil ich Alkohol anscheinend zur Zeit überhaupt nicht

vertrage, genieße die Sonne und lasse meinen Gedanken freien Lauf:
Ich bin jung! Ich bin schön! Ich bin superpotent! Mein tristes Dasein hat sich in eine wahnsinnig aufregende Achterbahnfahrt verwandelt!
Was kommt als Nächstes?
Gutgelaunt bummel ich die von Menschenmassen überflutete Zeil entlang Richtung Hauptwache.

An der Hauptwache halte ich nach dem blonden Schatz Ausschau, den ich hier vor 14 Tagen bei seinen unbeholfenen Skateboard-Kunststücken beobachtet habe.
Ich könnte ihm ein Eis spendieren und so tun, als würden wir uns von irgendwoher kennen. Oder fragen, wo man in Frankfurt am besten Skateboards kaufen kann. Die üblichen Tricks. Kennt man ja!
Aber er ist nirgends zu sehen.
Pech!

Also laufe ich einen kleinen Bogen, vorbei am *Goethehaus*, an *Zweitausendeins* und am *Helium* und entschließe mich, einen Milchkaffee im *Liliput* zu nehmen.
Mit sehr viel Glück finde ich einen freien Tisch in dem kleinen Garten, der nach hinten raus liegt, mache es mir auf einem der Aluminium-Stühle bequem und gebe meine Bestellung bei dem netten Kellner auf.
Der Garten ist überhaupt das Beste am *Liliput*: Vögel zwitschern, ein kleiner Springbrunnen plätschert und Mäuse rascheln zwischen den Büschen hin und her. Eine kleine Oase mitten in der City!
Während ich auf meinen Milchkaffee warte, blättere ich durch die September-Ausgabe des kostenlosen Frankfurter

Gay-Magazins *GAB*. Das Titelthema ist „Schwuler Herbst – Schwule und Lesben im Alter“.
„Das hab ich ja grade noch mal abwenden können!“, freue ich mich still und bewundere mein blutjunges Spiegelbild in der Fensterfront.
Am Nebentisch sitzt ein junger Kerl mit seinem alten Mütterlein. Er sieht gut aus, braungebrannt und blondgefärbt mit Trendfrisur und -bart und den gleichen blauen Augen, der Höckernase und dem leichten Überbiss wie seine Mutter, die um die Vierzig ist und ganz und gar in Landhaus-Mode daherkommt. Wahrscheinlich lebt sie in Wiesbaden oder Bad Homburg.
Ganz offensichtlich hat er ihr erst kürzlich gebeichtet, dass das mit den Enkeln wohl nichts wird, und jetzt zeigt er ihr seine schöne schwule Welt. Jedenfalls das, was man einer Mutter unbesorgt davon zeigen kann. Fehlt eigentlich nur noch, dass der Schwiegersohn in spe erscheint...
Wie aufs Stichwort kommt er angeschwebt. Schicker silbergrauer Anzug, braungebrannt, schwarze Trendfrisur und -bart, Einkaufstaschen von DOM und Douglas in der Hand und ein Colgate-Lächeln, das jedes Schwiegermutterherz im Sturm erobert.
„Mutti, darf ich dir Thomas vorstellen? Thomas ist Junior-Account-Manager bei Ogilvy & Mather. Wir wollen zusammenziehen, sobald seine Probezeit vorbei ist“, flötet der brave Sohn und präsentiert ihr seinen Traumprinzen.
Mutti ringt sich ein herzliches Lächeln ab. Shakehands. Küsschen. Heile Welt.
„Schwule und ihre Mütter!“, denke ich nur.
Da kommt die Schwester mit meinem Milchkaffee, und ich wende mich den Kontaktanzeigen in der *GAB* zu. Leider ist hier kein Traumprinz für mich zu finden.

Nach dem Milchkaffee vertrete ich mir noch ein wenig die Beine und glotze kurz ins Schaufenster von DOM; stelle fest, dass das *New Paragon*, das früher *Paragon* hieß, jetzt *Sunset* heißt und kaufe noch ein paar Fressalien in der Kleinmarkthalle ein.
Mit den Einkäufen schlendere ich in meine nahe gelegene Wohnung und kaum habe ich die Sachen in den Kühlschrank geworfen, sehe ich, wie der iMac verführerisch vom Eßtisch her funkelt.

Keine zwei Minuten später surfe ich durchs Internet und richte mir erst mal eine neue e-Mail-Adresse bei Hotmail ein.
Jeder ernsthaft schwule Mann braucht wenigstens eine anonymisierte e-Mail-Adresse.
„Was wohl der Vorbesitzer für Lesezeichen hatte?“ überlege ich und schau einfach nach.
Irgendwelche Opern-Seiten. Das war ja zu erwarten.
Seine eigene offizielle Fan-Page. Die ist jetzt ganz in schwarz gestaltet, mit „We will always remember you!“ als Headline und Foto des teuren Verblichenen. Dazu zirpt der Trauermarsch aus den Lautsprechern. Wie eine dieser neumodischen Beileidskarten mit Mikrochip in der Mitte, die ein Ave Maria oder so klimpern, wenn man sie aufschlägt.
Was hat er noch markiert? Eine Handvoll Newsgroups. Ich probiere alt.binaries.pictures.erotica.stoma und kann gerade noch auf HOME klicken, bevor es mir den Magen umdreht.
alt.binaries.pictures.erotica.amputophilia klick ich gar nicht erst an, statt dessen lösche ich seine sämtlichen Bookmarks, leere den Cache und entferne sämtliche persönlichen Dateien des Unvergessenen.

Mit GAYSCAPE schau ich mir noch die eine oder andere schwule Site an. Was es nicht alles gibt!
Etwas drückt in meiner Tasche. Das ist jetzt aber keine Wumme oder Rakete oder Rolle Drops oder so, sondern mein Autoschlüssel.

Surfen oder Cruisen?

Draußen lacht die Sonne und schon sitze ich hinter dem Steuer meines nieten-nagel-neuen BMW Z3 und zuckel durch die City. Das Radio pumpt „New York City Boy" von den Pet Shop Boys in die Lautsprecher-Boxen des Roadsters.
„You´ll never have a bored day..." Boom-Boom-Boom-Boom!
„Definitiv nicht die Musik, um vor einer roten Ampel zu stehen!", denke ich, während ich genau das tue. Es ist kurz nach halb fünf und die Menschenmassen von der Zeil verstopfen jetzt mit ihren spießigen Familienkutschen die Ausfahrtstraßen. Gibt es da eigentlich kein Gesetz?
Ich schleiche im Stop-and-go die Darmstädter rauf und biege entnervt in die Mörfelder Landstraße. Auch hier ist zähfließender Verkehr angesagt. Das ist kein Spaß! Was tun?
Plötzlich fällt mir ein, dass ich ja schon seit einer Ewigkeit nicht mehr in der Amsterdam Sauna gewesen bin. Warum nicht? Parkplätze gibt es da immerhin genug!

Tatsächlich erwische ich einen Parkplatz direkt vor der Tür, läute, trete ein, zahle bei der Kassiererin mit dem Jason-King-Bärtchen, schließe meine Klamotten in einen Blechspind, knote mir ein blütenweißes Handtuch um die

schmalen Hüften und stapfe die Treppe hinunter in Richtung Dusche.
Obwohl draußen ein unglaublich sonniger Spätsommertag ist, ist die Amsterdam Sauna gerammelt voll. Ich muss sogar an den Duschen Schlange stehen.
Der Macht der Gewohnheit folgend, gehe ich erst mal in die Dampfsauna und steuere auf die dunkle Ecke ganz hinten zu.
Bevor sich meine Augen an das Halbdunkel gewöhnt haben, bin ich von sechs oder sieben stark erregten Männern umgeben, die nach mir greifen, mich prüfend anfassen, meine Brustwarzen zwicken, meinen Schwanz wichsen oder daran lecken, meinen Hintern tätscheln, mir ihre Zunge zwischen die Lippen rammen, sich an meinem Körper reiben, mir ihre harten Knüppel in die Hand drücken und so weiter.
Das hätte ich mir eigentlich auch denken können: Ich bin hier schließlich Frischfleisch und gottverdammt jung dazu. An Flucht ist nicht zu denken. Und warum auch? Ich lasse den geilen Böcken ihren Spaß und gebe mich ihren Berührungen hin. Schwitzend und keuchend im Schutz der Dunkelheit. Innerhalb weniger Minuten spüre ich, dass es mir gleich kommen wird. Ich gebe mir gar nicht erst die Mühe, den nahenden Orgasmus auch nur eine Sekunde aufzuhalten und spritze meine Ladung irgendeinem Burschen auf die haarige Brust.
Dann winde ich mich aus den Umarmungen der lüsternen Unbekannten, verlasse die Dampfsauna, schnappe mir mein Handtuch und gehe duschen.

Der Whirlpool ist vollbesetzt mit mindestens zwölf Kerlen, die reihum lustvoll aneinander rumfummeln, wie frühpubertierende Knaben bei einem Pfadfindertreffen.

Auf die finnische Sauna habe ich jetzt keine Lust. Also steige ich die Treppe wieder rauf und leihe mir an der Kasse ein Höschen aus.
Es ist in den Frankfurter Gay-Saunen Pflicht, dass man ein keusches Höschen trägt, wenn man den gastronomischen Bereich betritt.
Bekleidet mit dem Höschen und mit dem Handtuch um die Schultern gehe ich in den ersten Stock in die kleine Taverne. Ein Video-Beamer projiziert ein Siebziger-Jahre-Homo-Porno an die hintere freie Wand. Die Tische und die Bar sind besetzt. Ich finde schließlich doch noch einen freien Platz und bestelle ein großes Mineralwasser und ein Wiener Schnitzel mit Bratkartoffeln.
Außer mir sind noch zwei Männer, so um die Dreißig und ein hübsches Greenhorn, circa Anfang zwanzig, am Tisch. Die beiden Älteren trinken Bier und versuchen den Jungen, der sich an einer Cola festhält, mit irgendwelchen Anekdoten von anno dazumal zu beeindrucken.
„Naja, er war vielleicht grade achtzehn und das erste Mal in einer Herren-Sauna“, erzählt der eine. „Im Dampfraum sind natürlich alle über ihn hergefallen wie die Aasgeier, und irgendjemand hat ihn an seiner Poppers-Flasche schnüffeln lassen. Das hat sein Kreislauf nicht vertragen, und er ist einfach mir nichts, dir nichts umgekippt. Mitten in der Dampfsauna. Dann kam der Notarzt mit Blaulicht und Martinshorn. Das war vielleicht ein Schauspiel! Vorher sind natürlich alle noch mal über den Kleinen rübergestiegen. Stimmt´s, Erwin?“
„Manche sogar zweimal!“, pflichtet Erwin bei. „Und dann war da noch die Sache mit dem Pony. So ein Großbauer aus dem Westerwald hat sein Lieblingspony mit in die Sauna gebracht. Das war, warte mal, 1986 oder 87. Und er hat das Pony mit in die Dampfsauna genommen. Keine

Ahnung, was da passiert ist. Erinnerst du dich noch, Georg?"
„Ja klar! Aber das war kein Pony! Hier ist doch nicht genug Platz, dass ein Pony überhaupt die Treppe runter kommt. Das war ein Schwein! Oder ein Schaf! Oder ein Schäferhund!", gibt Georg zu bedenken.
Der junge Bursche, den die beiden anbaggern wollen, blickt eher skeptisch und bestellt noch eine Cola.
„Es war ein Pony! So wahr ich hier stehe!", sagt Erwin mit dem Brustton der Überzeugung. „Ein kleines Pony. Wie heißen die nochmal?"
„Shetland-Ponies", helfe ich ihm weiter.
„Shetland-Ponies. Genau! Es war so ein kleines Shetland-Pony! Dieser eine Landwirt hat es mit in die Dampfsauna genommen. Das Pony ist ziemlich nervös geworden und hat Platzangst gekriegt. Ich meine, als Pony, ganz alleine in so einem dunklen feuchten Raum mit lauter nackten Männern! Jesus! Es ist total ausgeflippt und hat um sich getreten und gebissen und es ist durch die beiden Glastüren gesprungen und dann ist es in den Whirlpool gestürzt und ertrunken. Das war vielleicht ´ne Sauerei!"
Erwin lehnt sich zurück, zündet eine Marlboro an und inhaliert.
„Gab es damals hier schon einen Whirlpool?", frage ich scheinheilig.
„Das war überhaupt nicht hier!", meldet sich Georg. „Das war in der Concorde-Sauna. Und es war ein Schwein und kein Pony!"
„Pony!", erwidert Erwin besserwisserisch.
„Früher war hier echt der Teufel los! Da sind hier sogar immer ein paar von den Eintracht-Spielern hergekommen, nach dem Fußball-Training", erzählt jetzt Georg. „Die

haben sich oben in den Kabinen von ihren schwulen Fans verwöhnen lassen!"
„Wirklich?" Das Interesse des Greenhorns ist geweckt.
„Ja klar! Das war in der Zeit, bevor die Eintracht auf den Hund gekommen ist. In den Glanzzeiten des Vereins! Schon lange her."
„Und einmal gab es hier auch eine Schießerei", prahlt Erwin. „Irgendein Mafioso oder so ein Typ aus dem Rotlicht-Milieu ist in einer der Kabinen erschossen worden, als er sich mit einer Bekanntschaft zurückziehen wollte. Das war sogar in der Bild-Zeitung! Auf der Titelseite! Über dem Falz!"
„Glaub ich nicht!", meint der Jüngere und trinkt den Rest seiner Cola.
„Doch, das stimmt!", sagt Erwin mit Nachdruck und Georg nickt dazu. „Ich kann dir sogar die Einschusslöcher in der Kabinenwand zeigen!"
„Das will ich sehen!", meint das Greenhorn.
Die drei verschwinden in Richtung der besagten Kabinen. Gott allein weiß, was für Löcher sie sich da ansehen werden!
Jetzt wird mein Schnitzel gebracht. Es duftet lecker.
„Ist hier noch frei?", fragt einer von zwei jungen Männern, die jetzt nur mit keuschen Höschen bekleidet vor mir stehen.
„Macht es euch bequem!", sage ich mit vollem Mund und deute auf die freien Plätze.
Ich schau mir die beiden Jungs näher an und stelle fest: Es sind Heiko und Andy, die beiden Komiker aus dem *Schwejk*. Heiko ist jetzt völlig erblondet und hat ein zweites Brustwarzen-Piercing und Andys Haare sind ein klein bisschen länger geworden, was ihm besser zu Gesicht steht.

„Was passiert, wenn drei Schwule einer Blondine im Wald begegnen?“, fragt Andy.
Ich zucke mit den Schultern, obwohl ich die Antwort längst kenne.
„Hi hi hi!“, Andy gackert los. „Zwei halten sie fest und einer macht ihr die Haare!“
Der arme Andy kann sich überhaupt nicht mehr halten vor Lachen und wird ganz rot im Gesicht, als ob er gleich erstickte.
Ich tue so, als fände ich das Scherzrätsel auch ganz witzig.
„Was ist der Unterschied zwischen einem schwulen Pastor und einer Kirchenmaus?“, lautet Andys nächste Frage, als er endlich wieder Luft bekommt.
Und so geht es weiter, Gag um Gag, Kalauer um Kalauer und Pointe um Pointe.
Leider ist nicht ein Witz darunter, den ich noch nicht kenne!
„Ich muss jetzt noch ein bisschen schwitzen!“, teile ich den beiden mit, nachdem ich mein Schnitzel verdrückt habe und mache mich auf den Weg ins Untergeschoss in die finnische Sauna.

Später lasse ich mir in dem großen dunklen Ruheraum im zweiten Stock noch einen von Andy blasen. Das kann er zwar durchaus besser als Witze erzählen, aber für die nächste Sex-Olympiade wird es wohl noch nicht ganz reichen.
Während Andy noch wacker lutscht und saugt, beschließe ich, mich vom Acker zu machen und bei der Dippesmess vorbeizuschauen.
Die Dippesmess ist so eine Art Frankfurter Oktoberfest für Anspruchslose.

Wäre doch gelacht, wenn es mir nicht gelänge, beim Autoscooter irgendein unglaublich süßes Bürschchen aufzugabeln!

13

MEIN KLEINER LIEBLING

Es dämmert bereits, als ich endlich eine freie Parklücke in der Nähe des Festplatzes ergattere, auf dem die Dippesmess stattfindet.
Als Erstes nehme ich die Gassen mit den Töpferwaren-Ständen unter die Lupe. Die geben der Dippesmess überhaupt ihren Namen, denn Töpfe heißen auf frankfurtisch Dippes!
Hier gibt es jedenfalls nicht nur Dippes, sondern auch Nippes sowie Millionen von Tassen, die mit unterschiedlichen Vornamen beschriftet sind, aber nicht eine einzige mit Aufschrift „Faust".
Dazu gibt es den Modeschmuck vom letzten Jahr zu kaufen, T-Shirts mit irre komischen Sprüchen und jede Menge anderen nutzlosen Schnickschnack.
Besonders herausragend: Knallbunte Kerzen in Form von riesigen erigierten Penissen!
Luftballons, Zuckerwatte und Lebkuchenherzen interessieren mich heute Abend herzlich wenig. Schließlich bin ich kein Kind mehr.
Die Schießbuden lassen mich ebenfalls kalt. Ich kann mich nicht erinnern, jemals auch nur eine blöde Rose getroffen zu haben.
Das Bierzelt ist ein Witz: Obwohl es brechend voll ist, liegt die Stimmung bei null, und die Kapelle spielt eine grauenvoll schleppende Version von „Schöne Maid".
Die Losverkäufer lasse ich auch links liegen: Wer will schon wirklich einen zwei Meter fünfzig großen Plüsch-Schlumpf oder einen Schraubenzieher gewinnen?!

Beim Autoscooter mach ich kurz Halt und schau mir die Bengel an, die hier so rumlungern, Zigaretten rauchen und mit den Fingern den Takt eines plärrenden Kinder-Techno-Hits mitschnippen. Sie sehen durch die Bank aus wie die mißratenen Nachkommen von Jürgen Bartsch und werfen mir Blicke zu, als würden sie mich am liebsten gleich in ihren Todesstollen verschleppen.
Überhaupt sind heute nur völlig unattraktive Leute unterwegs. Davon aber jede Menge.
Das einzige, was mein Interesse erregt, ist ein kleines Schild, das an der Kasse der „Schloß des Grauens“-Geisterbahn hängt: JUNGER MANN ZUM MITREISEN GESUCHT!
Sehnsüchtig träume ich für eine Zehntelsekunde von der aufregenden Arbeit als Schaustellergehilfe:

An der Geisterbahnkasse abhängen und scheuen Schuljungen kesse Blicke zuwerfen! Den frühreifen Früchtchen in den Hintern zwicken, wenn ich ihnen ihre Plätze zuweise! Jugendliche Straftäter in aller Herrgottsfrühe auf eine Rum-Cola in meinen Wohnwagen locken! Alle zwei Wochen in eine andere fremde Stadt aufbrechen! Ein Leben voller Romantik und Abenteuer!
Andererseits wird der Job bestimmt ultra-mies bezahlt.

Ich drängel mich in Richtung Ausgang. Der Geruch der Pommes-Buden, die schrillen Neon-Reklamen, der stampfende Beat verblühter Sommerhits und die öden Werbesprüche: „Jetzt wieder zusteigen! Hier geht die Post ab!“, das hab ich alles schon tausendmal gesehen, gehört und gerochen.

Dann sehe ich ihn.

Ich erkenne ihn sofort. Sein blondes Haar ist jetzt kürzer. Er ist wohl auch heute nicht so gut gelaunt, denn seine frechen blauen Augen wirken eher traurig. Außerdem kleidet er sich ganz anders: Einfache schwarze Schuhe, schwarze Jeans, grün-graues langärmeliges Feinripp-Shirt. Aber ganz ohne jeden Zweifel: Es ist der süße Skateboarder von der Hauptwache!
Er hängt vor dem mickrigen Riesenrad herum und scheint auf jemanden zu warten.
Mein Herz schlägt bis zum Hals!
Aber jetzt ist keine Zeit für Schüchternheit!
Jetzt kommt es drauf an!

„Wo hast du denn dein Skateboard gelassen?", frage ich ihn und setze das umwerfendste Lächeln auf, das ich überhaupt drauf habe.
„Was? Ach so. Zu Hause", antwortet er. Ich habe ihn wohl mitten in einem Tagtraum erwischt. „Kennen wir uns?"
„Vom Sehen. Du bist ziemlich oft an der Hauptwache mit deinem Skateboard, nicht? Du bist ziemlich gut." Das letzte ist zwar gelogen, aber so ein faustdick aufgetragenes Kompliment zieht immer!
„Danke. Wie war noch gleich dein Name?"
„Mein Name ist Faust. Und wie heißt du?"
„Leon." Leon errötet ein bisschen.
„Okay, Leon, was hast du eigentlich noch so vor, heute Abend?" Ich versuche die Frage nicht allzu lüstern klingen zu lassen.
„Ich bin mit meinem Bruder und seiner Freundin unterwegs. Sie fahren gerade mit dem Riesenrad."
„Und was machst du morgen?"

„Ich wollte morgen Mittag noch mal in den neuen Star-Wars-Film gehen. Im *Europa*. Da läuft er mit THX-Sound-System."
„Hast du was dagegen, wenn ich mich anschließe?"
„Nein. Überhaupt nicht." Er ringt sich sogar ein kleines Lächeln ab. „Wo treffen wir uns?"
„Im *Sunset*? Das war früher das *New Paragon*. Auf der Rückseite der Kleinmarkthalle. Um fünfzehn Uhr?", schlage ich vor.
„Fünfzehn-dreißig. Der Film fängt um sechzehn Uhr an." Er lächelt jetzt schon ein ganz klein bisschen mehr.

„Hey, Du Scheiß-Tucke! Lass gefälligst meinen Bruder in Ruhe!", schreit jemand, der plötzlich neben Leon auftaucht.
Das ist also Leons Bruder. Eine gewisse Familienähnlichkeit ist nicht zu verleugnen. Jedenfalls ist er bestimmt zwei Jahre älter und ein gutes Stück größer als Leon und muskulöser. Insgesamt wirkt er einfach grobschlächtiger und ihm fehlt dieser aufgeweckte Blick und dieser durchaus charmante hauchdünne Ansatz von Babyspeck. Er hat halblange ungekämmte blonde Locken und ist mit einem dunkelblauen Tommy-Hilfinger-Sweat-Shirt, hellen Jeans und Segelschuhen bekleidet.
„Ich hau dir auf dein Scheiß-Maul, wenn du deine scheiß-schwulen Griffel nicht von meinem Bruder lässt!", pöbelt er und ballt die Fäuste.
Völlig absurd übrigens, weil ich leider noch gar nicht dazu gekommen bin, den süßen Leon auch nur mit den Fingerspitzen zu berühren.
Jetzt kommt die Freundin von Leons Bruder ins Bild. Sie hat langes brünettes Haar und trägt ein schwarzes Trägerkleid, unter dem der weiße BH durchschimmert, ein

gutes Kilo Modeschmuck und Sandalen mit hohen Absätzen. Um ihren Hals baumelt ein Lebkuchenherz mit der Aufschrift „Kesse Biene“. Außerdem hat sie eine unangenehm jammernde Stimme:
„Bitte Tobi! Fang nicht wieder Streit an!“
„Halt dich da raus, Jessi!“, herrscht er sie an und wendet sich dann wieder mir zu. „Ich klatsch dir‘n paar, du Scheiß-Schwuchtel!“
„Bist du sicher, dass du mich nicht viel lieber in die Arme nehmen willst, um ein bisschen zu knuddeln und zu schmusen?“, frage ich ihn.
Ich hoffe, dass ich mich irgendwie mit frechen Sprüchen aus dieser Situation herauslavieren kann, denn Tobi ist garantiert mehr als doppelt so stark wie ich, und ich habe mich noch nie in meinem Leben mit irgendwem geprügelt.
Ich habe Glück, denn ein paar Neugierige sind stehengeblieben und glotzen Tobi an, als wäre er nicht ganz dicht.
Zu Leon und Jessi gewandt, sagt er dann im Befehlston:
„Kommt, wir verschwinden hier!“
Dann dreht er sich um und geht und Jessi und Leon folgen ihm.
Bevor sie in der Menge untertauchen, wendet sich Tobi noch einmal kurz um, wirft mir einen vernichtenden Blick zu und droht mit der Faust.
Gleich darauf schaut Leon noch einmal für den Bruchteil einer Sekunde in meine Richtung und schenkt mir ein winziges unwiderstehliches Lächeln.

Ich bleibe allein zurück: Verliebt und verwirrt.

14

LEON´S GEHEIMNIS

Sonntag, 12. 9.: Pünktlichkeit ist eine Zier: Deshalb bin ich schon zwanzig Minuten früher im *Sunset* als verabredet.
Ich bestelle mir erst mal einen Kaffee und peile die Lage: Gediegener Kitsch! Jugendstilbilder und Stillleben an den altrosa gestrichenen Wänden, goldene Säulen, goldene Putten, jede Menge Grünzeug. Das sieht mir fast schon einen Tick zu schwul aus, deshalb suche ich mir lieber einen Platz auf der sonnigen Terrasse. Ich will ja den süßen Leon nicht gleich verschrecken. Die Kinokarten habe ich auch schon besorgt.
Während ich warte, lege ich mir schon einen Plan zurecht, wie ich ihn nach der Vorstellung am besten zu mir nach Hause lotsen kann:
„Ich habe einen nagelneuen iMac mit Internet-Anschluss. Wir können uns bei mir noch ein paar Star-Wars-Sites anschauen, wenn du Lust hast!“
Das dürfte als Köder genügen!

Fast pünktlich, um Viertel vor vier kommt er angedackelt. Gott sei Dank ohne seinen bescheuerten Bruder.
„Hallo, Leon!“, grüße ich ihn fröhlich und unterdrücke den Impuls, ihm gleich ein Küsschen auf die Wange zu drücken.
„Hi, Faust!“, lächelt er zurück und setzt sich neben mich. „Tut mir leid wegen meinem Bruder. Der ist zur Zeit ziemlich durch den Wind!“

„Weshalb denn das?“, frage ich arglos. „Magst du was zu trinken?“

„'Ne Cola vielleicht. Wegen unserer Eltern“, er stockt kurz. „Sie sind tot. Ums Leben gekommen, bei dem Flugzeugabsturz.“
„Oh!“
„Sie waren mit dem Wagen in Niederrad unterwegs, als das Flugzeug abgestürzt ist...“ Leons Augen werden feucht.
Ich suche nach einem Tempo-Taschentuch, aber ich habe keines bei mir.
„Schon gut.“ Leon zieht den Rotz hoch und fährt fort: „Seit der Beerdigung wohne ich bei Tobias und Jessica in Lieblos.“
„Lieblos?“
„Das ist so ein kleiner Ort bei Hanau. Sie haben eine winzige Wohnung an der Hauptstraße.“
Die Bedienung huscht vorbei, und ich bestelle eine Cola für Leon.
„Was hat das damit zu tun, dass dein Bruder Schwule hasst?“, hake ich nach.
„Tobi hasst sowieso alle: Schwule, Türken, Marokkaner, Schwarze, Juden. Überhaupt alle. Jetzt meint er, er wäre der Boss und könnte mir vorschreiben, mit wem ich reden darf und mit wem nicht. Genauso wie unser Vater!“
„Dein Vater?“
„Der hat immer gesagt, Gott hasst alle Schwulen, weil es so in der Bibel steht. Im Alten Testament. Er hat gesagt, wenn einer seiner Söhne ein Homo wäre, würde er ihn aus dem Haus jagen! Er war ziemlich religiös, weißt du?“
Jetzt kommt die Cola und Leon nippt daran.
„Tut mir Leid“, murmele ich.

„Ach, ist schon gut“, antwortet Leon.
Ich werfe einen Blick auf meine Uhr: „Lass uns erst mal ins Kino gehen. Der Film fängt gleich an!“

Obwohl der Film schon ein paar Wochen läuft, ist das Kino ziemlich gepackt. Größtenteils mit albernen, kreischenden Kindern, die keine drei Minuten stillsitzen können. Aber was erträgt man nicht alles für die Liebe...
Der neue Star-Wars-Teil ist nicht halb so übel, wie die Kritiker behaupten.
Leider ist er aber auch nicht halb so supertoll, wie uns die Werbefritzen weismachen wollen.
Leon ist jedenfalls ganz hingerissen und seine Niedergeschlagenheit ist wie weggewischt.

„Ist das nicht total irre, was man heute alles machen kann? Ich meine, der ganze Film ist fast ausschließlich am Computer entstanden!“, schwärmt er, als wir nach dem Ende der Vorstellung noch ein paar Burger bei dem schmuddeligen MacDoof an der Hauptwache reinwürgen.
„Besonders die Szene mit den Unterwassermonstern!“, pflichte ich bei und überlege, ob die Zeit wohl schon reif ist für den Vorschlag mit den Star-Wars-Seiten im World Wide Web.
„Darth Maul ist echt krass. Der sieht doch original wie der Teufel aus. Aber das mit Anakins Mutter und der unbefleckten Empfängnis geht wirklich ein bisschen zu weit, meinst du nicht? Das sieht so aus, als wäre Anakin Skywalker so was Ähnliches wie der Sohn Gottes oder so“, meint Leon, während er einen Mundvoll Pommes kaut.

„Wie Maria und Jesus. Aber wir wissen doch alle, dass er später auf die dunkle Seite der Macht wechselt und zu Darth Vader wird“, antworte ich wohlinformiert.
„Glaubst du eigentlich an Jesus?“, fragt Leon.
„Bis vor kurzem habe ich mich eigentlich nicht mit solchen Sachen beschäftigt. Ich war früher eher so Agnostiker aus Mangel an Interesse und Temperament. Aber in letzter Zeit habe ich ein paar Dinge erlebt, also ich weiß nicht...“, sage ich und sehe den teuflischen Jack und die engelhafte Angela vor meinem geistigen Auge.
„Was ist ein Agnostiker?“, will Leon wissen, der noch mehr Pommes in sich reinschauffelt.
„Ein Agnostiker ist jemand, der sich in religiösen Fragen nicht entscheiden kann. Weder für noch gegen den Glauben.“
„Das ist ja lahm. Entweder man glaubt daran oder man ist Atheist“, stellt Leon mit Nachdruck fest und nimmt noch einen Cheeseburger. „Alles dazwischen ist doch lauwarme Kacke. Stimmt doch, oder?“
„Hm!“, antworte ich, während ich versuche einen Big Mac auf eine mehr oder weniger appetitliche Weise zu verspeisen, was sich als unmöglich erweist. „Wenn du schon für so glasklare Entscheidungen bist, wie sieht das eigentlich bei dir aus? Bist du schwul oder hetero?“
Da bin ich ja ganz schön mit der Tür ins Haus gefallen. Jetzt gibt es kein Zurück mehr!
Leon verschluckt sich fast und wird rot und hüstelt verlegen. Das sieht total süß aus. Dann schaut er sich kurz um, ob irgendwelche Schulfreunde oder Bekannte in der Nähe sind.
„Was? Ich? Nein! Oder, ich weiß nicht. Manchmal denke ich, vielleicht schon, aber eigentlich nicht. Wahrscheinlich ist das nur so eine Phase, und es geht vorbei. Ich würde es

schon gern mal ausprobieren mit einem anderen Mann. Nur um zu wissen, wie es ist", sagt er schließlich und wird noch röter.
„Also ich weiß jedenfalls hundert Pro genau, dass ich auf Männer steh!", stelle ich fest.
„Ja? Hab ich mir gedacht. Meinst du Jar Jar Binks ist schwul?"
Jar Jar Binks ist ein krötenhafter Tolpatsch in dem neuen Star Wars-Film, der den beiden heldenhaften Jedi-Rittern mächtig auf den Keks geht.
„Glaub ich nicht. Dann schon eher die beiden Roboter", antworte ich und überlege, ob Roboter überhaupt so etwas wie eine sexuelle Orientierung haben können. Dann nehme ich erst mal einen großen Schluck Cola.
„Du könntest noch mit zu mir kommen. Ich habe eine eigene Wohnung direkt am Main!", sage ich schließlich und schau ihm dabei direkt in seine schönen blauen Augen.
„Was? Ich weiß nicht. Nein. Von mir aus. Vielleicht. Aber nicht heute. Ich muss noch den letzten Bus nach Lieblos erwischen und..."
Leon geht es jetzt wohl entschieden zu schnell. Also drücke ich kurz auf die Bremse.
„Macht nichts. Okay! Du kannst mich auch morgen anrufen. Oder übermorgen", schlage ich vor und kritzel meine Handy-Nummer auf einen Zettel, den Leon sofort einsteckt.
Und dann setze ich noch einen drauf. Wohldosiert.
„Oder ich kann dich heute Abend noch nach Hause fahren. Ich bin motorisiert!", lächle ich und zeige ihm den Autoschlüssel für meinen Roadster.
„Wow! Cool!", ist das Einzige, was Leon dazu einfällt.

Ich weiß, dass ich ihn an der Leine habe. Jetzt müssen wir nur noch die letzten Burger und Pommes einfach stehenlassen und zum Taxistand laufen, dann in die Wohnung, eine CD mit Kuschelhits auflegen, eine Flasche Schampus aus dem Kühlschrank fischen, das Licht dämpfen, aufs Sofa fallen und...

„Ich hab doch gewußt, dass ich dich hier finde, du Arschloch!“
Leons Bruder kommt auf uns zugestampft. Er ist schwer sauer. Und er ist nicht allein. Dicht hinter ihm folgt ein untersetzter Kerl, Typ Milchgesicht, mit dünnen, dunkelblonden Haaren. Vielleicht Anfang zwanzig. Sein Kopf ist auffallend klein, wie der eines Kindes. All das versucht er durch einen imposanten Schnauzbart, jede Menge Body-Building-Muskeln und braune Cowboystiefel zu kaschieren.
„Hab ich dir nicht verboten, dich mit dieser Tucke zu treffen?!“ Tobias meint natürlich meine Wenigkeit.
„Ich kann treffen, wen ich will!“, mault Leon.
„Halts Maul!“, herrscht ihn sein Bruder an und wendet sich dann an mich. „Dich mach ich fertig, du scheiß-schwules Schwein!“
Er stürzt sich auf mich, aber ich bin schneller und springe von meinem Stuhl auf, werfe ihm das Tablett mit dem letzten Big Mac, den Pommes und der halbvollen Cola zu und gebe Fersengeld.
„Ruf mich an!“, rufe ich noch schnell in Leons Richtung.
Die Treppe runter in die B-Ebene der Hauptwache.
Tobias' milchgesichtiger Kumpel ist mir hart auf den Fersen.
Ich schlage einen Haken, bleibe abrupt stehen und stelle ihm ein Bein. Er legt sich hin.

Eiskalt erwischt!
Ich hechte die Treppe zur S-Bahn runter. Aus dem Augenwinkel sehe ich, wie jetzt Tobias angerannt kommt. Sein Gesicht ist rot vor Wut.
Wenn er mich kriegt, schlägt er mich tot!
Ich wiesel mich durch die Menschenmenge, die auf die nächste S-Bahn nach Frankfurt-Höchst wartet und springe in drei Sätzen die nächste Treppe zu den U-Bahnen U1, U2 und U3 runter. Tobias dicht hinter mir.
Er schreit mir hinterher: „Du dreckiger Arschficker! Ich mach dich platt!“
Da steht die U1!
„Bitte zurücktreten!“, tönt es aus den Lautsprechern.
Schneller als der Blitz springe ich in den nächstbesten Wagen und direkt hinter mir schlägt die Tür zu! Peng!
Geschafft!
Wie im Film!
Tobias rüttelt von außen an der Tür. Aber es ist zu spät, die U-Bahn setzt sich in Bewegung.
Ich sehe, wie er mich hasserfüllt beschimpft, und ich kann die Worte direkt von seinen Lippen ablesen: „Ich bring dich um! Ich mach dich fertig! Ich mach dich kalt!“
Alles, was ich jetzt tun kann, ist, ihm ein verächtliches Lächeln zuzuwerfen.
Und auf Leons Anruf warten.

15

FAUST AUFS AUGE

Montag, 13. 9.: Ich bin schon früh auf den Beinen, denn ich bin mit Hank zum Frühstück verabredet.
Sicherlich will er eine Wiederholung der Metzger-Schwein-Geschichte vom letzten Mal. Das ist es also, was die Amerikaner unter „making bacon“ verstehen! Ich bin nicht unbedingt scharf drauf, aber ich kann das Geld gut gebrauchen.

Für Leon!

Kurz vor zehn mache ich mich auf die Socken und düse mit meinem Roadster Richtung Norden.
Keine zwanzig Minuten später bin ich in Hanks weitläufiger Luxus-Wohnung im Oeder Weg. Er lässt sich nicht lumpen und hat nur das Beste und Feinste aufgetischt. Kaviar, Gänseleberpastete und der ganze Kram.
„Pop!“ macht der Korken der Cliquot-Witwe und „Kling!“ singen die Gläser, als wir anstoßen.
„Du musst probieren den Lachs, little Darling. Ich hab es einfliegen lassen from Finland“, Hank trägt seinen amerikanischen Akzent ziegeldick auf und lässt das Geldschwein raushängen.
Aber das geht in Ordnung. Er ist der Mann mit dem Portemonnaie.

Während des ausgedehnten Frühstücks erzählt mir Hank haarklein, wie er damals den Scherzartikel-Markt in den Vereinigten Staaten umgekrempelt hat.
„Die falschen Feuerlöscher waren ein Mega-Hit, aber dann gab es deshalb ziemlich Trouble, als ein Feuer brach aus, in einem Kindergarden und Leute kamen zu Schaden. Das war, als ich mich entschlossen habe, nach Europe zu gehen“, schließt er endlich seine Erzählung, und wir wechseln rüber ins Schlafzimmer.
Ich lege die obligatorische Schlachterschürze an und schlüpfe in die hohen schwarzen Gummistiefel und die langen Handschuhe.
„Bitte nimm diesmal dieses Messer, Sweetheart, it´s a genuine butcher-knife from Chicago!“, sagt Hank und drückt mir statt des Plastikmessers ein gefährlich aussehendes, rasierklingenscharfes Schlachtermesser in die Hand.
„Das macht dir hoffentlich nichts aus zu tragen die Lucha-Libre-Mask, ja?“ Hank gibt mir eine schwarze Ledermaske mit einem wilden bunten Muster, wie sie die Ringkämpfer in Mexiko tragen.
„Kannst du mir helfen mit den hand-cuffs?“ fragt Hank, der sich mittlerweile splitternackt ausgezogen hat, und hält mir ein Paar chromblitzende amerikanische Polizei-Handschellen unter die maskierte Nase. „Ich mache beim ersten Date nie so Bondage-Spiele, Darling, aber jetzt kennen wir uns ja schon a little better“, erklärt er, während ich ihm die Hände auf dem Rücken zusammenkette.
„Und jetzt, dear Wolfgang: Chase me! Slaughter me! Fuck my brains out!“
Also jage ich ihn dreimal durch die Wohnung und dann kommt „Schlachten“ und „Ausnehmen“. Hank ist halb besinnungslos vor Geilheit. Er ist ganz weit weg,

irgendwo in einem mexikanischen Schlachthaus möglicherweise.
„Por favor, Señor, eat me alive!“ stöhnt er.
Ich schwitze in meinem Vollgummi-Schlachter-Outfit und der unbequemen mexikanischen Catchermaske wie ein Pony in der Sauna.
Gerade fessele ich Hank in einer Art knienden Haltung an das Kopfende seines breiten französischen Bettes.
Plötzlich läutet mein Handy. Es ist Leon.
„Hallo Faust!“, mein Herz schlägt höher, als ich seine liebe Stimme höre. „Wegen unserem, äh, Treffen. Ich weiß nicht, ob es heute noch was wird. Ich treffe mich noch mit einer Klassenkameradin, um für Mathe zu büffeln. Aber morgen ganz bestimmt, ja? Kannst du mir deine Adresse geben?“
„Klar Leon!“, ich gebe ihm die Adresse und beschreibe ihm den Weg, während ich meine Erscheinung in dem riesigen Schlafzimmerspiegel begutachte: Ich sehe in dem schrägen Schlachter-Outfit und der durchgeknallten Wrestling-Maske wie eine Schießbudenfigur aus, etwa wie der Hauptdarsteller in der Dolly-Buster-Version von Texas-Kettensägen-Massaker!
„Hey!“, protestiert jetzt Hank, wahrscheinlich weil ich während der Arbeitszeit private Telefongespräche führe. Ich gebe ihm ein paar Klapse mit der behandschuhten Hand auf den Allerwertesten, was er mit einem wohligen Ächzen quittiert.
„Was war das für ein Geräusch?“, erkundigt sich Leon am anderen Ende der Leitung.
„Das ist im Fernsehen. Ein Dokumentarfilm über den Schweinefleischskandal“, flunkere ich. „Du kannst übrigens jederzeit vorbeikommen, wenn ich zu Hause bin!“

„Alles klar, tschü-hüss!“, höre ich Leon sagen, und dann legt er auf.
Ich ziehe die schwere Schürze aus, rolle schnell ein Gummi über Mister Moneymaker und wende mich dann wieder Hank zu. Da mein Testosteron-Spiegel jetzt grade wie wild nach oben schießt, kriegt er einen wirklich ganz ordentlichen Fick für sein Geld.
„You're an unstoppable sex machine!“, lobt mich Hank anschließend und zählt mir einen dicken Batzen grüne Dollarscheine auf die Hand.
„Wir bleiben in Verbindung!“, ruft er mir noch hinterher, als ich mich aus dem Staub mache.
Auf dem Nachhauseweg sammel ich bei WOM in der Zeilgallerie noch schnell ein paar aktuelle CDs und die ersten drei Star-Wars-Videos ein.
Für Leon!
Nachmittags bringe ich die Wohnung in Ordnung und beziehe die Betten neu. Wie erkläre ich eigentlich Leon, dass ich völlig allein in einer riesigen superteuren Wohnung mit Blick auf den Main wohne, obwohl ich offenbar nicht wesentlich älter bin als er?
„Das ist die Wohnung eines Bekannten. Der ist im Spätsommer immer in Saint Tropez!“ Das klingt doch sehr plausibel.
Und wie erkläre ich ihm, dass ich einen tollen BMW Roadster mein eigen nenne?
„Den habe ich total zufällig bei einem Preisausschreiben gewonnen.“ Das funktioniert garantiert besser als die Wahrheit.
Denn die Wahrheit wäre: „Den hat mir Satan selbst geschenkt, nachdem ich ihn während einer schwarzen Messe geheiratet habe, weißt du? Wir haben da übrigens so eine kleine Wette laufen, wie bei Goethe.“

„Total krass!“, würde Leon antworten und so schnell wie möglich auf Nimmerwiedersehen verschwinden.
Ich beschließe, zu verhindern, dass Leon und Jack sich je begegnen werden. Dann mache ich ein kleines Nickerchen in dem frisch bezogenen Bett.
Ich träume:

Der verstorbene Vormieter, der berühmte Tenor, sitzt an seinem Flügel in dem großen weißen Zimmer und begleitet sich selbst am Klavier. Aber von seinem Gesang ist nichts zu hören, nur ein leises krächzendes saugendes Geräusch. Zoom auf sein Gesicht. Tränen laufen die Wangen herunter. Jetzt schwenkt die imaginäre Kamera etwas tiefer und ich sehe, da, wo eigentlich der Kehlkopf und die Stimmbänder sein sollten, klafft eine große, schwarze, pulsierende Wunde.

Schreiend wache ich auf! Kein Klavier zu hören. Gott sei Dank.

Schon nach halb acht: Ich dusche, nage eine Kleinigkeit, klebe ein frisches Nikotin-Pflaster auf meinen Wanst und ziehe meine Shorts, ein schwarzes Polo-Hemd und die schicken sau-teuren Laufschuhe an. Ein kleiner Dauerlauf ist nach diesem Alptraum genau das Richtige!
Ich jogge ein Stück am Main entlang stadteinwärts, dann am Schauspielhaus vorbei, am Goethedenkmal und am Schillerdenkmal lang, zwischen den verspiegelten Bürotürmen durch die Taunus- und Bockenheimeranlage und dann die Eschersheimer Landstraße hoch, Richtung Holzhausenviertel. Völlig mühelos, stelle ich zu meinem eigenen Erstaunen fest. Ich bin wirklich richtig gut in Form.

Ob das damit zusammenhängt, dass ich nicht mehr rauche?
Das - und ein bisschen von der guten alten schwarzen Magie!
Auf der Eschersheimer habe ich für einen Augenblick das Gefühl, Leons brutalen Bruder in einem entgegenkommenden roten VW Golf zu erkennen.
Pure Paranoia!
Es ist schon ziemlich dunkel, als ich am Grüneburgpark ankomme. Ohne dass ich das jetzt bewusst geplant hätte, haben mich meine Füße direkt an die August-Siebert-Straße getragen, die zu der alten Park-Klappe führt.
Früher sind da die unglaublichsten Dinge passiert!
Wenn ich schon mal hier bin, kann ich mich ja mal umschauen...
Die alte Klappe ist schon seit Jahren geschlossen, trotzdem treiben sich hier im Park nach Einbruch der Dämmerung immer noch jede Menge einsame Herren herum, auf der Suche nach einer schnellen, gleichgeschlechtlichen Nummer im Gebüsch.
Ich spaziere den Weg entlang. Zigaretten glimmen in der Dunkelheit. Ein Kerl im schwarzen Leder-Outfit kommt mir entgegen. Er zieht an seiner Zigarette, damit ich ein bisschen was von seinem hübschen Gesicht sehen kann.
Hier und da raschelt es in den Büschen. Ein kleiner Mann mit einem angeleinten Yorkshireterrier steht am Wegesrand und wirft mir einen vor Lust triefenden Blick zu. Er ist so scharf wie eine doppelläufige Hündin.
Ich könnte ja auch schon wieder. Aber ist es das, was ich jetzt will? Eigentlich will ich mich doch lieber aufsparen.
Für Leon!

Mit diesem Gedanken im Kopf biege ich auf einen der Hauptwege ab und marschiere in Richtung Palmengarten, um den Bus nach Hause zu erwischen.

„Wen haben wir denn da? Die Drecksschwuchtel von MacDonald´s! Ich hab euch doch gesagt, das ist er!“
Vor mir stehen urplötzlich drei finstere Gestalten: Leons Bruder Tobias, sein milchgesichtiger Kumpel und ein dritter Kerl, der groß, breit und muskelbepackt daherkommt.
Ich bin vor Schreck wie erstarrt.
„War doch klar, dass der hierher kommt, der Schwanzlutscher!“, meint Tobias. „Du warme Sau, jetzt bist du dran!“
Bevor ich überhaupt irgend etwas Cleveres erwidern kann oder auch nur „Piep!“ sagen könnte, schlägt er mir mit seiner Rechten direkt aufs linke Auge. Ich weiche instinktiv zurück, stolpere und falle auf den Rücken.
Heilige Scheiße!
„Okay Jungs! Diesmal machen wir Ernst. Der Typ hat versucht meinen kleinen Bruder anzumachen. Dafür machen wir ihn kalt“, befiehlt Tobias und ich kann den Hass in seinen Augen sogar im Dunkeln sehen.
Die drei umzingeln mich und Milchgesicht zieht ein Butterfly-Messer aus der Tasche, das er durch die Luft wirbeln lässt.
„Schneid der Tucke die Eier ab, Olli!“, schlägt der breitschulterige große Muskeltyp vor und versucht mir mit seinen schweren Boots in die Rippen zu treten.
Ich rolle blitzschnell zur Seite.
Was zur Hölle kann ich tun?
Jack rufen!

Er hat mir verraten, dass ich nur dreimal seinen Namen rufen muss, um Kontakt mit ihm aufzunehmen.
„Jack!“, rufe ich, beziehungsweise ächze ich, denn mein Mund ist ganz trocken.
„Ja-ack!“, äfft mich der milchgesichtige Olli nach und gibt seiner Stimme diesen typisch näselnden „tuntigen“ Ton, den bestimmte Fernsehkomiker gern benutzen, wenn sie versuchen, Schwule zu imitieren.
„Jack!“
Ich schmecke Blut auf meinen Lippen. Nasenbluten! Und noch mal:
„Jack!“ Ich schreie so laut ich kann.

Nichts passiert.

Tatsächlich passiert absolut gar nichts! Es scheint, als wäre die Zeit von einer Nano-Sekunde zur nächsten einfach stehengeblieben! Die drei Schläger stehen regungslos um mich herum, mitten in der Bewegung eingefroren, wie hyperrealistische Wachsfiguren.
Ein kalter Wind kommt auf und von fern ist das Heulen eines Hundes zu hören.
Dann kommt ein rosaroter Toypudel ganz gemütlich auf mich zugelaufen und schlabbert mit seiner feuchten Zunge über mein linkes Auge. Das kühlt und fühlt sich erstaunlicherweise sogar angenehm an.
Jetzt ist Hundegebell zu hören. Das ist nicht das Bellen einer einzelnen Töle, das kommt von überall her und hört sich an wie ein ganzes Rudel!
Ich rappel mich auf und kann jetzt sehen, wie sie von allen Seiten auf uns zu rennen.

Dutzende von rosa-gefärbten, kläffenden Pudeln! Ungeschorene Zwergpudel, Großpudel mit Karakulschnitt, Schnürenpudel in Löwenschur und was weiß ich!
Sie stürzen sich wie tollwütige Hyänen auf meine Angreifer.
Jetzt kommt wieder Leben in die drei Möchtegern-Killer. Sie schreien! „Oh Gott!“, „Hilfe!“ Sie versuchen sich zu wehren. Aber es ist nutzlos. Sie haben keine Chance gegen diese wildgewordenen Höllenhunde oder was immer das ist. Sie gehen zu Boden. Obwohl es stockdunkel ist, kann ich sehen, wie die wütend knurrenden Kampf-Pudel ganze Fleischfetzen aus den Unglücklichen herausreißen. Blut sprudelt aus zerbissenen Halsschlagadern. Die Bestien kennen kein Pardon und zerfetzen ihre Opfer bei lebendigem Leibe.
Ich versuche es, aber ich kann meinen Blick einfach nicht abwenden. Mir wird schlecht, und ich muss mich übergeben.
Dann ist es vorbei, und die Pudel verschwinden in einem Höllentempo völlig lautlos in alle Himmelsrichtungen in der Nacht.
Die Körper von Leons Bruder und seinen beiden Komplizen liegen regungslos im Dunkeln.

Mein Handy klingelt.
Hoffentlich ist das jetzt nicht Leon!
Es ist Jack: „Hallo, Wolfi! Also dich kann man ja keine fünf Minuten alleine lassen! Was treibst du dich auch nachts im Park herum, mit den teuren neuen Schuhen! Da liegt doch überall Hundedreck auf dem Weg. Also wirklich!“
„Hallo Jack“, sage ich nur.

„Tut mir Leid, dass ich nicht selbst vorbeikommen kann, aber ich bin gerade mit Fridolin am anderen Ende der Welt! Katastrophen-Tourismus! Du kennst mich ja!"
„Oh Himmel, Jack! Das war jetzt wirklich Rettung in letzter Minute", stelle ich dankbar fest. „Aber mussten die Typen denn gleich sterben?"
„Du weißt doch, wie das ist", antwortet Jack, „die kleinen Sünden bestraft der liebe Gott sofort! Und kein falsches Mitleid, Wolfi: Die einzigen Hobbies dieser drei Nichtsnutze waren wahrscheinlich Türken-klatschen und Schwule-ticken. Übrigens, kannst du dein Handy mal ganz kurz auf unser totes Trio hier richten? Und bitte zurücktreten, okay?"
Ich trete zwei Schritte zurück und richte das Handy auf die Leichen. Ein kleiner blauer Funken springt aus dem Hörer, verwandelt sich in eine grelle Flamme und hüllt die leblosen Körper vollkommen ein. Innerhalb von Sekundenbruchteilen ist nichts mehr von ihnen übrig, außer ein paar Aschespuren auf dem Weg.
„Mannomann!", ist das einzige, was mir dazu einfällt.
„Nonstop ins Fegefeuer!", meldet Jack, als ich mich wieder traue, das Handy an mein Ohr zu halten. „Apropos Fegefeuer: Hast du eigentlich schon eine neue e-mail-Adresse eingerichtet? Ich würde dir gern etwas zukommen lassen."
Ich gebe ihm meine Hotmail-Adresse und er sagt „Adieu!".
Kaum habe ich das Handy in die Hosentasche gesteckt, klatscht ein dicker Regentropfen auf meine Stirn. Ich nehme die Beine in die Hand und renne Richtung Bushaltestelle. Es hat seit Wochen nicht mehr in Frankfurt geregnet. Jetzt aber richtig! Völlig durchnässt komme ich

gerade noch rechtzeitig, um in den 36er Bus zu springen, der mich fast bis vor die Haustür chauffiert.

In der Wohnung wasche ich mir den Rest Nasenbluten aus dem Gesicht, den nicht der Regen weggespült hat und putze mir die Zähne. Im Spiegel ist noch nicht mal die Spur von einem Veilchen zu entdecken, wo mich Leons Bruder mit seinem rechten Haken erwischt hat.
Ist das die legendäre Heilkraft der Pudelspucke?
Wohl eher die gute alte schwarze Magie.

„Ding-dong-g-g-g!"
Es klingelt an der Tür. Wer mag das sein um diese Uhrzeit? Ich drücke auf den Summer.
Gleich darauf kommt Leon die Treppe hochgeeilt. Eastpak auf dem Rücken und sein Skateboard unter dem Arm. Er ist pudelnass.
„Hallo Faust!", ruft er und lächelt dabei irgendwie frech und schüchtern zugleich. „Ich glaub, ich hab den letzten Bus verpasst. Kann ich heute Nacht bei dir schlafen?"

16

DAS ERSTE MAL...

Nach Mitternacht:
Leon und ich haben es uns auf der gigantische Couch im Wohnzimmer bequem gemacht. Regentropfen klopfen ans Fenster. Der allererste Star-Wars-Teil nudelt im Videorecorder.
„Ich kann mich noch erinnern, als der zuerst im Kino gelaufen ist!“, prahle ich.
„Kann ja wohl nicht sein, Alter! Der Film stammt von 1977! Da haben sich deine Eltern bestenfalls gerade erst kennengelernt!“, kontert Leon.
Er hat mich eiskalt erwischt. Ich habe für einen Augenblick völlig vergessen, dass ich nicht mehr gruftige Vierzig bin, sonders eher nur aprilfrische Achtzehn.
„Ich meinte natürlich den aufgebügelten Directors-Cut“, beeile ich mich hinzuzufügen und gieße uns beiden noch etwas Champagner ein.
Und während der Millennium-Falcon über den riesigen Bildschirm eiert, versuche ich meine Hand auf Leons Bein zu hieven.
Sie ist schwer wie Blei!
Mein Herz schlägt wie ein Dampfhammer!
Mein Mund ist trocken wie ein Pfund Mehl!
Wer ist hier eigentlich die Jungfrau?
Ich nehme einen Schluck Schampus, und nachdem ich das Glas auf den Couchtisch zurückgestellt habe, lasse ich meine Hand wie zufällig auf Leons Oberschenkel landen.

Er zuckt leicht zusammen, aber er lässt es geschehen. Ich kann fast schon die Gänsehaut unter seinen Baggy-Jeans spüren.
Wie in Zeitlupe rutscht meine Hand zaghaft höher. Leon hält den Atem an. Dann greife ich ganz sanft zwischen seine Beine und streichle ihn.
„Gefällt dir das?“
„Ah-ha!“, stammelt Leon.
Jetzt knöpfe ich ganz behutsam seine Jeans auf. Leon ist immer noch wie erstarrt. Zielstrebig krabbeln meine Finger in seine Unterhose. Leon atmet schwer und legt eine Ewigkeit später seinen Arm um meine Schulter.
Die Welt um uns herum verblasst. Das Star-Wars-Video, Leons blöder, toter Bruder, Jack, die Wette um meine unsterbliche Seele, das alles spielt im Augenblick überhaupt keine Rolle. Jetzt gibt es nur Leon und mich.
Ich nehme ihn in die Arme, und wir küssen uns.
„Gehen wir rüber ins Schlafzimmer?“, frage ich und schau ihm in seine schönen blauen Augen.
„Okay!“, haucht er.

Wir verstreuen unsere Klamotten um das breite Bett. Leon sieht ohne Kleidung einfach zum Anbeißen aus! Ich dimme das Licht auf ein züchtiges Halbdunkel und lege den Soundtrack von Buena Vista Social Club auf.
Leon ist ein verdammt neugieriges Luder und umwerfend leidenschaftlich: Ein echtes Naturtalent!
Wir tauchen ein in eine Nacht voller Wunder.

Gegen fünf Uhr früh schläft Leon schließlich ein und liegt leise schnarchend in meinem Arm. Ich könnte heulen vor Glück und tatsächlich läuft mir so etwas Ähnliches wie eine ganz, ganz kleine Träne über die Wange. Dann schlafe ich auch ein. Traumlos glücklich.

Später Vormittag:
„Du musst mir alles zeigen, Faust! Einfach alles!", fordert Leon, während er sein Frühstücksei köpft. Er ist völlig aus dem Häuschen, was verständlich ist, schließlich hat er in der vergangenen Nacht einen Quantensprung in Sachen Coming Out gemacht.
„Klar doch!", lächle ich, „ich zeig dir die Welt! Den Himmel! Das Licht! Was immer du willst! Musst du heute eigentlich nicht zur Schule?"
„Vergiss die Schule!", grinst Leon zurück. „Es gibt Wichtigeres! Wer ist eigentlich dieser Jack?", er zeigt auf die JACK-Tätowierung auf meinem rechten Arm.
„Das hat nichts zu bedeuten!", behaupte ich. „Das ist ein altes Tattoo."
Das stimmt sogar. Die Tätowierung ist ja tatsächlich schon fünf Tage alt.
„Hast du wirklich noch nie vorher was mit einem anderen Typ gemacht?", frage ich, nur um schnell das Thema zu wechseln.
„Naja, nach dem Sport-Unterricht mit den anderen Jungs rumgewichst. Schwanzlängen verglichen und so. Aber das zählt doch nicht!"
Ich nehme den letzten Schluck Kaffee und gehe zurück ins Schlafzimmer.
„Ich soll dir also alles zeigen? Okay, junger Mann, hier entlang!"
Leon kommt hinterher.
„Fang!", rufe ich und werfe ihm ein Gummi und eine Tube Gleitcreme zu.

„Oh Mann!“, meint Leon und guckt ein bisschen ängstlich. „Ist das nicht ziemlich, ich weiß nicht, schmutzig?“
„Schmutzig? Quatsch! Schmutz existiert nur in deiner Vorstellung“, belehre ich ihn, während ich eine Trance-CD aus der Fernseh-Werbung auflege. „Stell dir einfach vor, wir wären wie Legosteine, die man aufeinandersteckt.“
„Okay, okay“, erwidert Leon. „Wie macht man das eigentlich mit diesem Kondom?“
Ich zeige es ihm. Und dann zeige ich ihm noch ein paar andere Sachen.

Früher Nachmittag:
Ich habe uns ein paar Steaks gebraten, und gleich nach dem Essen sind wir schon wieder im Bett. Wir hören die aktuelle Marc Almond-CD.
„Almost diamonds...“ croont das Idol meiner Jugend.
„Okay Leon! Und jetzt bist du dran!“, ich werfe ihm einen bedeutungsvollen Blick zu, während ich mit einem Gummi und der Gleitcreme hantiere.
„Ich?“, Leon wird direkt ein bisschen blass.
„Du. Wie du mir so ich dir! Sagt man doch so, nicht?“
Ich hatte ihm mit voller Absicht den Vortritt gelassen. Ich kleiner Teufel!
Und jetzt bin ich so geil, es gibt kein Zurück!
„Oh Mann!“, murmelt Leon, und ich rolle ihn auf den Bauch und er fügt sich in sein Schicksal.
Lustvoll.
„Das wird jetzt wahrscheinlich gleich ein bisschen weh tun!“, doziere ich und setze an. „Mach dich locker! Entspanne dich! Gut! Und jetzt: Ausatmen!“, dann stoße ich zu. So sanft wie möglich. Im Spiegel kann ich sehen, wie Leon fast die Augen aus dem Kopf fliegen. „Der

Schmerz lässt gleich nach. Und dann geht es dir...“, ich lasse den Satz unvollendet im Raum stehen.
Es gibt nichts mehr zu erklären.
Wir sind eins.
Es ist vollbracht, wie Goethe sagen würde.

Abends:
Wir bummeln durch die Stadt und sammeln ein paar Flyer und kostenlose Schwulen-Magazine in der *Oscar-Wilde-Buchhandlung* ein.
Leon blättert durch die aktuelle Ausgabe von HOMOH und kriegt tatsächlich einen hochroten Kopf.
Das arme Hascherl! Er ist ja noch sooo unschuldig!
Schließlich kaufen wir das aktuelle Adam, Du & Ich, einen C-&-A-Fähnchen-Anstecker für Leon, den Szene-Krimi „Tatwaffe Dildo“ und die Skandalchronik „The gay files“, die von den sexuellen Eskapaden des allerersten FBI-Chefs J. Edgar Hoover handelt, der angeblich eine heiße Affäre mit einem sizilianischen Mafiakiller hatte.
Letzteres kaufe ich eigentlich nur, weil es von 38 Mark auf 18 Mark herabgesetzt ist. Man muss auch sparen können!
„Ich wusste gar nicht, dass es eine schwule Buchhandlung in Frankfurt gibt!“, staunt Leon, als wir im *Lucky's Manhattan* sitzen, Kaffee trinken und beobachten, wie die Schwestern um den Block rennen.
„Gibt es schon seit fünf Jahren! Die haben auch einen E-Shop im Internet. *Homo Punkt De Eh* oder so. Können wir uns zu Hause gerne mal angucken, wenn du möchtest. Es gibt auch noch einen zweiten Shop, gleich gegenüber, *Pro-fun.*“

Es bringt mir einen Heidenspaß, Leon die schwule Welt zu erklären. Es ist fantastisch, einfach nur mit ihm zusammen zu sein. Er ist so schön.
Ich bin total verliebt!
„Hoffentlich sieht uns Tobi nicht hier!“, sorgt sich Leon.
„Glaub ich nicht“, erwidere ich und erinnere mich fröstelnd an den letzten Abend im Grüneburg Park.
Soll ich Leon sagen, dass sein Bruder tot ist?
Besser nicht! Das würde die Stimmung jetzt bestimmt total zerstören.

Später:
Wir sind wieder zu Hause und surfen durchs Internet. Wir schauen tatsächlich sogar bei ein paar Star-Wars-Sites vorbei.
Es ist schon ziemlich spät und Leon verschwindet erst mal unter der Dusche.
Das ist für mich die Gelegenheit, schnell mal die E-Mail abzuholen, die Jack mir schicken wollte.

Er schreibt:
hallo wolfi. manchmal sind katastrophen wirklich nur nervtoetend und langweilig. erdbeben zum beispiel. schade. aber egal: spaetestens sonntag bin ich zurueck in fucking frankfurt. hast du lust auf einen trip ins jenseits? gruesse von fridolin. tausend kuesse.
jack.
p.s.: viel spass mit dem anhaengsel.

Ich klicke auf die angehängte Datei und ein Fenster öffnet sich. Voll das Pixel-Grab! Übelste Auflösung und bis zum Gehtnichtmehr runtergerechnete Farben. Weiß, rot, dunkelblau. Ruckelnde zuckelnde Bewegungen. Es ist eine

Web-Cam: Großaufnahme von Leons Bruder. Sein Gesicht ist von unvorstellbaren Schmerzen bis zur Unkenntlichkeit verzerrt. Überall Feuer. Es sieht aus, als wäre er in einer Art weißglühendem Hochofen gefangen. Flammen lecken aus seinem weit offenen Mund, aus seinen Ohren, aus den Nasenlöchern und aus seinen leeren Augenhöhlen. Obwohl die Aktiv-Boxen nicht eingeschaltet sind, glaube ich, seine gequälten Schreie bis hierher hören zu können.

„Faust?"
Das ist Leon, der süße Schatz.
Ich klicke ganz schnell auf „Beenden" und antworte: „Ja, Leon?"
„Ich glaube, ich bin total in dich verliebt."
„Ich glaube, ich bin auch total in dich verliebt, Leon!"
„Kommst du ins Bett? Ich bin, äh, müde."
„Schon auf dem Weg. Ich dusche auch noch mal ganz schnell, okay?"
Und so geht´s. Und die ganzen Probleme mit Jack und dem toten Tobi und meiner unsterblichen Seele können mir fürs Erste gestohlen bleiben.
Heute Nacht regiert die Liebe!

17

BURGA KING

Mittwoch, 15. 9.: Als ich so gegen 10 Uhr aufwache, ist Leon fort. Statt seiner liegt ein Zettel neben mir im Bett:

„Hallo Faust! Bin Brötchen holen. – Leon“

Ich ziehe die Vorhänge zurück und schau dem Regen zu, wie er fällt.
Gegen halb zwölf ist Leon immer noch nicht zurück, und ich fange an, mir ernsthafte Sorgen zu machen.
Ist er vielleicht doch nicht wirklich richtig schwul und hat sich aus dem Staub gemacht, nachdem er jetzt alles über die Männerliebe herausgefunden hat?
Quatsch mit Soße! Leon ist hundert Pro schwul. Ich habe mich diesbezüglich noch nie geirrt!
Hat er etwa schon die Nase voll von mir?
Das kann ich einfach nicht glauben.
Und wenn doch?
Aber er hat mir doch gesagt, dass er total in mich verliebt ist!
Oder hat er das nur so gesagt?
Warum lässt er mich warten?
Jesus Christus, hoffentlich ist dem kleinen Scheißer nichts passiert!

Dann höre ich den Schlüssel im Schloß. Es ist Leon!
„Oh Mann!“, ruft er mir zu. „Jetzt hab ich glatt die Brötchen vergessen!“

„Wo kommst du denn jetzt her?“, frage ich, mit einem schrecklich eifersüchtig-mütterlichen Ton in der Stimme.
„Ich dachte schon, du wärst wieder zur Schule gegangen!“, schieße ich schnell hinterher, um nicht so trienenhaft daherzukommen.
„Schule? Nein“, er schluckt, „ich war auf dem Friedhof. Bei meiner Mutter. Und meinem Vater.“
Der sinnlose Tod seiner Eltern nimmt ihn immer noch ganz schön mit. Armes Waisenkind!
„Ist doch gut!“, tröste ich ihn und nehme ihn in die Arme.
Dann werfe ich ein paar Fertiggerichte in die Mikrowelle. Für Frühstück ist es eh zu spät.

Später heitert sich Leons Laune wieder auf, während wir es in der Badewanne treiben.
Es gibt doch nichts Besseres als handfesten Sex, um die dunklen Wolken vom Himmel zu vertreiben!

Nachmittags fahren wir mit dem BMW durch den regenverhangenen Taunus. Leon ist von der Karre schier hingerissen und ich gebe ihm Fahrstunden auf den matschigen Feldwegen.
Wir lieben uns auf einem wackeligen Hochsitz am Waldrand und beobachten ein paar Bambis und vorbeihoppelnde Häschen.
Es hört für einen Augenblick auf zu regnen, die Sonne kommt tatsächlich auch noch mal kurz raus und ein Regenbogen ziert den herbstlichen Himmel.
Ein perfekter Tag!

Donnerstag, 16. 9.:
„Okay Jessi, sag mir Bescheid, wenn er wieder auftaucht, okay? Ist doch nicht das erste Mal, dass er für ne Weile

die Fliege macht. Hör mal, ich komme vielleicht Samstag mal vorbei und hol ein paar Sachen, okay? Bis dann, Ciao!"
Als ich Donnerstag gegen halb zehn aufwache, ist Leon schon munter und mitten in einem Telefonat. Draußen scheint die Sonne. Klasse Wetter.
„Ich hab mal Jessi angerufen", teilt er mir mit, nachdem er aufgehängt hat. „Tobi ist seit Montag nicht mehr bei ihr aufgetaucht, und sie kriegt die Krise."
„Meinst du, er kommt zurück?", frage ich scheinheilig.
„Das macht er öfters. Er und sein Kumpel Olli fahren übers Land oder nach Polen oder irgendwohin. Für ein oder zwei Wochen. Einmal waren sie in Frankreich und haben versucht, bei der Fremdenlegion anzuheuern, aber Olli hat im letzten Augenblick weiche Knie gekriegt, der Lutscher", erzählt mir Leon und wirft dann übermütig ein Kissen nach mir.
Ich werfe es zurück und schon wälzen wir uns wie bescheuert kichernd auf dem Bett.

Am frühen Nachmittag rasen wir spaßeshalber ein paar hundert Kilometer über die Autobahn.
Auf dem Rückweg lasse ich Leon ans Steuer. Er stellt sich gar nicht so schlecht an für sein Alter und gibt ordentlich Gas.

Wieder in Frankfurt lade ich ihn ins *Charlot* am Opernplatz ein und wir speisen in der so genannten *Ferrari-Lounge* im ersten Stock.
„Später werd ich mal Rennfahrer!" Leon ist von seinen gerade erst entdeckten Fahrkünsten wie berauscht und bewundert die zahlreichen Fotos an den Wänden, die den prominenten Küchenchef des Gourmet-Tempels beim

Shakehands mit allen wichtigen Formel-Eins-Piloten zeigen. „Oder Terrorist!"
„Terrorist?", mir fallen fast die Spaghettini von der Gabel.
„Das ist Burgas Idee. Dass wir Terroristen werden. Sie sagt, irgendjemand muss einfach die Nachfolge der RAF antreten. Sonst geht die Welt vor die Hunde. Dieser ganze Love-Parade-Kram führt sowieso nirgendwohin."
„Und wer zur Hölle ist Burga?", frage ich, während ich gleichzeitig dem Kellner signalisiere, dass wir noch eine Flasche Wasser brauchen.
„Burga King. Eigentlich heißt sie Walburga König. Wir gehen in dieselbe Klasse. Sie ist lesbisch, und sie steht dazu. Sie lässt sich von niemandem irgendetwas sagen. Sie hat sogar ein absolut endgeiles T-Shirt mit Ulrike Meinhof drauf."
„Oh!", ich weiß jetzt wirklich nicht, was ich dazu sagen soll, also widme ich mich lieber dem Essen und halte den Mund.

Nach dem Essen will Leon unbedingt noch ins *Harvey's,* wo wir Cola trinken und schauen, wie die anderen schauen.
Dann ist es spät genug, um tanzen zu gehen. Wir lassen die Karre stehen und laufen den kurzen Weg bis zum *Odeon*, das ganz lauschig in der Friedberger Anlage an der Seilerstraße liegt. Donnerstags ist hier „Happy House Music for Gays & Friends" angesagt.

„Nimm das!" Leon steckt mir eine kleine Pille zwischen die Lippen und schluckt selbst auch eine.
„Was ist das?"
„The Big Easy, Faust. Ecstasy. Was denkst du denn?"

„MDMA“, doziere ich, „wurde hier ganz in der Nähe erfunden. Nämlich in Darmstadt. Und eigentlich ist es nicht für Menschen gedacht...“
„... sondern für Pferde.“ Leon nimmt mir das Wort aus dem Mund. „Ich weiß. Und man kriegt davon Löcher im Gehirn. Na und? Jetzt stell dich mal nicht so an. Ich dachte, wir wollten tanzen.“
Also schlucke ich die Pille. Was kann schon passieren, außer, dass ich später einmal schwere Psychosen kriege und den Rest meines Lebens als sabbernder Idiot in der geschlossenen Abteilung einer Nervenheilanstalt friste.
Schon sind wir beim *Odeon* angelangt, und wir lächeln den Türsteher so obercool an, dass er uns einfach freundlich durchwinkt.
„Schau, Faust!“, ruft Leon und zeigt auf ein Schild im Foyer. „Es gibt hier sogar eine schwule Cigar Lounge! Lass uns das auschecken! Ich will eine echte Havanna qualmen. Was ist mit dir?“
„Danke, nein, Leon. Ich steck mir lieber einen richtigen Schwanz in den Hals. Aber ich kann dir ein Nikotinpflaster anbieten, wenn du willst“, kontere ich.
Jedenfalls gehen wir nach oben, und ich spendiere Leon eine stinkende Zigarre für 35 Mark und mir selbst ein Gläschen Veuve Emile.
Nach ein paar Zügen wird Leon direkt ein bisschen grün im Gesicht, was übrigens einen ganz hervorragenden Kontrast zu den rosagetünchten Wänden bildet.
Von der Cigar Lounge aus haben wir auf jeden Fall einen klasse Blick auf die Tanzfläche und die Go-Go-Tänzer. Bald ist der kleine Laden voll. Fast die gleichen arroganten Nasen, die wir kurz vorher schon im *Harvey´s* gesehen haben.

Dann gehen wir runter und stürzen uns auf die Tanzfläche. Der House-Rhythmus pulsiert mitten in meinem Kopf und ich hab das Gefühl, als ob ich ein Pfund Schokolade gegessen hätte. Meine Füße und meine Arme bewegen sich wie von selbst, und ich grinse zu Leon rüber und er zu mir und wir tanzen stundenlang ohne Pause.
Stunden später fallen wir uns schweißüberströmt an der Bar in die Arme und trinken Unmengen Mineralwasser und gehen kurz an die frische Luft und treiben es in den Büschen.
Ein Riesenspaß!

Freitag, 17. 9.: Den Tag verbringen wir im Bett. Leon ist unersättlich. Ich auch.

Abends gehen wir zum Thai und dann wieder tanzen. Diesmal ins *Blue Angel*. Frankfurts unbestrittene Gay-Disco-Nummer Eins, jetzt wo im ehemaligen *Construction Five* ein Heten-Laden ist. Hier gibt es heute auch House, aber nicht dieses verwässerte Kinder-Zeug, sondern the real thing. Außerdem lässt der Türsteher keine Frauen rein, was ja manchmal durchaus von Vorteil ist. Leon spendiert noch eine Runde Ecstasy und die Glückshormone flutschen nur so.
„Hey, Faust! Amüsier dich!“, schreit mir Leon quer über die Tanzfläche zu. „Du bist nur einmal jung!“
„Du hast ja keine Ahnung, mein Schatz!“, denke ich und lächle ihn an wie ein Vollidiot.

Samstag, 18. 9.: Leon und ich sind gerade noch rechtzeitig aus den Federn geklettert, um einen Wohnungsschlüssel für Leon kopieren zu lassen und bei Feinkost Albrecht etwas Toastbrot, Butter, Käse und

Wurst einzukaufen. Und ein paar Flaschen Erlenbrunn-Sekt.
„Langsam wird die Kohle knapp!“, stelle ich beunruhigt fest, als ich einen schnellen Blick in mein fast leeres Portemonnaie werfe.
„Ich wollte heute Nachmittag mal kurz in Lieblos vorbeischauen“, teilt mir Leon mit, als wir im *India-Palace* schnell noch eine Kleinigkeit zu Mittag essen.
„Soll ich dich hinfahren? Das geht sicher schneller, als mit der S-Bahn nach Hanau und dann noch mit dem Bus und so“, schlage ich vor.
„Nee, lieber nicht, Faust“, entgegnet Leon. „Ich will nicht, dass du Tobi in die Arme läufst. Der schlägt dich glatt tot, wenn er dich sieht.“
„Wie du denkst, Schatz. Obwohl ich irgendwie nicht das Gefühl habe, dass dein Bruder schon wieder zu Hause ist.“
„Wie kommst du jetzt darauf?“
„Nur so ein Gefühl“, lüge ich. „Fahr nur allein, ist schon okay.“
„Leihst du mir den Wagen?“, fragt er und setzt sein allersupersüßestes Lächeln auf.
„Was? Nein! Leon! Mach erst mal den Führerschein!“
Leon schmollt und trollt sich wenig später Richtung Lokalbahnhof.
Ich kann ihm doch nicht ernsthaft den Wagen überlassen. Was ist, wenn er in eine Polizeikontrolle gerät?
Ich zahle und stelle fest, dass ich jetzt mal grade noch fünf Mark in der Tasche habe.
Für das ganze Wochenende!

Wo krieg ich denn jetzt mal stante pede einen neuen Job her?

Auf Schweinchen Hank hab ich wirklich keinen Bock mehr.
Vielleicht weiß Jack Rat. So wie ich ihn kenne, kann er mir bestimmt ganz schnell irgendwas als Pornodarsteller oder Drogenkurier besorgen.
Wieder zu Hause schau ich in den Frankfurter-Rundschau-Stellenmarkt im Internet. Jede Menge tolle Jobs!
Glühendheiß fällt mir ein: Ich hab ja gar keine Lohnsteuerkarte, keine Rentenversicherungsnummer, keine Zeugnisse... Nichts!
Bestenfalls kann ich schwarz arbeiten.

„Dieses Problem kann ich jedenfalls nicht am Samstagnachmittag lösen!“, denke ich und tue etwas, was ich schon seit langer Zeit nicht mehr getan habe: Fernsehen!
Innerhalb von zwei Minuten bin ich eingenickt.

Erbarmungsloses Telefonläuten reißt mich am späten Nachmittag aus dem Schlaf der Gerechten. Bestimmt mein süßer Leon, den ich irgendwo einsammeln soll.
Es ist Jack: „Wolfi, Schatz! Wir machen morgen eine kleine Landpartie! Fridolin und ich holen dich Punkt 15 Uhr ab. Alles klar, Baby? Tschü-hüß!“

Ich beschließe, Jack gleich morgen nach einer Lohnsteuerkarte und so weiter anzuhauen und dämmere noch ein Weilchen auf der Couch vor mich hin.
Gegen 18 Uhr schleppe ich mich unter die Dusche und lasse eine gute halbe Stunde heißes Wasser über meinen Luxuskörper prasseln. Langsam erwachen meine Lebensgeister und ich singe „Itsy-Bitsy-Teenie-Weenie-Yellow-Polka-Dot-Bikini“ vor mich hin.

Klitschnass und splitternackt tapse ich immer noch fröhlich vor mich hinträllernd zurück ins Wohnzimmer und dann trifft mich fast der Schlag!
Leon ist zurück. Und neben ihm auf der Couch sitzt: Eine Frau!
Sie ist vielleicht siebzehn, klein, leicht pummelig, mit einem blassen Mondgesicht und kurzen, dunkelblonden, schlechtgeschnittenen Haaren. Sie ist von Kopf bis Fuß schwarz gekleidet und schaut mich empört durch dicke Brillengläser an, als wäre es ein schweres Sittlichkeitsverbrechen, nackt in der eigenen Wohnung herumzulaufen.
„Hallo Faust", grinst Leon verlegen, „das ist Burga. Kann sie eine Weile bei uns wohnen? Sie hat Ärger mit ihren Eltern."
Blitzschnell wickel ich mein Handtuch um die Hüften und sage völlig verdattert: „Was? Ja. Meinetwegen."
Ein schwerer Fehler, den ich schon eine Zehntel-Sekunde darauf zutiefst bereue.

Später:
„Leon hat erzählt, dass du Terroristin werden willst, um für eine bessere Welt zu kämpfen. Ist das wahr?"
Wir sitzen nach dem Abendessen im Wohnzimmer, trinken Rotwein, und ich versuche, das Eis zu brechen.
„Blödsinn! Ich werde in die Politik gehen und mit friedlichen Mitteln kämpfen. Vor allem für die Rechte der Lesben und Schwulen und anderer Minderheiten. Nur wenn es uns nicht gelingt, die Gesellschaft in absehbarer Zeit grundlegend zu verändern, kann Terror ein akzeptables Werkzeug sein."

Burga schaut mir todernst in die Augen, während sie das erzählt.
„Schau dich doch um! Die Heteros haben einen Dreck aus dieser Welt gemacht. Sie vermehren sich wie Karnickel. Die Folge: Überbevölkerung! Seuchen! Hunger! Sie dürsten nach Macht und zetteln Kriege an. Sie foltern, morden, schänden."
„Genau!", pflichtet ihr Leon bei, „oder kennst du auch nur einen Schwulen, der jemals einen Krieg angefangen hätte?"
Bevor ich auch nur Alexander-der-Große sagen kann, fährt Burga fort:
„Ihre Zeit ist vorbei! Die sogenannten Normalen müssen endlich kapieren, dass wir die gleichen Rechte haben! Das Recht in Frieden zu leben! Das Recht zu heiraten! Das Recht Kinder großzuziehen! Wir brauchen unsere eigenen Tageszeitungen, unsere eigenen Fernsehsender, unsere eigenen Städte! Wir brauchen offen schwule Minister und eine offen lesbische Bundeskanzlerin. Und nicht irgendwann in zehn Jahren. Sondern jetzt! Wir müssen die Welt verändern! Notfalls mit Gewalt!"
„Ja, gut, okay", erwidere ich, als sie ihr Programm abgespult hat, und schenke uns den Rest Rotwein ein. „Und was machen wir, bis es soweit ist? Wie wär´s mit Flaschendrehen?"
Burga wirft mir einen vernichtenden Blick zu.
Nach der Revolution werde ich bestimmt als einer der ersten hingerichtet werden. Soviel ist klar.
Aber wie ich das so sehe, ist das wohl noch 'ne Weile hin!

18

DER VIERTE TENOR

Sonntag, 19. 9.: Wie alle braven Bundesbürger haben auch Leon und ich am Sonntagmorgen heißen Sex. Eng umschlungen kuscheln wir bis Mittag.

Schließlich weckt uns Burga, die wir in das Zimmer mit der weißen Ledercouch einquartiert haben, durch heftiges Klopfen.
„Essen ist fertig!"
Burga hat aus irgendwelchen Resten im Küchenschrank ein ganz ordentliches Nudelgericht zusammengerührt. Das hätte ich ihr gar nicht zugetraut!
Ich bemühe mich, nicht wieder mit Burga über ihre krausen politischen Ansichten zu streiten und horche sie nach ihrem familiären Background und so aus. Es stellt sich heraus, dass ihr Vater ein hohes Tier bei der Deutschen Bank ist und ihre Mutter eine Boutique in der Goethestraße hat.
Nach dem Essen hocken wir noch im Esszimmer, trinken Kaffee und plaudern über unsere Lieblings-Fernsehserien. Leon ist ein glühender STAR-TREK-Verehrer und Burga ist natürlich ein Hardcore-XENA-Fan und teilt meine Vorliebe für die SIMPSONS und MIT SCHIRM, CHARME UND MELONE. Vielleicht ist sie doch nicht so blöd, wie ich zuerst dachte?
Gegen halb drei fällt mir plötzlich ein, dass Jack mich zu einem Ausflug aufs Land eingeladen hat. Ich werfe mich schnell unter die Dusche, rasiere mich, zieh mir die

schicken kurzen Hosen und ein schwarzes Polo-Hemd an, stopfe ein paar frische Klamotten in eine Aldi-Tüte und drücke Leon einen heißen Kuss auf den süßen Mund.
„Ich fahr mit ein paar Kumpeln aufs Land. Spätestens morgen bin ich zurück oder ich rufe an! Macht keine Dummheiten!“, rufe ich den beiden zu und haste die Treppe hinab.

Pünktlich um 15 Uhr biegt Fridolin in einem riesigen weißen Mercedes Sprinter um die Ecke. Auf der hintersten Bank sitzt Jack und neben ihm ein schmächtiger Kerl, vielleicht Mitte zwanzig, mit dünnen braunen Haaren, tiefliegenden grau-blauen Augen, breiter Nase, schmalen Lippen und einem roten Schal um den Hals. Er wirkt nervös.
„Das ist unser Singvögelchen Ottfried, Wolfi! Und das ist Faust. Otti, Wolfi. Wolfi, Otti“, stellt Jack uns vor.
Wir schütteln uns die Hände und Ottfried murmelt irgendetwas, was wie „Sehr erfreut!“ klingt.
Ich mache es mir vorn auf dem Beifahrersitz neben Fridolin bequem, der es wieder einmal schafft, meine Hand nur beinahe zu zermalmen.
An der nächsten Esso-Service-Station tanken wir den Kleinbus auf und Jack kauft die aktuellen Sonntags-Zeitungen und einen Stapel Zeitschriften.
Fridolin macht Anstalten, sich eine Zigarre anzuzünden.

„Bitte nicht rauchen, ja?“, nuschelt Ottfried, „ich muss an meine Stimme denken!“
Ich glaube, ich kann da ein klitzekleines Lispeln diagnostizieren.
Jedenfalls seufzt der sanfte Riese, steckt die Zigarre wieder weg und lenkt den Sprinter Richtung Norden.

Ich lasse das Beifahrerfenster herunter, um ein bisschen frische Luft hereinzulassen.
„Oh bitte, Faust, mach das Fenster wieder zu. Ich bin ganz schrecklich empfindlich!“, wispert Ottfried, und ich leier es wieder hoch.
Schweigend donnern wir über die Autobahn.
Ottfried vertieft sich in irgendwelche Notenblätter und lutscht Salbei-Bonbons, Jack studiert den Wirtschaftsteil in der Frankfurter Allgemeinen Sonntagszeitung, Fridolin wirft eine Kassette mit deutschen Schlagern in den Kassettenplayer und ich denke an meinen süßen Leon, während Rex Gildo, Roberto Blanco und das Medium Terzett Stimmung machen.

Ich wünschte, wir könnten die Zeit anhalten, und es würde immer so unglaublich schön sein wie in den letzten Tagen!
„Vorsicht!“, meldet sich eine mahnende Stimme in meinem Hinterkopf. „Das ist genau das, was du niemals laut sagen darfst! Denk an deine Wette mit Jack!“

Kurz nach halb fünf machen wir eine Kaffeepause und Fridolin kommt endlich in den Genuß seiner wohlverdienten Zigarre. Dann geht es weiter.
Jack wirft mir eine Musikkassette zu.
„Leg mal auf, Wolfi! Otti singt uns was vor!“
Ich werfe einen Blick auf die krakelige Beschriftung: Karaoke-Classics – Best of Italian Opera.
„Bitte Jack! Ich bin jetzt nicht in Stimmung!“, jammert Ottfried.
„Keine Widerrede!“, bestimmt Jack, „wir haben extra diesen Bus geklaut, weil du gesagt hast, in einer Limousine wäre die Akustik zu schlecht, um zu probieren!“

„Und hier drin klingt alles ganz blechern!“, nörgelt Ottfried, aber Jack lässt nicht locker und Ottfried fügt sich in sein Schicksal und macht ein paar „Mi-Mi-Mi-Mi...“ und trällert die Tonleiter hoch und runter.
Ich flippe die Kassette in den Player und die ersten Takte von Puccinis Nessun Dorma erklingen. Ottfried setzt ein.
Er hat recht: Das Playback klingt im Inneren des Wagens tatsächlich leicht metallisch und das Motorengeräusch ist auch kaum zu übertönen, aber das ist egal, sein Gesang ist wirklich einmalig schön, weich und durchaus erotisch!
Nur vom Zuhören kriege ich einen Steifen!
Während Ottfried uns auf einen Streifzug durch die schönsten Arien der italienischen Oper mitnimmt, schaufelt der Sprinter die Kilometer nur so weg und bald wird das Land merklich flacher und dann sind wir auch schon hinter Hamburg und Fridolin biegt von der Autobahn ab.
Gemütlich kutschieren wir über die Landstraße, per Fähre über den Nord-Ostsee-Kanal, vorbei an einer original Windmühle, Dutzenden von modernen Windrädern, grünen Wiesen mit Hunderttausenden von süßen Schäfchen und etwa acht- oder neun Millionen schwarz-weiß-gemusterten muhenden Kühen.

Sankt Peter Ording
5 km

verrät uns ein Schild am Straßenrand.
„Nordfriesland, Wolfi! Wattenmeer!“, kommentiert Jack.
Es wird langsam dunkel.
Fridolin steuert den Mercedes in einen kleinen Feldweg, und vielleicht drei Minuten später halten wir vor einem großen, einstöckigen Friesenhof mit Reetdach, der hinter

dichten Hagebuttenhecken und hohen, windschiefen Kiefern versteckt liegt.
Im Garten stehen fast verblühte Sonnenblumen und eine gigantische Satellitenschüssel der Marke Sat-AN. Neben der Haustür hängt ein großes Holzschild, auf dem „Haus Seehexe“ steht. Auf einem kleinen roten Schild darunter ist „Zimmer belegt“ zu lesen. In einem der Fenster leuchtet ein tönerner, diabolisch lächelnder Halloween-Kürbis.
„Hier ist das ganze Jahr Halloween!“, bemerkt Jack.
Aus dem Inneren des Hauses ist wütendes Hundegebell zu hören. Die Tür wird geöffnet.

„Pünktlich wie die Maurer!“, eine kleine drahtige Frau unbestimmten Alters lächelt uns zu. Ihr oberer linker Schneidezahn fehlt. Sie trägt ihr Haar extrem kurzgeschoren, hat etwa drei Dutzend Ringe allein im linken Ohr, Nasenpiercing, drei tiefe Furchen auf der Stirn, als hätte sie mit einem Tiger gerungen, eine tätowierte Träne unter dem rechten Auge und ein Spinnennetz-Tattoo auf dem äußeren rechten Ellenbogen-Gelenk. Sie trägt ein weißes Polo-Shirt, Texas-Hosen und dunkelblaue Doc-Martens-Schnürstiefel.

Bevor ich auch nur Luft holen kann, um „Hallo!“ zu sagen, flitzt ein zähnefletschender, schwarzer Schäferhund durch die Tür, direkt auf mich zu, stupst seine nasse kalte Schnauze in meinen Schritt und schnüffelt.
Ich hasse es, wenn Hunde das tun.
„Das ist Zoltan, Draculas Höllenhund. Keine Angst, er heißt nur so. In Wirklichkeit ist er ganz lieb und ein echter Gentleman.“

Eine zweite Frau, auch eher undefinierbaren Alters, kommt eine knarrende Holztreppe herunter.
„Meister! Welche Ehre! Und Fridolin, du alter Menschenfresser! Dich hab ich ja eine Ewigkeit nicht mehr gesehen!"
Sie trägt ein hinreißendes, geblümtes Kleid, hat kirschrot lackierte Fingernägel, lange dunkle Locken und einen ebenfalls sehr langen gepflegten lockigen Vollbart.
„Kommt alle rein, das Essen ist fertig!"
Die beiden Damen sind waschechte Fischköpfe und sprechen ein so stark ausgeprägtes, über den spitzen Stein stolperndes Plattdeutsch, dass sie es in einem Mundart-Duell jederzeit mit Heidi Kabel aufnehmen könnten.
Jack stellt uns gegenseitig vor: „Das ist Annette, eine der wenigen echten Hexen in Deutschland!" Er zeigt auf die Vollbärtige. „Und das ist Gerda, ihre Schülerin." Gemeint ist die Kurzhaarige. „Ottfried ist der aufgehende Stern am internationalen Opernhimmel. Wir haben ihn mit dem Kehlkopf und den Stimmbändern eines berühmten Tenors ausgestattet, die Fridolin bei einem Flugzeugabsturz erbeutet hat. Und das hier ist Faust."
„Faust! Ich hab schon von dir gehört!", erzählt Annette, während sie meine Hand schüttelt. „Ich habe 666 Mark darauf gesetzt, dass du noch nicht mal die ersten sechs Wochen überstehst. Nimm das bitte nicht persönlich, aber der Meister ist schon ein ausgebuffter Halunke. Du hast ja nicht den Hauch einer Chance!"
Dann dirigiert sie uns ins Esszimmer, das mit Bildern von Windjammern auf stürmischer See, Schiffsglocken und anderem Nordseeküsten-Kitsch dekoriert ist.
„Es gibt Labskaus, nach einem Geheimrezept meiner Mutter und für Fridolin habe ich ein original schwäbisches Beamtenschnitzel", verkündet Gerda.

Das Labskaus ist super-lecker. Dazu gibt es Flensburger Pils und hinterher Rote Grütze mit Vanille-Sauce. Ich bin papp-satt.
Nach diesem Festmahl machen wir es uns in der „schmucken" Stube gemütlich, die nur von ein paar Petroleum-Funzeln erhellt wird. Auch hier ist alles auf Seefahrer-Romantik getrimmt.
Erwähnenswert ist eine große handgeschnitzte Galionsfigur aus dem 17. Jahrhundert, die eine Meerjungfrau mit Reißzähnen, spitzen Ohren und Krallen an den Händen darstellt und eine riesige zerfetzte schwarze Piratenfahne mit einem grinsenden weißen Totenkopf und gekreuzten Knochen drauf.
„Ist die echt?", fragt Ottfried ehrfürchtig.
„Klar ist die echt, Otti", antwortet Jack und schenkt uns allen ein verwegenes Freibeuterlächeln.
Es fällt mir schwer, nicht ständig auf Annettes Vollbart zu starren. Aber so was sieht man nun mal nicht alle Tage.
Gerda bringt ein Tablett mit typisch friesischen Pharisäer-Tassen herein.
„Tote Tante", erklärt sie. „Ein ordentlicher Schluck Rum, heiße Schokolade, drei bis vier Zuckerwürfel und oben drauf ein unschuldiges Sahnehäubchen. Das haut rein."
„Gerda hat früher auf dem Rummel geboxt", erzählt Jack. „In den siebziger Jahren hat sie in Hamburg für ein schmieriges Inkasso-Unternehmen säumige Schuldner vermöbelt."
„Und sie hat auf Sankt Pauli mitgemischt", ergänzt Annette, „und im Marquis-de-Sade-Folterkammer-Club irgendwelchen Provinzonkels aus Buxtehude oder Pinneberg den blitzblanken Hintern versohlt."
Alle lachen. Zoltan kläfft.

„Ja, gut. Das ist wahr“, beichtet Gerda. „Ich war schon ein wildes Kind damals. Aber dann habe ich Annette kennengelernt, und durch sie habe ich zu Satan gefunden.“
„Typisch norddeutsche Pastorentochter!“, bemerkt Jack.
„Gerda ist die beste Schülerin, die ich je hatte“, sagt Annette mit Nachdruck und greift Gerdas Hand. „Sie wird mal eine ganz große Hexe werden!“
Die beiden Frauen schauen sich tief in die Augen.
„Komm, Otti, sing uns ein Ave Maria!“, fordert Jack.
„Ach nee, bitte, ich muss meine Stimme schonen. Für morgen.“ Ottfried hat keine Lust.
„Doch, los, keine Widerrede!“ Jack setzt sich durch und Ottfried baut sich mit Kronengriff vor dem Jolly-Rogers auf.
Er räuspert sich, holt tief Luft, öffnet die Lippen und lässt ein glockenhelles Ave Maria erklingen.
Ottfried ist wirklich umwerfend, sein Vortrag wirkt völlig mühelos und bewegt mich tief und für einen Moment wünsche ich mir nichts weiter, als dass die besungene Mutter Gottes, die tränen- und gnadenreiche mir meine Verfehlungen verzeiht und mich in ihre weiten katholischen Arme schließt.
Ich blicke in die Runde: Glänzende Augen überall. Sogar bei Jack!
„Und jetzt folgt der fröhliche Teil!“
Annette bringt Schnapsgläser und eine Flasche Küstennebel und Gerda kramt eine Ziehharmonika hervor und stimmt das Friesenlied an.

Montag, 20. 9.: Am späten Vormittag weckt mich ein heftiges Klopfen.
„Wach auf, du Schlafmütze! Frühstück ist fertig!“, ruft Gerda durch die geschlossene Tür.

Ich finde mich in einer Koje in einer kleinen Kammer im ersten Stock des Friesenhofs wieder. Meine Kleider liegen unordentlich auf dem Fußboden verstreut. Ich werfe einen Blick aus dem Fenster: Heulender Wind peitscht die Tannen und treibt dunkle Wolken über den stahlgrauen Himmel.
Ich schlüpfe in meine kurzen Hosen, das bunte Tinky-Winky-T-Shirt, schnappe mir die Ersatz-Zahnbürste, die ich als gewiefter Schwuler immer mit mir führe und mache mich auf die Suche nach dem Badezimmer.
Während ich mir die Zähne putze, habe ich für einen Augenblick wieder dieses déjà-vu-ähnliche Gefühl, als würde mich jemand aus dem Inneren des Spiegels beobachten. Das liegt bestimmt an meinem Riesenkater!
„Das wird ja mal auch Zeit! Es ist bald Mittag“, ruft Jack fröhlich, als ich ins Speisezimmer komme.
„Hat jemand Aspirin?“, mein Schädel brummt.
„Hopp!“, ruft Gerda und wirft mir eine Packung ASS-Generika zu.
„Weißt du noch, wie du gestern Abend für uns alle gestrippt hast, Wolfi?“, fragt Jack.
Alle lachen.
„Das ist nicht wahr!“, protestiere ich.
„Klar ist das wahr!“, lacht Annette. „Warum sollte er lügen? Und dann hast du mit Zoltan Walzer getanzt. Splitternackt! Und Gerda hat den Schneewalzer auf dem Akkordeon gespielt.“
Alle biegen sich vor Lachen. Zoltan kläfft. Ich erröte. Ich kann mich nur ganz schwach daran erinnern und verstecke mich hinter meinem dampfenden Kaffeepott.
„Es wäre mir sehr lieb, wenn ihr alle heute nichts mehr esst und höchstens noch Mineralwasser trinkt“, bittet

Annette. „Ich brauche euch heute Abend so nüchtern wie möglich!“

„So, und jetzt machen wir einen Spaziergang auf dem Deich!“, verkündet Jack, als wir nach dem ausgedehnten Frühstück noch einen Kurzen genommen haben.

„Ich passe“, Annette winkt ab, „ich habe noch viel vorzubereiten und Fridolin muss mir bei ein paar Sachen zur Hand gehen.“

„Meine Stimme!“, hüstelt Ottfried und schüttelt den Kopf.

„Ich muss nach Büsum fahren und etwas Heulerblut besorgen“, meldet Gerda. „Aber ich kann euch beide bis zum Deich kutschieren. Ihr könnt Zoltan mitnehmen, er braucht Auslauf!“

Und so kommt es dann auch: Gerda, Jack, ich und Zoltan zwängen uns in Gerdas alten, verrosteten VW-Golf und sie fährt uns bis zum Deich, wo sie uns dann rauswirft.

Die Sonne kommt raus und Jack und ich spazieren über den geteerten Deich und Zoltan pflügt laut bellend durch die Salzwiesen.

„Man könnte meinen, dass die ganze Region hier vom Hagebutten-Anbau lebt“, meint Jack angesichts der dornigen Büsche, die wirklich überall wuchern.

„Hm, ja“, antworte ich, während ich die Aussicht aufs Meer genieße. „Was passiert eigentlich heute Abend so Geheimnisvolles? Erzähl mir nicht, wir wären nur hierher gekommen, um das gesunde Reizklima zu genießen.“

„Natürlich nicht, Wolfi! Annette und Gerda werden bei Einbruch der Dunkelheit ein Tor ins Jenseits öffnen und wir zwei und Fridolin und Otti machen einen kleinen Ausflug nach Nekropolis.“

„Was?“

„Nekropolis ist die Stadt der Toten. Da hausen all die Seelen, die im Leben nicht fromm und brav genug waren, um direkt in den Himmel zu fliegen. Diejenigen, die nicht sündhaft genug gelebt haben, um sofort mit ewiger Verdammnis oder wenigstens ein paar Jährchen Fegefeuer bestraft zu werden. Die Indifferenten, die große graue Masse, Lieschen Müller und Otto Normalverbraucher. Sie sind nach ihrem Tod in Nekropolis gelandet und warten auf das Jüngste Gericht."
„Und was wollen wir in Nekropolis?"
„Mitglieder für die Armee der Finsternis werben, was sonst? Die Toten sind nämlich ziemlich unzufrieden. Anstatt in Fünf-Sterne-Suiten im Paradies zu residieren mit "all-inclusive" und Sitzplatz zur rechten Hand Gottes, sind sie in einer ungemütlichen, hässlichen Riesenstadt gestrandet und alles was sie tun können, ist warten, warten, warten. Sie lechzen nach Veränderung! Hier kommen wir ins Spiel: Ottfried wird live auftreten und ihre kalten toten Seelen mit seinen Arien zum Schmelzen bringen. Dann werde ich eine flammende Rede halten: Ihr seid Gottes vergessene Seelen! Es interessiert ihn nicht, was mit euch passiert! Schließt euch mir an und zusammen stürmen wir die Pforte zum Paradies! Und bli und bla und blubber! Und dann präsentiere ich ihnen unser bestes Argument. In der Hölle gibt es eine Sache, die es weder im Totenreich noch im Himmel gibt: Sex! Heißen, ehrlichen Sex! Die armen Seelen werden Schlange stehen, um bei uns anheuern zu dürfen! So einfach kann das gehen, mein liebster Wolfi!"
Jack strahlt, während er sich das in den schönsten Farben ausmalt.
„Und warum soll Ottfried für die Toten singen?"

„Unsere wissenschaftlichen Studien haben ergeben, dass die Toten sehr emotional auf Musik reagieren. Vor ein paar Monaten haben wir dann erst mal ein Country-&-Western-Konzert im Totenreich veranstaltet. Ein Mega-Erfolg! Fast ein Drittel der Zuschauer hat spontan bei uns unterschrieben. Jetzt wollen wir mal sehen, wie den Toten schmalzige italienische Opernarien gefallen. Was Ottfried angeht, er hat mir seine unsterbliche Seele verkauft, und ich habe ihm im Gegenzug diese phantastische Stimme besorgt. Und wenn er heute Abend im Jenseits den Caruso gibt, verschafft ihm Silvie ein Engagement an der Mailänder Skala. Das wäre für ihn die Erfüllung seiner geheimsten Träume!"

„Ottfried hat dir seine Seele verkauft?"

„So ist es. Der größte Wunsch seiner geliebten Mutter war es, dass er ein berühmter Opernsänger wird. Sie hat ihn im Kinderchor singen lassen und auf ein spezielles Sänger-Internat geschickt und irre teure Gesangsstunden bezahlt und was nicht alles. Alles lief ganz prima, und sie sah ihn vor ihrem geistigen Auge schon mit Luciano und Placido und José auf der Bühne der Metropolitan Opera. Aber dann kam Otti in den Stimmbruch. Hast du schon mal Kermit in der Muppetshow singen gehört? Das hat seiner guten Mutter das Herz gebrochen, und sie starb vor Gram. Einer meiner Spione ist auf Otti aufmerksam geworden, als er versucht hat, sich die Pulsadern aufzuschneiden."

Mittlerweile haben wir den Deich verlassen und sind Zoltan durchs Schilf bis an den Strand gefolgt. Hier ist immer noch Spätsommerfrische angesagt: Die Strandkörbe sind gut besetzt, Kinder lassen Drachen steigen, Windsurfer kämpfen mit dem starken Seegang und ein paar ganz Verwegene baden sogar.

„Und warum willst du mich mit ins Jenseits nehmen?“ Ich weiß nicht recht, was ich von dieser ganzen Geschichte halten soll.
„Erinnerst du dich? Angela hat gesagt, ich soll dir die Welt zeigen. Und da gehört die Unterwelt nun mal auch dazu. Das wird ein Riesenspaß, Wolfi! Du wirst schon sehen!“
Zoltan führt uns zu einem stillgelegten, steinernen, schwarzen Leuchtturm.
„Das Sankt Peter Ording Leuchtfeuer“, stellt Jack fest. „Von hier aus haben die Strandpiraten früher so manches Schiff ins Verderben gelockt. Ach ja! Wusstest du, dass Eric Vornoff nur ein paar hundert Meter von hier in den frühen sechziger Jahren eine Kinderklinik hatte? Er hat haufenweise freizügige Photographien von den kleinen Rackern angefertigt und Abzüge davon rund um den Globus verkauft!“
Jack wirft einen Blick auf die Uhr.
„Komm Wolfi, wir müssen zurück. Lass uns die Abkürzung durch die Dünen nehmen.“

Kaum sind wir in den Dünen, stellt mir Jack ein Bein und zieht mir die kurzen Hosen runter. „Für ne kleine Nummer haben wir aber grade noch Zeit!“, lacht er und küsst mich leidenschaftlich und fordernd.

Es ist schon stockdunkel, als wir Stunden später endlich wieder das *Haus Seehexe* erreichen.
Ich bin total ausgepowert und todmüde.
„Höchste Zeit! Wo habt ihr euch denn rumgetrieben?“
Annette scheucht uns ins dunkle Wohnzimmer, das nur von einer Handvoll Kerzen beleuchtet wird. Ottfried und Fridolin sitzen auf der Couch und warten schon. Fridolin

trägt eine schwarze Mönchskutte und Ottfried ist mit einem schwarzen Smoking mit weißem Rüschenhemd und einer rubinroten Schärpe bekleidet. Er hat seinen roten Schal um den Hals gewickelt und lutscht Salbeibonbons. Er ist schrecklich nervös.

Jack schlüpft blitzschnell in einen schwarzen Armani-Anzug, der frisch gebügelt für ihn bereitliegt und Gerda hilft mir, eine schwarze Mönchskutte anzulegen.

Annette bringt eine dampfende Teekanne herein und serviert mir, Fridolin, Ottfried und Jack jeweils eine Tasse mit einer barbarisch stinkenden, pechschwarzen, heißen Flüssigkeit.

„Bon appetit!“, lächelt sie.

„Was ist das?“, frage ich misstrauisch.

„Ein ganz spezieller Trank aus Strandnelke und Keilmelde mit einer guten Prise getrocknetem Fliegenpilz, Engelstrompeter, Bilsenkraut, etwas Tollkirsche und Goldregen. Nicht zu vergessen Mumia vera aegyptica, Teufelskrallenwurzelextrakt und Colorado-Kröten-Sud. Abgeschmeckt mit Robbenblut, Lebertran und einem guten Schluck Rum“, erklärt Annette.

„Muss das jetzt wirklich sein?“, jammert Ottfried.

„Ja“, sagt Jack.

„Das ist doch bestimmt gefährlich!“, Ottfried windet sich.

„Es ist sogar sau-gefährlich!“, erwidert Jack.

„Oh Gott!“, weint Ottfried.

„Runter damit!“, befiehlt Jack, und wir schütten das Zeug mit einem Zug in uns rein.

Es schmeckt gar nicht mal so übel.

Ich lass mich in einen der Sessel fallen und warte darauf, dass irgendetwas passiert.

Gerda legt eine CD auf.

„Exotische hawaiianische Cocktailmusik. Das gibt die richtige Voodoo-Stimmung!", kommentiert sie.
Annette liest mit monotoner Stimme einen Text aus einem alten Buch vor und malt mit den Händen irgendwelche Zeichen in die Luft. Ich verstehe nicht ein einziges Wort, das sie vor sich hinmurmelt, und ich werde schläfrig und ich schließe die Augen.

Zeit vergeht.

Plötzlich wird mir heiß und kalt, und der Schweiß läuft mir in Strömen über den Körper.
Ich kann mich nicht mehr bewegen, und der Raum beginnt sich um mich zu drehen.
Ich glaube, zu ertrinken und alles wird schwarz und kalt.
Dann reiße ich die Augen wieder auf.

Ich schwebe mitten im unendlichen Nichts.

19

NEKROPOLIS

„Irre!"
Das ist das einzige, was mir im Augenblick einfällt.
Vor wenigen Augenblicken war ich noch in einem reetgedeckten Hexenhaus an der Nordseeküste.
Und jetzt schwebe ich durch die Lüfte, irgendwo im Reich der Toten. Es ist kalt und windig und stockfinster.
Zum Glück gewöhnen sich meine Augen ziemlich schnell an die Dunkelheit, und ich kann unter mir ein paar Wolken und Lichtreflexe – anscheinend das Glitzern des Meeres – wahrnehmen.
Von irgendwoher weht der Klang einer hawaiianischen Steel-Guitar zu mir her.

„Hey Wolfi, ist das nicht ein Riesenspaß?"
Das ist Jacks Stimme. Ich schaue nach oben und da fliegt er. Er trägt eine große, grell leuchtende Magnesium-Fackel, die etwas Licht in das unglaubliche Geschehen bringt.
Jack hat eine völlig andere Erscheinung als sonst angenommen. Die Gesichtszüge, Haare und Haltung wirken wie gewohnt, aber seine Haut hat jetzt einen starken rötlichen Teint, wie man sich das gemeinhin beim Teufel auch vorstellt, seine Augen sind fluoreszierend grün und da, wo bei dem Leibhaftigen eigentlich die Hörner aus dem Schädel wachsen sollten, ragen statt dessen zwei bewegliche Zeigefinger mit langen spitzen Fingernägeln hervor.
Ein atemberaubender Anblick!

Etwa zwei Meter hinter Jack kann ich Fridolin sehen. Seine Haut hat ein dunkles Gelb mit schwarzen Sprenkeln angenommen, seine Ohren sind spitz, wie die von Mister Spock und seine Augen wirken wie rotglühende Kohlen. Ich glaube, ich kann messerscharfe Haifischzähne in seinem wild grinsenden Mund ausmachen. Fridolin trägt Ottfried in den Armen, der mit weitaufgerissenen Augen „Oh, Gott, oh Gott, oh Gott!“ wispert.
Jetzt nehme ich auch den Himmel über uns wahr. Er ist mit Millionen Sternen übersät, die mir alle völlig fremd erscheinen.
„Das ist ja total ausgeflippt!“, schreie ich zu Jack hinüber. Eigentlich müsste ich mir vor Angst in die Hose machen, statt dessen genieße ich jeden Augenblick. Das liegt sicher an Annettes Zaubertrank.
„Folgt mir!“, ruft Jack uns zu, und er fliegt voraus und wir werden wie von einem unsichtbaren Magneten hinter ihm hergezogen.

Nach einer Weile kann ich den dunklen Umriss einer Insel am Horizont ausmachen. Wir kommen schnell näher und ich sehe Rauchsäulen aufsteigen und hier und da auch Lichter.
Schon bald liegt eine unvorstellbar große, sich schier ins Endlose erstreckende Stadt vor uns. Unzählige schiefe Türme, baufällige Wolkenkratzer mit spärlich beleuchteten Fenstern, bedrohlich wirkende Ruinen und qualmende Fabrikschornsteine ragen in den Himmel.
Jack steuert auf ein blinkendes Licht zu, das ihm anscheinend den Weg weist.
Wir fliegen über eine Art Hafen und dann sind wir über der Stadt. Alles ist schmutzig und schäbig, schwarz und rußig, wie alte, heruntergekommene Bahnhofshallen.

Das Signal, das uns den Weg gezeigt hat, kommt vom Dach eines der höchsten Gebäude. Wir fliegen direkt darauf zu, und ich sehe zwei Gestalten, die neben einem riesigen blinkenden Scheinwerfer stehen. Dann sind wir über ihnen und Jack schreit „Vorsicht bei der Landung!“ Wir sinken herab und ich lande etwas unsanft neben dem Scheinwerfer und mache glatt noch einen Purzelbaum.

„Alles in Ordnung?“, fragt mich eine junge, unglaublich gutaussehende Frau mit kurzen schwarzen, dauergelockten Haaren und hält mir ihre Hand hin.
„Danke, bestens!“, antworte ich und rappel mich auf.
„Willkommen in Soul City, der Stadt der toten Seelen!“, begrüßt uns ihr hochgewachsener Begleiter. Seine Haut erinnert an die Oberfläche einer Dörrpflaume und sein Haupt wird von einer Handvoll schlohweißer Haare gekrönt. Beide sind von Kopf bis Fuß in Schwarz gekleidet.
„Das sind Special Agent Desmond und Special Agent Elisabeth!“, sagt Jack, der eine perfekte Landung hingelegt hat, und wirft die Magnesiumfackel achtlos über die Brüstung. „Das ist Faust! Und da kommt Ottfried mit der Wunderstimme!“
Fridolin und Ottfried landen. Ebenfalls perfekt. Jack und Fridolin machen so was wahrscheinlich öfters.
„Wir haben später noch Zeit zum Plaudern“, stellt Special Agent Desmond fest und knipst den Scheinwerfer aus.
„Hier entlang!“, Special Agent Elisabeth führt uns eine Treppe hinunter und schubst uns dann in die geräumige Kabine eines altmodischen Paternosters. Wir fahren etwa vierzig Stockwerke abwärts, bis ins Erdgeschoss, wo wir auf Anweisung von Elisabeth wieder aussteigen.

Dann laufen wir einen scheinbar endlosen Gang entlang, biegen noch zweimal ab und kommen vor einer hohen Metalltür zum Stehen. Sie schließt die Tür auf, und wir treten ein und stehen mitten auf der Bühne eines verfallenen kleinen Theaters.

„Das Theater des Blutes!" Elisabeth gibt ihrer Stimme einen übertrieben dramatischen Klang. „Wir haben alles vorbereitet: Gesangsanlage, Tele-Prompter und so weiter. Mag jemand ein Glas Wein?"
Desmond bringt Weingläser und eine Flasche australischen Chardonnay. Er schenkt uns ein, sagt „Prost erst mal!" und dann stoßen wir an.
„Darf ich?" Desmond stellt sein Glas ab und tastet mit beiden Händen mein Gesicht ab, wie ein Blinder. „Unglaublich! Das ist ja wirklich unglaubliche Arbeit! Und das war Vornoff? Der Stümper? Kaum zu glauben."
„Tja, mein lieber Desmond", prahlt Jack und wackelt mit den beiden Finger auf seinem Schädel, „was du hier siehst, ist nicht nur das Werk von schwarzer Magie und plastischer Chirurgie. Das ist das Ergebnis der Transplantation von fast allen lebenswichtigen Organen! Übertragung der Vitalität und Virilität von über hundert Männern und Knaben! Cutting-edge Nanotechnologie! Der Junge ist brandneu! Und unser guter Doktor Vornoff hat ja auch wirklich einiges dazugelernt, in den letzten Jahren! Das ist ein Top-Job!"
„Das ist nicht fair! Ich habe dir meine Seele verkauft für zwanzig Jahre Jugend! Und nach drei Monaten fielen mir die Haare büschelweise aus und Vornoff musste ständig nachbessern und nachbessern und hier noch mal liften und da noch was tackern! Und dieser Bursche hier kriegt einen Spitzenjob. Umsonst! Nur weil er zufälligerweise Faust

heißt und am gleichen Tag Geburtstag hat wie dieser Schiller?"
„Goethe", korrigiert Jack. „Angela und ich haben halt mal wieder gewettet. Die Faust-Wette nach Goethe. Das ist nun mal so ein Hobby von mir. Du kennst mich ja. Und Wolfi war zur rechten Zeit am rechten Platz. Glück muss man eben haben. So ist das nun mal. Und was heißt hier umsonst? Wenn er nicht höllisch aufpaßt, findet er sich nach seinem Tod in meiner Hexenküche wieder und kümmert sich um rote Gentechnologie oder was sonst grade angesagt ist."
„Ein Hobby?", fragt Desmond höhnisch. „Da hab ich aber ein paar ganz andere Sachen gehört. Du sollst ja ganz verrückt nach dem hübschen Fratz sein! Man sagt sogar, du hättest ihn geheiratet!"
„Desmond, Desmond! Du bist doch nicht etwa eifersüchtig?", gibt Jack zurück.
„Agent Desmond hat dem Meister seine Seele für ein bisschen Jugend verkauft. Aber das war schon vor über 150 Jahren. Damals war die Wissenschaft noch nicht so weit wie heute und der Prozess der Verjüngung kam größtenteils durch das rituelle Schlachten von Neugeborenen und ähnlichem Unsinn zustande. Außerdem hatte der Meister damals auch ein Auge auf den jungen Des geworfen. Aber nur eines. Und das auch nur für kurze Zeit", tratscht Elisabeth.
„Und unsere gute Elisabeth hier hat ihre Seele gegen eine Filmkarriere getauscht. Sie spielte tatsächlich auch die Hauptrolle in einer Reihe von Ufa-Stummfilmen, die heute allerdings noch nicht mal mehr im dritten Programm gezeigt werden. Ein vergessener Star! Ende der dreißiger Jahre hat sie sich dann mit einem Röhrchen

Schlaftabletten aus dem Leben geschlummert“, giftet Desmond.
„Ja, so geht das!“, seufzt Elisabeth. „Und jetzt sind wir beide im Geheimdienst seiner satanischen Majestät. Hinter den Linien, im Niemandsland der toten Seelen. Hier ist alles schwarz-weiß. Genau wie in den alten Filmen.“
„Themenwechsel, meine Damen!“, mahnt Jack und hebt drohend einen der beiden Finger auf seinem Haupt. „Gib mir noch etwas von dem Fusel, Des.“
„Wie gehen wir weiter vor?“, fragt Elisabeth. „Einlass für die Show ist um Mitternacht. Also in einer halben Stunde. Die Show ist total ausgebucht. Deshalb haben wir eine zweite Show angekündigt. Um vier Uhr. Ich würde vorschlagen, dass ich die Tür übernehme. Desmond verteilt die Anträge und sammelt sie später wieder ein. Fridolin macht Security und passt auf, dass unserem großen Tenor kein Leid geschieht.“
„Wofür brauche ich denn einen Leibwächter? Und was soll das ist mit dieser zweiten Show? Davon ist bis jetzt keine Rede gewesen“, unterbricht Ottfried, der immer noch ziemlich blass aus der Wäsche schaut.
„Die zweite Show haben wir spontan ins Programm genommen. Und wenn wir schon das Glück haben, dass wir ein Muskelpaket wie Fridolin hier haben, dann kann er auch auf dich aufpassen, nur für den Fall, dass die Toten ausflippen und euch angreifen. Sie hassen die Lebenden. Du und Faust, ihr habt das, was sie nie wieder kriegen können. Leben!“, erklärt Elisabeth.
„Naja, sie können versuchen, einem Reinkarnationsprogramm beizutreten, um wiedergeboren zu werden“, wendet Desmond ein.
„Die Chancen, in ein Reinkarnationsprogramm zu kommen, liegen bei weniger als vier Prozent. Und ohne

Vitamin B läuft da schon mal gar nichts“, widerspricht Elisabeth.
„Die Toten sind neidisch auf die Lebenden. Manchmal schleichen sie sich als Geister zurück in die Welt der Sterblichen, nur um ihre eigenen Nachkommen oder sogar völlig Fremde zu terrorisieren oder um sie sexuell zu missbrauchen oder zu töten. Vor allem nachts und besonders bei Vollmond! Mit den Toten ist auf jeden Fall nicht zu spaßen. Wie Lizzy sagt: Sie hassen die Lebenden. Außerdem könnte es sein, dass jemand sie gegen uns aufhetzt“, erzählt Jack.
„Wer sollte das tun?“, frage ich.
„Sankt Nimmerlein zum Beispiel. Der Heilige der Toten“, antwortet Jack.
„Und wer zur Hölle ist Sankt Nimmerlein?“, hake ich nach.
„Sankt Nimmerlein war einst ein namenloser Klosterschüler, irgendwann im Mittelalter“, berichtet Jack. „Er hatte den Ehrgeiz, der Heiligste aller Heiligen zu werden. Ein echter Fanatiker, der den ganzen Tag in seiner kleinen Zelle saß und sich selbst geißelte und von früh bis spät betete und all das. Eines Tages hatte er dann die Erleuchtung, wie er eine ganz besonders gottgefällige Superheldentat begehen könnte, um die Mutter Gottes mildtätig zu stimmen. Er folgte den Geistern in die Unterwelt und baute eine Kathedrale hier mitten in der Totenstadt. Seitdem lebt er hier und predigt und betet und versucht die Toten zu bekehren. Wenn er von unserer kleinen Veranstaltung Wind bekommt, was ich nicht glaube, dann Gnade uns Gott!“
„Wie kann uns hier überhaupt irgendetwas zustoßen? Das ist doch alles nur ein Traum, oder? Wir haben diesen Hexentrank getrunken und jetzt phantasieren wir, wir

wären im Reich der Toten! Das ist doch nichts weiter als eine Massenhalluzination, ein kollektiver Traum! Stimmt doch, oder?“, meldet sich Ottfried.
Er ist noch nicht einmal halb so dumm, wie ich gedacht hatte.
„Stimmt. Und stimmt auch wieder nicht. Wir alle sind auf einem Höllentrip. Und unsere Körper liegen bewusstlos in Annettes Knusperhäuschen. Richtig. Aber wir sind auch wirklich hier in Nekropolis, im Theater des Blutes. Was dir hier passiert, passiert auch deinem Körper in der Welt der Sterblichen. Wenn du hier stirbst, dann stirbst du wirklich und unwiderruflich! Otti, Faust! Passt bloß gut auf! Und keine Dummheiten!“, warnt uns Jack. „Zurück zu unserer Planung: Lizzy macht den Einlass. Fridolin ist der Bodyguard für Otti. Otti singt wie eine Nachtigall und verzaubert die Herzen der Verblichenen. Ich kümmere mich während Ottis Auftritt um die Anlage und um das Licht. Dann halte ich meine Rede. Des macht den Papierkram. Und du, Wolfi, du schaust dir das ganze Spektakel backstage an.“
Desmond, Fridolin und Elisabeth verschwinden, um sich auf ihre Aufgaben vorzubereiten.
Ottfried fängt an, sich einzusingen. Mit zitternder Stimme trällert er die Tonleiter hoch und runter und lutscht drei Salbei-Bonbons auf einmal. Er ist fürchterlich nervös.
Jack macht es sich in einer kleinen Kabine neben der Bühne bequem. Von da aus richtet er das Licht ein und macht den Soundcheck mit Ottfried, der seine Texte von einem Monitor über der Bühne ablesen kann, während er zum Playback singt. Dann schließt Jack den schwarzen Plüschvorhang, lässt den eisernen Vorhang herunter und kommt noch einmal zu Ottfried und mir auf die Bühne.

„Okay Otti! Du wirst das schon machen. Stell dir einfach vor, die Zuschauer wären alle tot. Oder nackt. Oder beides. Denk an deine Mutter. Wie stolz sie auf dich wäre!“
Jack nimmt Ottfried in den Arm, spuckt ihm dreimal über die Schulter und geht zurück in seine Licht- und Tonkabine.
„Toi, toi, toi, Ottfried! Wird schon schiefgehen!“, sage ich, drücke ihn und spucke ihm über die Schulter.
Er wirft mir seinen Schal zu und ich ziehe mich hinter die Bühne zurück.
Der eiserne Vorhang hebt sich. Gemurmel dringt aus dem Zuschauerraum auf die Bühne. Der Vorhang geht auf. Ottfried steht mutterseelenallein auf der Bühne, nur von einem Verfolger beleuchtet.

Musik setzt ein. „Dein ist mein ganzes Herz“ von Franz Lehar. Applaus schon bei den ersten Takten. Dann kommt Ottfrieds Einsatz. Mit absolut sicherer Stimme. Er ist fantastisch! Brillant! Der Saal tobt. Stehende Ovationen.
Von meinem Versteck hinter der Bühne habe ich einen ausgezeichneten Blick in den überfüllten Zuschauerraum. Da sitzen sie auf billigen Holzstühlen, vielleicht 300 Männer und Frauen, alle tot, was man eigentlich nur an ihren fahlen Gesichtern und ihren ausdruckslosen Augen erkennen kann. Ottfried verzaubert sie mit seiner eleganten, weichen Stimme.
Er gibt ihnen Puccini und Verdi und Bizet. Highlights aus „Cats“ und „West Side Story“ und „Yesterday“ von den Beatles und dann auch noch „My Way“.
Nach etwa einer Stunde ist er fertig. Der Applaus reißt nicht ab. Ottfried strahlt wie ein Honigkuchenpferd.

Jack kommt auf die Bühne. Mit einer Geste bringt er den Applaus zum Verstummen.
Ottfried geht von der Bühne. Er ist in Schweiß gebadet und restlos glücklich.
„Das ist besser als Sex!“, flüstert er mir zu.

Jack ergreift das Wort: „Meine sehr verehrten Damen und Herren! Liebe Tote! Bewohner von Nekropolis! Ihr wisst, wer ich bin: Luzifer! Satan! Beelzebub! Ihr habt vielleicht gelernt, meinen Namen zu fürchten, doch ihr habt keinen Grund dazu, das versichere ich euch. Ich bin zu euch gekommen, um euch etwas anzubieten, was ihr eigentlich schon verloren glaubtet. Liebe! Heiße, leidenschaftliche Liebe! Habt ihr sie nicht alle in den Liedern gespürt? Gerade eben?“
Ein Raunen geht durch die Menge.
„Und ich spreche nicht nur von der Liebe des Herzens. Ich spreche von euren Körpern. Von den Säften und den Kräften der Lust. Körper, die in heißer Lust verglühen. Orgasmen, die heißer als tausend Sonnen strahlen. Hier im Reich der Toten gibt es keine Liebe. Keine Liebe, keine Freundschaft, keine Lust. Nichts! Ich aber biete euch Liebe! Ich biete euch Freundschaft. Und Lust! In meinem Reich regiert die Liebe. Meine Armee ist eine Armee der Liebe. Die Armee der Finsternis ist eine Armee der Liebenden. Wir kämpfen zusammen. Wir lieben zusammen. Und wir sind alle eins!“
Applaus.
„Zusammen können wir uns holen, was uns zusteht. Wir werden den Himmel stürmen. Wir werden unseren Platz im Paradies erkämpfen. Zusammen können wir es schaffen! Zusammen sind wir stärker als Gott!“
Stürmischer Applaus.

„Tragt euch in unsere Listen ein. Kommt morgen Mittag an Pier 7 im alten Hafen, an den Tretmühlen-Feldern! Das Abenteuer wartet. Die Liebe wartet! Heißer, tabuloser Sex wartet! Auf euch! Gutaussehende Dämonen und Dämonessen wollen eure geheimsten Wünsche erfüllen!"
Special Agent Desmond verteilt Kugelschreiber und Vertragsformulare im Publikum. Sie werden ihm förmlich aus der Hand gerissen.
„Denkt immer daran: Ich liebe euch alle!"
Jack wirft Kusshände ins Publikum und geht schließlich von der Bühne und Ottfried tritt wieder ins Rampenlicht und stimmt ein „O sole mio" an.

Später:
Nach unzähligen Da capos ist es Fridolin und Elisabeth geglückt, die Toten aus dem Theater zu drängen. Wir sitzen auf der Bühne und trinken Champagner. Fridolin schmaucht eine dicke Havanna-Zigarre.
„Sie haben alle unterschrieben! Jeder einzelne! Alle 323! Das ist unglaublich! Wir hätten ihnen glatt noch ein paar Bündel Heizdecken andrehen können!" Jack ist tatsächlich einmal verblüfft und gestikuliert wie wild mit den Fingern auf seinem Schädel. Das ist das erste Mal, dass ich ihn so sehe.
„Und ich habe das hohe C geschafft! Und nicht nur einmal!" Ottfried ist völlig aus dem Häuschen.
„Meinst du, du bringst auch die zweite Show?", fragt Elisabeth.
„Ja, bestimmt! Überhaupt kein Problem!", antwortet Ottfried. Er strahlt vor Selbstvertrauen.
Ich bin gerade dabei, die zweite Flasche Champagner zu öffnen.
Plötzlich fliegt die Eingangstür auf.

„Apage Satanas!“, kreischt er kleiner, dürrer, uralter Greis in einem schwarzen Priestergewand und schwingt ein großes Kruzifix durch die Luft.
Hinter ihm drängen schwarzgekleidete Gestalten mit grauen hassverzerrten Gesichtern in den Zuschauerraum. Immer mehr, vielleicht fünfzig oder sechzig. Sie heulen vor Wut.
„Schnappt sie euch. Packt den Satan und seine Helfer!“
Die Toten stürmen auf uns zu.
„Ich glaube wir haben ein Problem!“, stellt Elisabeth fest.
„Sankt Nimmerlein!“ Desmond gibt dem Problem einen Namen.
„Rückzug!“, befiehlt Jack. „Zum Notausgang. Bleibt zusammen. Wenn wir getrennt werden, treffen wir uns am Pier 7 am Hafen.“
„Du bleibst hier, Faust!“, höre ich Special Agent Desmond rufen. „Wir sehen uns in der Hölle!“
Dann tritt er mir in den Hintern, und ich fliege in hohem Bogen von der Bühne, direkt vor die Füße der tollwütigen Toten.
„Reißt ihn in Stücke! Er ist Satans Buhlknabe!“, schreit Sankt Nimmerlein mit sich überschlagender Stimme. Der kleine dürre Greis schwingt sein großes Kruzifix durch die Luft. Das Gesicht des Heiligen ist vor Hass verzerrt.
Schon haben mich seine Helfer umzingelt und greifen mit ihren kalten toten Händen nach mir.
Ich reagiere instinktiv und schlage mit der vollen Champagnerflasche um mich, die ich zum Glück immer noch in der Hand halte. Die Toten weichen zurück und es gelingt mir, wieder auf die Beine zu kommen.
„Gib´s ihnen, Wolfi!“, feuert mich Jack an.

Ich trete einem der angriffslustigen Toten zwischen die Beine und er fliegt laut schreiend durch den Zuschauerraum des Theaters. Anscheinend bin ich in der Welt der toten Seelen um ein vielfaches stärker, als in der wirklichen Welt.
Gut so!
Dann ist Fridolin neben mir. Er schnappt sich einen der Angreifer und wirft ihn wie eine Bowlingkugel den anderen entgegen.
Zwei Tote packen mich an meiner Mönchskutte. Ich reiße mich los, wobei die Kutte völlig zerfetzt wird, so dass ich mit kurzen Hosen und in meinem kunterbunten Teletubby-T-Shirt vor ihnen stehe. Die beiden schauen mich erstaunt an. Ich reiße den Drahtverschluss von der Flasche.
„Pop!“
Der Korken fliegt einem der beiden direkt ins Gesicht und ich blende die beiden mit dem schäumenden Strahl, der wie bei einer Formel-Eins-Siegerehrung munter aus der Flasche spritzt. Mit zwei Sätzen bin ich wieder auf der Bühne. Fridolin hinterher.
„Mir nach!“, Elisabeth winkt uns von der Stahltür zu, durch die wir vor wenigen Stunden das Theater betreten haben. Schon sind wir auf dem Korridor und sie schließt hinter uns ab.
„Das wird sie nicht lange aufhalten, aber besser als nichts!“, stellt sie fest.
„Wo ist Desmond?“ frage ich. Ich würde ihm jetzt gerne mal die Meinung sagen.
„Er hat sich in Luft aufgelöst. Eine seiner einfachsten Übungen“, antwortet Jack.
Bevor ich irgendwas erwidern kann, sehe ich, wie eine Gruppe angriffslustiger Toter aus einem der angrenzenden

Korridore auf uns zu gestürmt kommt. Sie sind vielleicht fünfzehn Meter von uns entfernt.
„Lauft!“, ruft Elisabeth.
Das lassen wir uns nicht zweimal sagen. Wir rennen einfach hinter ihr her.
Plötzlich taucht eine weitere Gruppe religiöser Toter vor uns auf.
„Oh Gott, oh Gott, oh Gott“, jammert Ottfried.
„Fridolin! Die Wand! Genau hier!“, Elisabeth zeigt auf eine Stelle der Korridorwand, und Fridolin tritt ohne auch nur eine Sekunde zu zögern genau dagegen. Einmal, zweimal, dreimal, wie eine unaufhaltsame Dampframme. Die Wand gibt nach. Mit einigen Fausthieben hat er innerhalb weniger Augenblicke ein mannsgroßes Loch in die Wand geschlagen, das ins Freie führt. Er springt nach draußen. Wir hinterher.

Draußen ist Nacht. Nur ein paar Gaslaternen spenden ein wenig Licht. Es riecht nach Kohlenheizung. Wir sind allein in einer kleinen Gasse, umgeben von uralten Hochhausruinen. Man könnte meinen, wir wären in einem heruntergekommenen Stadtteil von Moskau. Bevor ich mich noch genauer umgucken kann, kommt Sankt Nimmerlein mit einer weiteren Gruppe seiner Legion gottesfürchtiger Leichen um die Ecke.
„Greift sie!“, schreit er und schwingt sein Kruzifix wie ein Schwert, „tötet den Teufel und seine Kumpane! Für Jesus!“
Wir geben Fersengeld. Die Straße ist nur unzureichend mit Kopfsteinpflaster befestigt, und wir kommen mehr schlecht als recht voran. Trotzdem sind wir schneller als der mordlüsterne Heilige und seine frommen Toten, die uns verfolgen.

Wir stoßen auf eine größere Querstraße. Hier ist schon ein bisschen mehr los: Ein paar hundert Tote sind unterwegs. Sie spazieren scheinbar ziellos und unendlich langsam durch die Nacht und beachten uns nicht.
„Zum Hafen!“, ruft Elisabeth und zeigt nach links. Wir laufen einfach hinter ihr her.
Plötzlich bleibt Ottfried vor einer der Toten stehen.
„Mama?“
Er starrt sie erschrocken an. Die Tote ist eine kleinwüchsige grauhaarige Frau um die Fünfzig, die tatsächlich eine gewisse Ähnlichkeit mit Ottfried hat.
„Mama? Bist du das?“, fragt er.
Sie starrt zurück, scheint ihn aber nicht zu erkennen.
„Otti! Nicht stehenbleiben! Lauf um dein Leben!“, schreit Jack ihm zu.
Dann ist es zu spät. Das Letzte, was ich sehe ist, wie Sankt Nimmerleins Truppe über ihn herfällt. Ottfrieds Schreie gellen durch die Nacht.

Ich renne weiter. Vor uns taucht eine weitere Abteilung von Sankt Nimmerleins Armee wie aus dem Nichts auf. Wir folgen Elisabeth, die versucht, in eine kleine Seitenstraße auszuweichen.
„Sackgasse!“, stellt Jack fest.
Er hat recht. Hier geht es nicht mehr weiter. Wir sind in der Falle.
Und da ist auch schon Sankt Nimmerlein. Ottfrieds Blut klebt an seinen Händen und sogar an seinem Kruzifix. Seine Gemeinde gläubiger Toten kommt direkt hinterher.
„Fahr zur Hölle, Satan!“, kreischt er. Er ist ziemlich außer Atem.
„Mit dir auf dem Beifahrersitz wäre mir das ein echtes Vergnügen!“, gibt Jack zurück.

„Okay Wolfi," flüstert Jack mir zu, „für Lizzy und Fridolin und mich ist das jetzt alles gar kein so großes Problem. Wir kommen hier schon irgendwie raus. Aber du musst jetzt versuchen aufzuwachen, bevor sie dich zerfetzten. Hörst du? Du musst aufwachen! Du liegst in Annettes Hexenhaus auf dem Sofa und träumst das alles! Wach auf!"
„Wach auf!", ruft Elisabeth.
Fridolin grunzt zustimmend.
Ich versuche die Augen aufzureißen, aber sie sind schon auf.
Ich kneife mir selbst in den Arm. Noch einmal und noch einmal, fester und fester. Das tut verdammt höllisch weh.
„Wach auf!"
„Du musst aufwachen! Jesus Christus, Wolfi! Wach endlich auf oder du stirbst!"
Die Toten kommen immer näher. Ich kann den stinkenden Atem von Sankt Nimmerlein riechen. Er stinkt nach faulen Eiern.
„Für Jesus!", kreischt er und holt mit seinem Kruzifix aus.

20

LEICHENSCHMAUS

„Er kommt zu sich!"
Das ist Gerdas Stimme.
Irgendjemand leckt mit feuchter Zunge über mein Gesicht und riecht nach Hund.
Das ist Zoltan. Draculas Höllenhund.
„Faust! Du hast es geschafft!"
Ich öffne meine Augen und sehe Annettes Gesicht. Noch nie in meinem Leben war ich so froh, eine bärtige Dame zu sehen.
„Trink das!", Gerda reicht mir eine eiskalte Flasche Coca Cola. Ich trinke.
Das tut gut!
Ich werfe einen Blick in die Runde: Gerda, Annette und Zoltan, der mich fröhlich ankläfft. Ich liege auf dem Sofa in der guten Stube in Annettes und Gerdas Hexenhaus und fühle mich völlig zerschmettert.
Keine Spur von Jack und Fridolin. Ob ihnen die Flucht geglückt ist? Und was ist mit Ottfried und Special Agent Elisabeth? Und Special Arschloch Desmond?
„Oh Jesus!", ächze ich. Mir ist schlecht.

„Nicht Jesus. Jack! Jack! Mein Name ist Jack! Jedenfalls einer meiner Namen." Jack kommt zur Tür herein. Fridolin hinterher. Die beiden sehen auch aus, als wären sie von einem Leichenwagen überfahren worden. Mehrmals.
Annette und Gerda fallen den beiden erleichtert um den Hals.

„Hallo, Annette, Gerda, da sind wir wieder! Hallo, Wolfi! Willkommen im Land der Lebenden. Mann, bin ich froh, dich zu sehen!“
„Ich auch, Jack. Und dich auch, Fridolin“, ich werfe den beiden ein Lächeln zu, so gut es geht. Meine Lippen sind spröde und brennen.
„Ich glaube, Zoltan hat dich zurück ins Leben gezerrt. Wie Lassie“, sagt Annette. „Wir dachten schon, du wärst verloren wie...“
„Ottfried?“
„Ottfried hat es nicht geschafft.“ Jack bestätigt meine Befürchtungen.
„Mannomann!“
„Apropos Ottfried. Wo ist eigentlich sein Körper?“ fragt Jack.
„Wir haben ihn erst mal ins Kühlhaus gelegt“, berichtet Gerda.
„Was ist denn überhaupt noch passiert? Dieser Heilige war gerade dabei, mich mit seinem Kruzifix zu erschlagen, und die Toten wollten uns zerfleischen. Und dann war ich plötzlich wieder hier. Was ist los?“, frage ich Jack.
„Du bist in allerletzter Sekunde aufgewacht. Dann hat Fridolin ein paar von den bekehrten Toten auseinandergenommen. Er ist eine Ein-Mann-Atombombe. Wirklich! Ich habe Sankt Nimmerlein sein Kruzifix abgenommen und ihm in seinen dreifaltigen Hintern gerammt, dass er bestimmt zehn Tage nicht mehr sitzen kann. Und Lizzy kümmert sich jetzt um Ottfrieds unsterbliche Seele und um die der Toten, die bei uns angeheuert haben.“
„Was passiert mit Ottfried?“, will ich wissen.

„Er fährt mit dem Red Star Ocean Liner direkt in die Hölle. Ich werde ihn zum Programmierer ausbilden lassen. Davon brauchen wir im Augenblick jede Menge."
„Kann er denn nicht mehr singen?"
„Nein. Mit der Kreativität ist es nach dem Tod meistens vorbei. Außerdem wimmelt es in der Hölle von Musikern. Musiker sind ja durch die Bank rücksichtslose Egomanen, die für ihren Erfolg über Leichen gehen. Ottfried war da auch nicht anders. Jemand anders wird in Zukunft für uns singen."
„Und was soll er für Programme schreiben?"
„Jahr-2001-Fehler zum Beispiel. Das ist nicht schwer. Die Industrie gibt zur Zeit Milliarden Dollar aus, um ihre Software für den so genannten Jahrtausendwechsel vorzubereiten. Wir hingegen sorgen dafür, dass es völlig unerwartet am 1. 1. 2001 kracht. Strahlende Atomkraftwerke, die niemand mehr abschalten kann! Cruise Missiles, die von selbst starten! Das wird ein Spaß!" Jack blickt träumerisch in die Zukunft.
„Und Desmond? Was passiert mit Desmond?", erkundige ich mich, während ich mich langsam aber sicher vom Sofa erhebe. Ich bin noch ganz schön wackelig auf den Beinen.
„Ich glaube, Des war einfach eifersüchtig auf dich und dein hübsches Gesicht. Naja, wer hätte gedacht, dass er gleich zum Feind überläuft! Doppelagent Desmond! Wart mal ab, bis ich ihn in die Finger kriege!"

Ich putz mir erst mal die Zähne, dusche und ziehe mir frische Klamotten an.
„Verabschiede dich von den Damen, Wolfi! Wir müssen fahren", ruft mir Jack zu, als ich eine halbe Stunde später zurück ins Wohnzimmer komme.

Annette und Gerda schütteln uns die Hände und Zoltan schlabbert mir noch einmal übers Gesicht.

Dann sitzen wir im Sprinter und düsen über das flache Land. Es ist später Nachmittag. Der Himmel ist bewölkt und es regnet.
„Wir machen noch einen kurzen Umweg und essen eine Kleinigkeit im *Deodato*“, verrät mir Jack und schon wenig später sind wir in Husum und Fridolin parkt den Wagen am Lieferanteneingang eines kleinen unscheinbaren Restaurants am Hafen.
Jack klingelt. Kurz darauf öffnet ein kleiner dunkelhaariger Mann.
„Umberto, du alter Halunke!“, ruft Jack und schüttelt ihm die Hand.
„Signore Jack! Signore Fridolin! Welche Ehre für mein bescheidenes Haus! Und wer ist der gutaussehende junge Herr? Hier entlang, bitte!“
Umberto führt Jack und mich an einen kleinen Tisch im Gastraum, während Fridolin zwei gutgefüllte schwarze Müllsäcke auslädt und in die Küche trägt.

Außer uns sind nur wenige Gäste im *Deodato*, das von der Einrichtung her an eine rustikale Siebziger-Jahre-Pizzeria erinnert.
Ein paar Minuten später kommt Fridolin mit vollem Mund kauend aus der Küche und gesellt sich zu uns. Genau wie Jack hat auch er seine gute Laune schnell wiedergefunden.
Umberto bringt uns die Aperitifs und reicht uns die handgeschriebene Speisekarte.
Ich entscheide mich für Seemannsspieß und Jack wählt den Vegetarier-Teller. Fridolin deutet auf Hirtensalat und die Diplomaten-Platte.

Umberto bringt uns eine Flasche Rotwein und Wasser.
„Ob der Rotwein zu meinem Seemannsspieß passt? Zu Fisch sollte man doch wohl eher Weißwein trinken, oder?“, frage ich Jack, der den Wein probiert und für gut befindet.
„Fisch? Welcher Fisch, Wolfi? Das ist doch hier kein Fischrestaurant!“, weist mich Jack zurecht, während Umberto uns allen einschenkt.
„Auf Ottfried!“
Wir stoßen an.
Keine zwei Minuten später serviert uns Umberto eine leckere Brühe mit Fleischeinlage. Jetzt merke ich erst, wie hungrig ich bin.
„Sag mal, Jack, kannst du mir eine Lohnsteuerkarte besorgen? Und eine Rentenversicherungsnummer?“, frage ich schmatzend. „Ich brauche dringend einen Job!“
„Ein Job? Kein Problem, Wolfi. Du kannst in diesem neuen *House of Boys* auf Sankt Pauli arbeiten, wenn du magst. Die suchen immer Frischfleisch wie dich.“
„Also bitte, Jack! Ich bin doch kein Callboy!“, protestiere ich.
„Ach wirklich? Frag mal deinen Kumpel Hank. Überhaupt: Alle Menschen sind Prostituierte. Billige Hafen-Nutten, exklusive Luxus-Huren, brave Ehefrauen. Was weiß ich! Es gibt eigentlich gar keinen Unterschied. Aber gut. Ich glaube, ich habe da was für dich. Kennst du das Hotel *Transmetropolitan* in Frankfurt? Die suchen jemand für die Bar. Wegen der Lohnsteuerdingsda frag ich mal Silvie.“
Umberto bringt das Essen. Fridolin stürzt sich gierig auf seine Diplomaten-Platte und Jack haut auch kräftig rein.

Mein Seemannsspieß ist ein Gedicht. Er schmeckt wie Filetspitzen vom Schwein in einer leicht süßlichen Erdnußsauce.
„Delikat!“, stelle ich fest.
Fridolin grunzt zustimmend.
„Freut mich, dass es euch schmeckt!“, sagt Jack mit vollem Mund. „In diesen Laden kommst du nur mit einer Empfehlung, Wolfi. Sehr exklusiv, weißt du?“
Im Nu hat Fridolin die gesamte Platte und den Salat verdrückt. Er winkt nach Umberto, der sogleich mit der Karte kommt, und zeigt auf „Kinderteller Peterle“. Jack lässt noch eine Flasche Wein kommen und ordert Vanilleeis als Nachspeise.
Während Jack und ich unser Eis löffeln, macht sich Fridolin über den größten Kinderteller her, den ich je gesehen habe.
Anschließend zündet sich der schweigsame Riese eine Zigarre an und lächelt glücklich in die Runde.
„Hey“, meint Jack später, als wir zum Schluss noch einen Kosaken-Kaffee nehmen, und lächelt mir zu. „Unser kleiner Ausflug war doch alles in allem gar nicht so schlecht, eh, Wolfi?“
Stimmt. Ich habe sogar etwas sehr Wichtiges dabei gelernt:

Nichts ist schlimmer als der Tod.

21

DAMENWAHL

Ich muss wohl eingenickt sein. Gerade eben waren wir noch im Norddeutschen und jetzt kann ich die Lichter des Messeturms durch die Windschutzscheibe des Sprinters im Nebel sehen.
Gutes altes Frankfurt!
Es ist mitten in der Nacht, stockdunkel und die Straßen sind wie leergefegt. Fridolin chauffiert mich direkt vor die Haustür.
„Schlaf dich erst mal richtig aus, Wolfi!“ Jack drückt mir noch schnell ein Küsschen auf die Wange, als ich aussteige. „Ich mach den Job im *Transmetropolitan* für dich klar und Silvie kümmert sich um den Lohnsteuerwisch. Sie hat sowieso morgen in Frankfurt zu tun und meldet sich dann bei dir. Ciao!“
Jack macht mit zwei Fingern das „Wir telefonieren“-Zeichen, und ich winke den beiden nach, bis der Benz im Nebel verschwunden ist.

„Leon! Burga! Ich bin zurück!“, rufe ich, als ich wieder in meiner Luxus-Wohnung bin.
Keine Antwort. Niemand daheim. Kein Leon. Keine Burga. Niemand außer mir.
Die Wohnung sieht aus wie eine Designer-Müllkippe. Überall leere Pizza-Kartons, halbvolle Chips-Tüten, randvolle Aschenbecher, schmutzige Gläser, Tassen, Teller. Kleidungsstücke und CDs liegen achtlos auf dem Marmorfußboden verstreut. Ich reiße erst mal die Balkontür auf. Was hier fehlt ist frische Luft!

Anscheinend haben Leon und Burga in meiner Abwesenheit eine kleine Party gegeben. Oder mehrere.
In der Küche türmt sich noch mehr schmutziges Geschirr.
Ich werfe einen Blick in das Arbeitszimmer, und ich glaube, mich trifft der Schlag:
Irgendjemand hat aus den sündhaft teuren Seidenlaken Transparente für eine Demonstration oder so gebastelt. „Heten kneten!“ steht auf einem, „Gay Justice 2000“ auf einem anderen. Auf zwei weitere ist die C-&-A-Regenbogenfahne gemalt und darüber, in Schwarz, ein Totenkopf mit gekreuzten Knochen.
Das erinnert mich an die antike Piratenflagge in Annettes und Gerdas gemütlichem Hexenhaus an der Nordseeküste.
Ich beschließe, dass mir das erst mal völlig egal ist. Ich bin todmüde und ich will schlafen und ich schaffe es gerade noch bis ins Bett und falle in einen Traum:

Ottfried, der im Augenblick des Todes ein letztes Mal das hohe C trifft und dann Desmonds hasserfülltes Backobstgesicht. Seine Lippen bewegen sich wie in Zeitlupe: „Ich töte dich! Ich töte dich! Ich töte dich!“

Dann weckt mich ein Geräusch. Es ist Leon.
„Faust! Du bist wieder da!“, er freut sich und ein zuckersüßes Lächeln huscht über sein hübsches Gesicht.
„Leon! Wo kommst du denn jetzt her?" Ich bin total froh, ihn zu sehen.
„Burga und ich haben in der Stadt Grafittis gesprayt. Gay Justice und so. Überhaupt: Wo kommst du denn jetzt her? Das sollte ich dich fragen! Warum hast du dich nicht mal gemeldet? Ich hab mir schon Sorgen gemacht!“
„Ich war an der Nordsee. Und dann war ich krank. Bronchitis“, lüge ich. Ich bin etwas desorientiert und weiß

gar nicht, wie lange ich verreist war. „Was ist denn heute eigentlich für ein Tag?“
„Mittlerweile Mittwoch früh“, verrät mir Leon, während er sich aus den Jeans schält.
„Mittwoch früh? Dann war ich doch nur zwei Tage weg“, stelle ich erleichtert fest.
„Zwei Tage? Sag mal, spinnst du, Alter? Du warst über eine Woche verschwunden!“ Leon knipst das Licht aus und schlüpft unter die Decke. Er fühlt sich schön warm an und sehr lebendig. Wir kuscheln noch ein paar Minuten, dann schlafe ich grad wieder ein.

Mittwoch, 29. 9: Burga ist zur Schule gegangen und Leon macht blau.
Wir lieben uns den ganzen Vormittag, bis uns schließlich der Hunger aus dem Bett treibt.
Es gibt in der Küche nur noch etwas Toastbrot, Erdbeermarmelade und einen Rest Krönung light. Ein fürstliches Frühstück.
„Schau mal“, Leon zeigt mir eine Postkarte, „ ich war am Wochenende noch einmal kurz in Lieblos. Tobi hat Jessy und mir geschrieben. Er und Olli sind jetzt an einem Ort namens Purgatori. Wahrscheinlich bleiben sie da eine ganze Weile. Hast du eine Ahnung wo das ist, Purgatori?“
Ich nehme die Karte unter die Lupe. Der Stempel ist bis zur Unleserlichkeit verschmiert und die Briefmarke wirkt völlig fremdländisch. Solche Schriftzeichen habe ich noch nie gesehen. Auf der Rückseite der Postkarte ist ein brennendes Zippo-Feuerzeug abgebildet, auf das in schwungvoller Schrift das Wort „Inferno“ eingraviert ist.
Ich denke an Leons unglückseligen Bruder. Wie er vor meinen Augen von einem Rudel rosafarbener Pudel

zerfleischt wurde und wie ich ihn via Webcam im Fegefeuer habe brennen sehen.
„Purgatori", erzähle ich Leon und nippe an meiner Kaffeetasse, „ist eine kleine Stadt in Osteuropa. Ich glaube in Ungarn. Oder Rumänien."
Dann wechsel ich das Thema, und wir baden zusammen und machen noch ein bisschen Liebe.

Am Nachmittag kreuzt Burga wieder auf. Sie hat einen Stapel Flyer mit „Gay Justice 2000"-Aufdruck unter dem Arm.
Zu dritt bringen wir ein bisschen Ordnung in die Bude.
„Wofür habt ihr eigentlich diese Transparente gemalt?", frage ich, als wir das Arbeitszimmer aufräumen.
„Schwulsein ist mehr als ununterbrochen geiler Sex und Romantik, Faust!", antwortet Leon mit ernstem Blick.
„Genau! Wir werden am Samstag an der Hauptwache demonstrieren. Gay Justice! Gayvolution! Schwul-lesbische Themen sind nicht nur am Christopher-Street-Day aktuell!", stellt Burga resolut fest. „Das steht alles auf unseren Flugblättern!"
„Eine Gay-Justice-Demo? Nur ihr beide? Oder wer noch?"
„Leon und ich haben über das Internet noch ein paar andere Leute aus der Gegend kennengelernt, für die Lesben- und Schwulenrechte nicht nur ein Thema für eine sensationsgeile Nachmittags-Talkshow sind. Wenn du Lust hast, kannst du zu unserem Treffen am Freitag mitkommen."
„Gerne. Und warum habt ihr ausgerechnet die teuren Seidenlaken für eure Transparente genommen?"
„Also bitte, Faust! Wir sind schließlich Schwule!", klärt mich Leon auf. „Wir nehmen doch nicht irgendwelche billigen Baumwolltücher!"

Leon und Burga sind genauso pleite wie ich. Ich sammle eine Handvoll seltene Klassik-CDs aus der Sammlung des verblichenen Vormieters zusammen und mache mich auf den Weg ins Second-Hand-Plattengeschäft in der Wallstraße, während Burga und Leon losziehen, um Flyer für ihre Demo zu verteilen.
Nachdem ich die CDs kurz vor Ladenschluß noch für einen wirklich stolzen Preis verkaufen konnte, gönne ich mir noch eine Kleinigkeit bei dem leckeren Thai-Imbiss am Affentorplatz.

Mein Handy klingelt.
„Faust! Hier Silvie! Komm bitte gegen acht Uhr ins *Maier Gustl's* in der Münchener Straße! Tisch 39. Wir tanzen Cha-Cha-Cha!"

Es ist ein lauer Herbstabend, also gehe ich gemütlich zu Fuß. Während ich die Münchener Straße herunterbummle, versuche ich, all die Mühsamen und Beladenen zu ignorieren, die sich hier und da in den Hauseingängen herumdrücken und mit Bierbüchsen, Einwegspritzen und Crackpfeifen hantieren. Als geborenem Frankfurter gelingt mir das spielend. Glücklicherweise sind heute keine Psychopathen unterwegs, die mich als Satansliebchen oder so beschimpfen.
Pünktlich kurz nach acht bin ich beim *Maier Gustl's Bayrisch Zell* am Hauptbahnhof.
Die Fassade des *Maier Gustl's* ist einhundertfünfzig Prozent auf Oktoberfest-Bierzelt getrimmt. „Jeden Tag ab 19:30 Uhr Tanz! Zwei Live-Kapellen jeden Abend!", „Mittwoch Damenwahl" steht auf zwei Tafeln, die vor dem Amüsier-Schuppen stehen.

Ich gehe am Türsteher vorbei nach drinnen. Dunkel ist es. Und größer als ich dachte. An der Wand sind lustige Karikaturen bayerischer Originale angebracht. Eine kleine Trachtenkapelle spielt Volkstümliches. Die Bühne ist mit einer schäbigen Sperrholzkulisse geschmückt, die eine Alpenlandschaft mit ausgesägten Sperrholzbambies und Häschen zeigt. Es riecht nach Fichtennadelspray und Moder.
An den mit Tischtelefonen und nummerierten Lämpchen ausgestatteten Tischen sitzen einsame Herzen und halten Ausschau nach einem Tanzpartner. Es ist noch früh und noch hat sich niemand auf die Tanzfläche gewagt.

An Tisch 39 entdecke ich Silvie. Sie sieht hinreißend aus, sie hat jetzt mittellange rote Haare und trägt ein kurzes schwarzes Chanel-Kostüm.
„Hallo Faust!“, ruft sie, als sie mich sieht und winkt. Bussi, Bussi.
„Ist dieser Laden nicht absolut umwerfend?“, fragt sie mich grinsend.
Eine Bedienung kommt vorbei und wir bestellen „a Maß“ Bier. Schließlich sind wir in Bayern.
„Bevor ich es vergesse!“ Silvie gibt mir einen Din-A-5-Umschlag mit einer Lohnsteuerkarte und einem Rentenversicherungsausweis. „Warum willst du eigentlich arbeiten gehen? So wie du aussiehst, kannst du auf dem Strich ein Vermögen verdienen!“
„Ach, ich weiß nicht...“
„Wenn du erst mal wieder anfängst zu altern, wird es dir um jede Mark leid tun, die du jetzt nicht mitnimmst!“, prophezeit mir Silvie. „Ach ja! Jack hat mir gesagt, ich soll dir das hier geben.“

Silvie reicht mir ein Zippo-Feuerzeug mit „Inferno“-Gravur. Genau das gleiche wie auf der Postkarte, die Leon erhalten hat.
„Konzentriertes Fegefeuer. Für den Fall, dass dir Desmond über den Weg läuft. Oder irgendwelche durchgeknallten Gespenster. Jack meint, sie haben es vielleicht auf dich abgesehen.“
„Was?“
„Desmond ist auf die andere Seite gewechselt. Er hat es nie verkraftet, dass seine zweite Jugend irgendwann mal zu Ende war. Außerdem war er auch noch unglücklich in Jack verknallt. Desmond war schon immer ziemlich unstabil. Dann hat er von dir gehört. Und eifersüchtig, wie er nun mal ist, hat er dir nachspioniert. Er kann die Welt der Sterblichen aus dem Inneren von Spiegel beobachten. Wie Polizeibeamte, die öffentliche Toiletten überwachen. Als er gesehen hat, wie gut du aussiehst und was für einen Riesenspaß du mit Jack hast, ist er völlig durchgedreht und hat euch alle an Sankt Nimmerlein verpfiffen. Wahrscheinlich macht er dich für alles verantwortlich, was bei ihm schiefgegangen ist.“
„Und wo ist Desmond jetzt?“
„Keine Sorge, Faust. Er ist bestimmt noch immer in Nekropolis. Oder irgendwo in der Unterwelt. Aber wer weiß! Jedenfalls nur für den Notfall: Mit diesem kleinen Feuerzeug kannst du alles Übernatürliche abfackeln wie Zunder: Klick, Zip, Wusch! Und hasta la vista, Geisterpack!“
Unser Bier wird gebracht. Wir stoßen an.
„Ich hab da noch eine andere Frage. Wir waren eigentlich nur ein paar Stunden in der Unterwelt. Aber als ich heute früh wieder in Frankfurt angekommen bin, war tatsächlich über eine Woche vergangen.“

„Zeitverschiebung. Das hat nichts zu bedeuten. Hoffentlich hast du kein Jet-lag." Silvie zeigt in Richtung Eingang. „Schau mal wer da kommt! Angela Engel höchstpersönlich. Ich glaub es nicht!"
Es ist tatsächlich Angela. Sie sieht um einiges besser aus als bei unserem ersten Zusammentreffen. Angela hat ebenfalls einen neuen Haarschnitt, und sie trägt einen eleganten hellgrauen Hosenanzug mit passender verspiegelter Sonnenbrille und Handtasche.
„Schwesterherz!", grüßt Silvie.
„Hallo, Sylvia!"
Die beiden geben sich Küsschen auf die Wange.
„Und unser guter Doktor Faust! Gut siehst du aus. Von dir hört man ja so einiges in letzter Zeit!" Angela setzt sich zu uns und winkt nach der Bedienung, die auch sofort kommt.
„Ich nehme auch eine Maß und einen Apfelkorn. Nein, bring gleich die ganze Flasche und drei Gläser!", bestellt sie und wendet sich dann mir zu. „Und, Faust, bringt es denn noch Spaß?"
„Ja klar!", antworte ich. „Alles bestens! Ich suche mir gerade einen neuen Job."
„Neuer Job? Pillepalle! Studier lieber erst mal was Anständiges. Deine einzige Chance, um es auf Dauer mit Jack aufnehmen zu können, ist, wenn du so viel wie möglich über absolut alles weißt. Physik, Chemie und Geschichte. Wenn du Geld brauchst, kannst du deine alte Lebensversicherung einlösen. Offiziell bist du tot und gleichzeitig bist du dein einziger Erbe!"
„Aber ist das nicht Versicherungsbetrug?", frage ich Angela.
„Kann sein. In den zehn Geboten steht jedenfalls nichts von Versicherungsbetrug. Oder? Also stell dich nicht so

an.“ Das Bier und die Flasche Apfelkorn werden gebracht. Angela nimmt erst mal einen ordentlichen Schluck. „Pass auf, Faust, ich habe keine Lust, schon wieder eine Wette gegen Jack zu verlieren. Nicht schon wieder! Ein einziges Mal will ich gewinnen! Ein einziges Mal! Hörst du? Du darfst mich nicht enttäuschen! Also verschwende deine Zeit nicht mit Arbeit. Sei ein Gewinner! Lerne, reise, hab Spaß. Kein Stillstand! Immer weiter! Und immer aufpassen: Jack versucht bestimmt, dich reinzulegen. Hat er schon versucht, dich mit Luxus zu blenden?“
Ich denke an meine tolle Wohnung am Main und meinen geilen schwarzen Roadster.
„Natürlich.“ Angela beantwortet die Frage gleich selbst. „Er hat dir diesen schicken Sportwagen geschenkt, nicht? Soll ich dich mal ein wenig aufschlauen? Der Wagen ist gestohlen! Fridolin hat ihn seinem rechtmäßigen Besitzer auf offener Straße weggenommen und ihm dabei sogar noch zwei Finger abgebissen. Mit Fridolin ist nicht gut Kirschen essen! Wusstest du eigentlich, dass Fridolin sich ausschließlich von Menschenfleisch ernährt?“
„Fridolin ist ein Kannibale?“, ich muss an die Hühnerknochen im Aschenbecher des Roadsters denken und an unser Essen im *Deodato*. Ich hatte einen Seemannsspieß...
Bevor es mir den Magen umdreht, nehme ich einen Schluck Apfelkorn.
„Er ist kein Kannibale. Fridolin ist ein Menschenfresser. Kannibalen essen ihresgleichen. Aber Fridolin ist kein Mensch.“
„Ich glaub es nicht“, stammel ich.
„Ist aber wahr! Pass mal auf!“ Angela fummelt ein Handy aus ihrer Handtasche und wählt eine Nummer. „Hallo? Herr Klein? Erinnern Sie sich noch an Ihren BMW

Roadster? Ich weiß, wo er steht. Schöne Aussicht, Ecke Lange Straße. Was? Wer ich bin? Nur eine besorgte Bürgerin."
Angela schaltet ihr Handy wieder ab und lässt es in ihrer Handtasche verschwinden. Sie füllt ihren Maßkrug mit Apfelkorn auf und nimmt einen ordentlichen Zug.
„Und, Sylvia, wie geht es mit der Apokalypse voran? Wie ich hörte, hat es mit der Geburt des Anti-Christen noch nicht so ganz geklappt?"
„Es läuft besser als du ahnst, Schätzchen. Die neuen Technologien lassen sich hervorragend für unsere Zwecke einsetzen. Wir verheiraten das World Wide Web mit cutting-edge-Nanotech und den neuesten biologischen Break-throughs. Wir haben unsere Visionen neu definiert und unsere Ziele neu focussiert. Wenn wir die Synergien aus unseren weltweiten Aktionen zielführend einsetzen, steht der Himmel in Flammen, Angie-Baby! Das müssen wir nur noch richtig kommunizieren. Anfang 2001 starten wir deshalb eine ganz große Kampagne: Apocalypse Now - Storm the Gates of Heaven! Und das ist nur der Anfang."
„Mag sein! Aber du kennst ja das Szenario: Erst predigt ihr das Ende der Welt. Dann kommt tatsächlich der Antichrist-Zirkus-Teil mit Firlefanz und Schnickel-schnackel. Die Chancen sind prima und der Anti-Christ wird König der Welt. Jack triumphiert. Für eine Weile. Dann kommt Jesus zurück, und Gott klatscht in die Hände und BAUTZ! und RATZDIBATZ! und schon hat Jack den schwarzen Peter und Jesus siegt doch noch und dann kommt das Jüngste Gericht und das Ewige Königreich. Das ist nun mal so vorherbestimmt. Das kannst du drehen und wenden, wie du willst!" Angela nimmt noch einen Schluck aus dem Maßkrug.

„So, ich muss wieder los! Ciao, Sylvia, immer ein Vergnügen, dich zu sehen. Übrigens, Faust, was man so munkelt: Der gute Jack scheint ja ziemlich von dir angetan zu sein. Gerüchten zufolge ist er sogar mächtig in dich verliebt! Vielleicht kannst du da ja was draus machen. Viel Glück." Sie wirft ein paar Geldscheine auf den Tisch, steht auf und geht.

„Was für eine selbstgerechte Fotze!", schimpft Silvie. „Egal, Faust, lass uns tanzen!"
Silvie zerrt mich auf die Tanzfläche. Zwischenzeitlich hat die Band gewechselt und jetzt spielt eine eher weniger talentierte Hitparaden-Cover-Band eine ziemlich grässliche Discofox-Nummer.
„Ich kann gar nicht so gut tanzen", jammere ich.
„Ich hab gehört, dass du sogar mit einem Schäferhund hervorragend Walzer getanzt hast! Also bitte!", lacht Silvie. „Auf geht´s: Vor, vor, seit, ran! Rück, rück, seit, ran..."

Später:
Silvie und ich haben die halbe Nacht lang getanzt. Rumba, Mambo, Tango, Walzer. Vor allem Walzer.
Jetzt fährt sie mich in ihrem aufgebretzelten Mini-Cooper in british racing green nach Hause. Wir fahren zur Vorsicht noch mal bei meinem Roadster vorbei.
Das ist die Polizei! Zwei Streifenwagen mit Blaulicht! Mehrere Beamten untersuchen den Z3 nach irgendwelchen Spuren und nehmen sogar Fingerabdrücke! Ein Abschleppwagen steht auch schon bereit!
„Ach, du Scheiße!", sage ich fassungslos.
„Scheißbullen!", flucht Silvie. „Das haben wir Angela zu verdanken! Die verdammte Petze!"

„Mein schöner Wagen!“, am liebsten würde ich heulen.
„Ach, komm!“, tröstet mich Silvie, „das ist doch nur ein Haufen Blech! Für die kommende Herbst- und Winter-Saison passt doch sowieso viel besser eine Limousine.“

23

DIE BETSCHWESTER

Donnerstag, 30. 9.: Die Kinder sind in die Schule gegangen, und nachdem ich eingekauft habe, faulenze ich auf dem riesigen Wohnzimmersofa und denke über dies und das nach:
Ich bin immer noch ziemlich pleite. Der eifersüchtige Desmond will mich umbringen. Und wie soll ich meinem süßen Leon beibringen, dass sein geliebter Roadster nicht mehr da ist?
Es klingelt an der Tür.
Ich drücke auf den Summer und wenige Augenblicke später kommt ein junger Mann die Treppe hoch. Er sieht ganz hübsch aus: Etwa einsachtzig groß, dunkelhaarig, etwas pausbäckig, braune Augen, Dackelblick. Er trägt einen schwarzen Anzug und ein schwarzes Hemd mit Pastorenkragen.
„Grüß Gott! Ich bin Bruder Sebastian! Frau Engel schickt mich! Darf ich hereinkommen?“
„Hallo! Nur herein!“, antworte ich und schon sind wir im Wohnzimmer.
„Ich soll Ihnen das geben“, sagt er und überreicht mir einen weißen Din-A4 Umschlag.
Darin finde ich ein silbernes Kruzifix und einen Brief von Angela.
„Hallo Faust! Das Kruzifix kann Dich vielleicht vor rachsüchtigen Geistern schützen. Ich habe Dich übrigens an der Goethe-Universität für Philosophie, Juristerei und Medizin und - leider - auch Theologie einschreiben lassen. Außerdem für Humangenetik, Mikrobiologie, Biophysik

und Quantenmechanik. Anbei Dein Studentenausweis und was Du sonst noch brauchst. Das Semester fängt nächsten Monat an.
Angela Engel
P.S.: Sebastian wird Dir bestimmt gern die Beichte abnehmen. Nach allem, was Du in letzter Zeit erlebt hast, wird Dir das sicher guttun. Aber bitte verrate ihm keine allzu genauen Details über Jack und mich!“

Tatsächlich liegt ein Abiturzeugnis mit lauter Einsen und ein Studentenausweis bei.

„Frau Engel sagte, dass Sie vielleicht beichten wollen!“, meldet sich Bruder Sebastian, der den mittelalterlichen Gobelin mit dem Heiligen Georg bewundert.
„Ich weiß nicht. Aber warum eigentlich nicht? Wenn Sie schon mal hier sind. Ich koche uns einen Kaffee und dann erzähle ich, was mir in letzter Zeit alles passiert ist, okay?“
Gesagt, getan.
Wir machen es uns mit dampfenden Kaffeepötten auf der Wohnzimmercouch bequem, und ich berichte, wie ich Jack und Angela kennengelernt habe. Ich verrate ihm aber nicht, dass Angela ein waschechter Rauschgoldengel ist und Jack der Leibhaftige selbst. Statt dessen ist Jack in meiner Version der Geschichte ein mächtiger Gangsterboss, der mich als Rauschgiftkurier anwerben will. Den Teil mit meiner Verjüngungskur überspringe ich und aus unserer Magical-Mystery-Tour in die Unterwelt mache ich einen Kurzurlaub in Saigon. Mit Bandenkrieg. Ansonsten bleibe ich ziemlich nah an der Wahrheit: Mein Verhältnis mit Jack, meine Liebe zu Leon, Hanks Leidenschaften, jede Menge Sex mit unzähligen Männern, an deren Gesichter und Namen ich mich beim besten

Willen nicht mehr erinnern kann. Ich erzähle ihm von der Orgie in Stillborn und von dem gestohlenen Roadster. Dann beichte ich auch, dass ich nicht ganz unschuldig am Tod von Leons Bruder bin und dass ich Leon bis heute noch nichts davon erzählt habe. Schließlich gebe ich auch noch zu, dass ich aus Versehen Menschenfleisch gegessen habe.

Bruder Sebastian schaut mich entsetzt an.
„Lass uns beten!", schlägt er vor, als ich nach etwa einer Stunde einen Querschnitt meiner Sünden aus den letzten vier Wochen aufgezählt habe. „Du kennst doch sicher das Vaterunser?"
Schon legt er los. Inbrünstig schickt er dann noch ein Ave Maria hinterher. Bei dem Ave Maria muß ich an den armen Ottfried denken, der es vor wenigen Tagen gar wunderschön gesungen hat und der jetzt wohl in der Hölle schmort.
Bruder Sebastian hat sich gerade erst warmgebetet:
„Ich glaube an Gott, den Vater, den Allmächtigen, den Schöpfer des Himmels und der Erde, und an Jesus Christus, seinen eingeborenen Sohn, unseren Herrn, empfangen durch den Heiligen Geist, geboren von der Jungfrau Maria, gelitten unter Pontius Pilatus, gekreuzigt, gestorben und begraben, hinabgestiegen in das Reich des Todes, am dritten Tage auferstanden von den Toten, aufgefahren in den Himmel; er sitzt zur Rechten Gottes, des allmächtigen Vaters; von dort wird er kommen, zu richten die Lebenden und die Toten. Ich glaube an den Heiligen Geist, die heilige katholische Kirche, Gemeinschaft der Heiligen, Vergebung der Sünden, Auferstehung der Toten und das ewige Leben. Amen."

Für einen Augenblick nicke ich ein, und als ich wieder aufwache, ist Bruder Sebastian noch immer im Gebet vertieft.
Schließlich zieht der Pater eine Musikkassette aus der Tasche und legt sie in den Kassettenrekorder. Jemand singt Kirchenlieder zur Gitarre.
„Das ist Pater Perne!“, erklärt er, lächelt fromm und zündet ein Räucherstäbchen mit Weihraucharoma an.
Ich nicke wieder ein und als ich kurz darauf wieder wach werde, fühle ich etwas Warmes und Angenehmes zwischen meinen Beinen. Es ist Sebastians Hand. Er grinst schüchtern und atmet schwer.
„Du hast doch nichts dagegen?“, flüstert er.
Ich nehme ihn in die Arme und gebe ihm einen heißen langen Kuss. Wir klettern aus unseren Klamotten.

Sebastian ist abgesehen von Haupthaar und Augenbrauen komplett enthaart. Sein ganzer Körper ist über und über mit farbenfrohen Tätowierungen bedeckt.
Direkt über dem Herzen ist das blutende Herz Jesu zu sehen. Brust und Bauch sind mit der Abbildung des Heiligen Antonius, der von Dämonen in Form von geflügelten Schweinen angegriffen wird, geschmückt. Auf dem rechten Arm ist Christopherus mit dem Jesus-Kind auf der Schulter zu sehen. Beide sind nackt und Christopherus ist stark erregt. Den linken Arm ziert Petrus, kopfunter gekreuzigt mit dem Slogan „Quo vadis?“ über beziehungsweise unter dem Kopf. Der Heilige Georg, im Kampf mit einer phallischen Riesenschlange ist auf dem rechten Bein zu bewundern. Diese Darstellung wirkt um einiges erotischer als die auf dem Gobelin an der Wohnzimmerwand. Das linke Bein ist mit einer Szene aus dem Leben des Heiligen Olaf illustriert. Auf dem Rücken

ist schließlich Sebastians Namenspatron eintätowiert: Der Heilige Sebastian, splitternackt, mit lüsternem Blick und Erektion, wird von Pfeilen durchbohrt. Abgesehen von Bruder Sebastians Händen und Kopf ist beinahe jeder Zentimeter Haut mit religiösen Symbolen tätowiert. Seine Brustwarzen sind gepierct und an den Piercing-Ringen hängen schwere kleine Kruzifixe. Außerdem hat er ein Prince-Albert-Piercing.
Sebastian kniet sich vor mich hin und bläst mir einen. Das macht er ganz großartig. Sicher hat er das nicht im Priesterseminar gelernt. Oder vielleicht gerade dort! Ich muss ihn tatsächlich etwas bremsen, damit es mir nicht gleich kommt.
Dann legt er sich bäuchlings auf die Couch und streckt mir seinen tätowierten Hintern entgegen.
„Los, mach´s mir! Fick mich! Zeig´s mir! Durchbohre mich!“, keucht Sebastian.
Das lasse ich mir natürlich nicht zweimal sagen. Gummis und Gleitgel liegen für solche Fälle in einem kleinen perlenbesetzten Kästchen neben der Stereo-Anlage bereit.
Keine Minute später bin ich in ihm, und er ächzt voller Wollust, während ich hart zustoße und den Heiligen Sebastian auf seinem Rücken bewundere. Eine hervorragende Arbeit.
„Oh Gott! Oh Gott! Gut! Oh, oh, oh, oh Jesus!“, stöhnt Sebastian. Dann kommt es ihm auch schon.
Und Pater Perne klampft dazu und singt: „Danke für diesen schönen Tag, danke...“

23

ORGIE DER TOTEN

Freitag, 1. 10.:
„Du kommst doch heute Abend zu unserem Treffen?“, fragt Burga, während wir frühstücken.
Sie meint die Gay-Justice-Gruppe, mit der sie und Leon für mehr Rechte für Schwule und Lesben kämpfen wollen.
„Heiliges Ehrenwort!“, schwöre ich.
Natürlich werde ich kommen. Schon wegen Leon. Ich will doch wissen, mit was für schrägen Vögeln sich mein süßer Schatz herumtreibt.
„Optimal!“, sagt Leon und nippt am Orangensaft. „Das Meeting ist draußen in Preungesheim. Dann können wir ja mal wieder mit dem Roadster durch die Gegend düsen, ja?“
„Oh, Leon, wegen des Roadsters wollte ich dir noch sagen...“
Bevor ich Leon erzählen kann, dass sein geliebter BMW Z3 nicht mehr zur Verfügung steht, werden wir jäh unterbrochen.
Ein Schlüssel dreht sich geräuschvoll in der Wohnungstür, die Tür öffnet sich quietschend und keine drei Sekunden später baut sich eine kleine ältere Dame energisch vor uns auf.

Obwohl es erst Anfang Oktober ist, ist sie mit einen echten Leoparden-Wintermantel bekleidet. Außerdem trägt sie eine kupferrote Kurzhaarperücke, mehrere Schichten Schminke im aufgedunsenen Gesicht, und sie

hat grellrot lackierte Fingernägel. Bestimmt genauso falsch wie ihre Zähne!
Wir starren sie total verblüfft an. Sie schöpft Atem und dann legt sie los:
„Was!“, schreit sie mit gellender Stimme und holt wieder Luft.
„Haben!“, sie atmet praktisch nach jedem Wort ein und aus und es sieht fast aus, als würde die resolute Person gleich anfangen, zu hyperventilieren oder ohnmächtig werden. Jedenfalls ist ihr Gesicht trotz des massiven Make-ups so rot wie ein Pavian-Hintern.
„Sie! In! Der! Wohnung! Meines! Verstorbenen! Sohnes! Verloren!?“
„Er hat uns erlaubt hier zu wohnen. Bevor er abgereist ist“, lüge ich und hoffe eine Sekunde lang, irgendwie damit durchzukommen.
„Packen! Sie! Ihre! Siebensachen! Und! Verschwinden! Sie! Sonst! Rufe! Ich! Die! Polizei!“
Für einen Augenblick könnte man meinen, dass sie während ihrer hysterischen Schrei-Arie vielleicht einen Herzinfarkt oder Schlaganfall bekommen würde, aber dieses Glück bleibt uns versagt.

Zehn Minuten später stehen wir auf der Straße. Unsere gesamte Habe in einer Handvoll Aldi-Plastiktüten.
„Was ist denn jetzt eigentlich passiert?“, Leon ist völlig perplex.
„Diese alte Fotze hat uns rausgeworfen!“, erklärt Burga.
Deutlicher kann man es wahrscheinlich gar nicht ausdrücken.
„Aber wo sollen wir denn jetzt hin?“, jammert Leon und schaut hilflos aus der Wäsche.

„Also, ich kann nicht mehr nach Hause gehen!“, stellt Burga mit versteinerter Miene fest.
„Ich hab noch meine alte Wohnung in Griesheim“, sage ich und versuche dem Wort „Griesheim“ einen Klang zu geben, als würde ich „Malibu Beach“ oder „Beverly Hills“ sagen.
„Griesheim?“, Leon ist völlig entsetzt.
„Griesheim ist gar nicht sooooo schlecht!“, behaupte ich. „Es gibt viel schlimmere Stadtteile. Nied zum Beispiel. Oder Fechenheim. Oder denk mal an Offenbach!“
„Okay, okay. Wenigstens gibt es in Griesheim ein MacDödel. Schauen wir mal, ob wir uns zu dritt in den Roadster quetschen können.“ Leon ringt sich ein fatalistisches Lächeln ab.

„Ach ja, der Roadster!“, beichte ich. „Den Roadster kannst du knicken. Er wurde beschlagnahmt. Die Raten waren im Rückstand.“
„Oh nein!“, Leons Welt bricht zusammen.
Ich fühle mich entsetzlich.

Eine halbe Stunde später hält unser Taxi vor meiner alten Griesheimer Wohnung. Das Ghetto hat sich für meine ruhmlose Rückkehr ganz besonders herausgeputzt:
Haltlose Alkoholiker prosten uns von den Parkbänken mit ihren Neptun-Bierbüchsen zu. Wilde Sperrmüllhalden wuchern an jeder Straßenecke. Tonnen von Hundescheiße und die eine oder andere tote Ratte pflastern die Fußwege... Sogar der Himmel wirkt um einiges grauer als sonst.
Es fehlen eigentlich nur noch eine wild um sich schießende Jugendgang, ein durchgedrehter Kleinbürger im Freizeitanzug mit einem kaum zu bändigenden

kläffenden Pitbull-Terrier, ein versoffener Ehemann, der Weib und Kind auf offener Straße windelweich prügelt und natürlich brennende Mülltonnen, das Geräusch von zersplitterndem Glas und Polizeisirenen.
Aber es ist ja noch früh am Tag!

„Willkommen daheim, ihr Lieben!“, ich schließe die Wohnungstür auf und wir treten ein.
Die Wohnung wirkt dunkel, die Luft ist abgestanden, es riecht nach Schimmel und es ist unaufgeräumt. Wie durch ein Wunder ist in meiner Abwesenheit nicht eingebrochen worden.
„Was für ein Loch!“, stellt Leon fest.
„Hier bleibe ich jedenfalls nicht!“, pflichtet Burga ihm bei.
„Am besten geht ihr zwei jetzt erst einmal in die Schule und ich bringe die Wohnung in Ordnung. Und wenn ihr am Nachmittag zurückkommt, werdet ihr überrascht sein, was für ein gemütliches Nest ich uns hier zaubere!“ zirpe ich und bemühe mich vor Optimismus nur so zu sprühen.
Leon und Burga dampfen ab in Richtung Straßenbahnhaltestelle, und ich muss mich erst mal setzen.
„So eine verdammte Scheiße!“

Die nächsten Stunden bin ich damit beschäftigt, alte Klamotten, Altpapier und Müll zu entsorgen, die beiden Zimmer, die Küche und das Bad zu wienern und die Fenster zu putzen.

Alles für Leon!

Gegen drei Uhr nachmittags sieht die Wohnung tatsächlich ganz passabel aus. Ich lege mich auf das frisch bezogene Bett und lese mir die Post der letzten vier

Wochen durch. Rechnungen, Mahnungen, das Arbeitsamt stellt seine Leistungen ein, noch mehr Rechnungen, noch mehr Mahnungen und so weiter. Wie im wirklichen Leben!

Am späten Nachmittag kommen Leon und Burga von der Schule zurück.
„Das ist ja schon fast ganz brauchbar, Alter!“, lobt Leon meine Aufräumarbeiten.
„Und wo soll ich schlafen?“, fragt Burga.
„Ich hab irgendwo noch eine Luftmatratze. Etwas Besseres kann ich dir im Augenblick leider nicht anbieten. Ich nehme mal an, dass du nicht bei Leon und mir im Bett schlafen willst“, antworte ich und Burga guckt mich völlig entgeistert an.
Später beim Abendessen heitert sich ihre Laune wieder etwas auf. Es gibt Fischstäbchen in Weißweinsauce und Büchsenbier. Eine Delikatesse!
Leicht angeschickert machen wir uns kurz nach halb zehn auf den Weg nach Preungesheim.

Wir fahren mit der Straßenbahn Linie 11, die im Volksmund liebevoll „Drogen-Express“ genannt wird, bis zum Hauptbahnhof. Überall streunen die üblichen Obdachlosen, Alkies, Junkies und jede Menge finstere Gestalten umher, und auf der Treppe zur U-Bahn stolpert Burga über zwei Crackheads, die in jeder Fuge und Ritze jeder einzelnen Stufe unermüdlich nach einem winzigen Fitzelchen Crack suchen.
Sie rappelt sich schnell wieder auf und wir flüchten in die U5.
„Frankfurt wird von Tag zu Tag unerträglicher!“, klagt sie.
„Das kommt dir nur so vor!“, erwidere ich.

„Die Drogies und die Obdachlosen werden genauso von dem Schweinesystem unterdrückt wie wir. Wir Schwulen und Lesben werden um unsere Rechte betrogen und diskriminiert. Die Junkies und die Penner aber sind ganz unten und alles, was ihnen bleibt, ist ihre Sucht“, predigt Leon mit ernstem Blick und erhobenem Zeigefinger.
Ab der Konstablerwache fährt die U5 über der Erde und müsste eigentlich um der Genauigkeit halber Ü5 heißen.
Schon bald sind wir in Preungesheim und nach einem kurzen Fußmarsch stehen wir vor einer abstoßend hässlichen Mietskaserne, auf deren graue Waschbeton-Fassade irgendjemand mit rosa Farbe den Spruch „Gay Justice 2000“ gesprayt hat.
Wir treten ein und fahren mit dem Fahrstuhl in den fünften Stock.
„Da sind wir!“, sagt Burga und klopft dreimal gegen ei e unscheinbare Wohnungstür.
Jemand öffnet uns.

Dann sind wir in einer kleinen verqualmten Einzimmerwohnung. Gedämpftes Licht. An der Wand hängt eine Regenbogenfahne mit dem Slogan „Gay Justice Now!“. Ein paar Gestalten kauern auf dem schmuddeligen Teppichboden. Ein Joint macht die Runde.
„Das ist Faust!“, stellt Leon mich vor. „Er will bei uns mitmachen.“
„Hallo Faust! Ich bin Bruno!“, grüßt derjenige, der offensichtlich der Anführer der kleinen Truppe ist.
Ich glaub, mich trifft der Schlag. Es ist tatsächlich Bierschiss-Bruno! Er hat sich allerdings verändert: Unfrisierte Haare, Drei-Tage-Bart, Brille. Seine Hände sind bandagiert, er scheint Jacks kleines Feuerwerk im

Schwejk wohl nicht ganz unbeschadet überstanden zu haben.
Mich erkennt er jedenfalls nicht, ich sehe ja jetzt auch über zwanzig Jahre jünger aus als noch vor vier Wochen.
„Hallo Bruno!", grüße ich zurück, „sag mal, kennen wir uns nicht aus dem *Schwejk*?"
„Das *Schwejk* ist auch nur so ein Kommerzschuppen, wo uns Schwulen die Kohle aus der Tasche gezogen wird!", predigt Bruno. Dann stellt er mich den anderen vor: „Das ist Nicole. Miriam. Marek. Und Dietmar."
„Hallo Leute. Mein Name ist Faust!" Ich suche mir einen freien Platz auf dem Fußboden und Leon reicht mir einen Plastikbecher mit billigem Rotwein.
„Gut!" Bierschiss-Bruno wendet sich an seine Gefolgschaft. „Wo waren wir stehengeblieben?"
„Es geht um den Namen für unsere Gruppe", erinnert ihn Miriam. Miriam ist eine drahtige Rothaarige, etwa zwanzig, Typ Kampflesbe. „Mein Vorschlag ist DIE ARMEE DER LIEBENDEN. So heißt ein alter Film über die Schwulenbewegung in den Siebzigern."

Armee der Liebenden! Das erinnert mich an Jacks flammende Rede im Theater des Blutes.

„Können wir uns nicht ARMY OF LOVERS nennen?", schlägt Leon vor. „Das klingt irgendwie flotter und man kann es AOL abkürzen. Das ist doch total endgeil!"
„AOL wird uns verklagen, wenn wir das machen! Außerdem gab es mal eine schwedische Pop-Band, die so hieß!", wendet Nicole ein. Nicole ist anscheinend Miriams Freundin. Sie hat langes, helles, blondes Engelshaar und irgendwie habe ich den Eindruck, als ob sie magersüchtig oder so wäre. Jedenfalls ist sie schrecklich dünn.

„Wie wäre es mit ROSA ZELLEN oder ROSA ARMEE FRAKTION?“, fragt Burga und reicht mir den Joint, den ich als frischgebackener Nichtraucher sofort weitergebe. Leon schnappt sich den Joint und inhaliert.
„ROSA ARMEE FRAKTION finde ich total Scheiße!“, sagt Nicole. „Wir sind doch keine Terroristen!“
„Warum denn eigentlich nicht?“, erwidert Burga. „Wir müssen das Heten-System bekämpfen. Wir sind die neue RAF!“
„ARMEE DER LIEBENDEN ist top!“, bestimmt Bierschiss-Bruno. „Kann jemand abchecken, ob die Domain noch frei ist? Wir brauchen unbedingt eine Präsenz im Internet.“
„Da kümmere ich mich drum“, meldet sich Dietmar. Dietmar ist ein bisschen auf der femininen Seite, mit blonden Strähnchen und jeder Menge Modeschmuck. Leider hat die Ärmste ein ziemlich starkes Akne-Problem.
„Gute Idee!“ Miriam ist begeistert. „Dann können wir noch einen kleinen Shop im Web aufmachen und GAY-JUSTICE-T-Shirts und Fahnen anbieten, um unsere Aktivitäten zu finanzieren.“
„Genau!“, pflichtet Burga ihr bei. „Wir brauchen Geld für Flugblätter und Spraybüchsen. Außerdem sollten wir es mal richtig krachen lassen, damit die Heten wissen, dass mit uns nicht zu spaßen ist! Ich bin dafür, dass wir im Standesamt am Römer eine Bombe zünden.“
„Warum denn das?“, frage ich. Ich bin ziemlich baff.
„Die SPD und die Grünen haben uns im Wahlkampf die Ehe für Lesben und Schwule versprochen. Und was ist passiert? Nichts! Genießen gleichgeschlechtliche Partnerschaften irgendeinen Schutz? Kein bisschen! Von Steuervorteilen mal ganz zu schweigen. Also: Zeigen wir

ihnen mal, was wir davon halten, wenn man versucht uns zu verschaukeln!“
„Aber was ist, wenn jemand verletzt wird oder getötet?“ Ich sehe meinen süßen Leon schon ganz oben auf einem Terroristen-Fahndungsplakat.
„Ach Quatsch!“, erwidert Burga. „Wir sprengen das Standesamt mitten in der Nacht. Dann kann niemandem irgendwas passieren.“
„Wir bomben die Scheiß-Heten zurück in die Steinzeit!“, kichert Leon. Er ist total bekifft.
„Okay. Ich mach mich mal wieder auf den Weg“, sage ich nach einer Weile. „Wann ist morgen die Demo an der Hauptwache?“
„Wir treffen uns um Punkt neun oben vor dem Kaufhof“, antwortet Bruno. „Sei bitte pünktlich.“
„Kommst du mit nach Hause?“, frage ich Leon.
„Nee, Alter, ich bleibe noch ne Weile. Marek wohnt in Hoechst. Er fährt Burga und mich später mit seinem Corsa nach Griesheim. Stimmt´s, Marek?“, meint er und grinst breit.
Marek sagt die ganze Zeit über gar nichts. Er sieht einfach nur ziemlich gut aus und rollt einen Joint nach dem anderen.

Ich mache mich aus dem Staub. Würde ich noch eine Minute länger bleiben, würde mir über soviel Dummheit bestimmt der Kragen platzen.
Wahrscheinlich bin ich nur ein alter Spießer, der die Jugend von heute einfach nicht mehr verstehen kann...
Wie auch immer: Mit schnellem Schritt marschiere ich den Gleisen der hier überirdisch verkehrenden U5 folgend stadteinwärts.

Nach ein paar Minuten an der frischen Luft ist meine Wut verraucht. Trotzdem muss ich mich schon sehr über Leon und Burga wundern. Warum verschwenden die beiden ihre Zeit mit einem Looser wie Bruno? Es gibt doch auch politisch engagierte Schwule und Lesben mit Grips in der Birne!
Irgendwo.
Mittlerweile laufe ich am Hauptfriedhof entlang. Da drüben neben dem Blumengeschäft ist die alte Friedhofsklappe. Es brennt sogar noch Licht! Das kann eigentlich gar nicht sein, fällt mir ein. Hier hat seit Jahren keine Glühbirne mehr geleuchtet. Dieses Örtchen ist eher eine Art öffentlicher Darkroom.
Jedenfalls brennt dort jetzt ein Licht und wie eine Motte schwirre ich darauf zu.
Detektiv Faust ermittelt!

Drinnen ist tatsächlich einiges los. Vielleicht ein Dutzend Kerle unterschiedlichen Alters treiben es miteinander in den unmöglichsten Stellungen. Sie alle werfen mir gierige Blicke zu, als ich eintrete.
Einer von ihnen nähert sich und greift mir gleich in den Schritt und ein anderer versucht mich zu küssen. Ihre Berührungen sind aber kalt und feucht und unangenehm. Trotz der Action ist es totenstill. Das milchig trübe Licht scheint von keiner direkten Lichtquelle auszugehen. Jetzt erst merke ich, dass sie alle unnatürlich blass und mit auffällig altmodischen schwarzen Anzügen bekleidet sind.
Schlagartig wird mir bewusst, dass ich voll in die Falle getapst bin:
Ein Hinterhalt der frommen Toten!

Die Geister umzingeln mich und greifen nach mir. In ihren toten Gesichtern spiegelt sich die blanke Geilheit.
Am liebsten würde ich mich übergeben. Nekrophilie war noch nie mein Ding.
Plötzlich erscheint auch Desmond wie aus dem Nichts. Seine Haut wirkt jetzt noch verdorrter und faltiger und schlaffer, als ich es in Erinnerung habe. Seine Augen blitzen vor Hass.
„Doktor Faust! Haben wir dich endlich! Jetzt werden wir ganz langsam aber sicher jeden Funken Leben aus dir raussaugen!"
Ich will nach Jack rufen, aber es ist unmöglich. Die Toten versuchen ihre kalten Finger und ihre glitschigen Zungen in meinen Mund zu stecken. Panik steigt in mir auf.
„Versuche zu beten!", höhnt Desmond.
Dabei fällt mir das Kruzifix ein, dass Angela mir zukommen ließ, und ich ziehe es aus meiner linken Hosentasche und halte es direkt in die toten Gesichter der geilen Gespenster.
Sie weichen zurück. Sie werden transparent. Innerhalb von Sekunden sind sie verschwunden. Und mit ihnen verschwindet auch das übernatürliche Licht.
Es ist stockfinster.

„Mich kannst du mit solchem katholischen Firlefanz nicht beeindrucken, Faust!", höre ich Desmond zischen. „Ich kann dich auch ganz allein fertigmachen! Ich kann dich sogar im Dunkeln sehen!"
Das ist mein Stichwort. Ich ziehe das Inferno-Feuerzeug, das mir Silvie im *Maier Gustl's* gegeben hat, aus der rechten Hosentasche, lasse es aufschnappen und zünde es an.

Ich sehe Desmonds Dörrpflaumengesicht im Schein der Flamme. Er wirkt jetzt gar nicht mehr so siegessicher. Er hat Angst. Pure, nackte Angst!
Es gelingt mir auf Anhieb, Desmond mit der Flamme des Feuerzeugs am Kragen seiner schwarzen Jacke zu erwischen.
Sofort fängt er Feuer. Die Flammen breiten sich in Sekundenbruchteilen aus. Desmond kreischt, rudert hilflos mit den Armen in der Luft, stürzt zu Boden und brennt lichterloh.
Wenige Augenblicke später ist nur noch ein Häufchen rauchende Asche von ihm übrig.
„Brenn in der Hölle, Desmond!“, fluche ich, als ich endlich wieder ein paar Worte hervorbringen kann.
Nichts wie raus!

Draußen sehe ich, dass meine Klamotten an den Stellen, an denen mich die Geister berührt haben, völlig ausgebleicht sind. Und meine Kleidung ist überall mit ekligem schleimigen Glibber verklebt. Wahrscheinlich Ektoplasma oder so was.
Ich muss mich erst einmal übergeben und meine Nase blutet. Als es mir schließlich wieder etwas besser geht, sehe ich schon die letzte U5 Richtung Hauptbahnhof kommen, und ich schaffe den kurzen Weg zur Haltestelle in weniger als zehn Sekunden.
Ein neuer Rekord!

24

HOTEL DISKRET

Samstag, 2. 10.:
Fast pünktlich, nämlich um kurz nach halb zehn stehen Burga, Leon und ich vor dem Kaufhof auf der Zeil. Die anderen Mitglieder der frisch getauften ARMEE DER LIEBENDEN sind noch nicht da.
Gegen kurz vor zehn trudelt Dietmar ein. Er hat sich mit den allerneuesten, angesagten Trend-Klamotten herausgeputzt, jede Menge Styling-Foam ins Haar geschmiert und seine Aknenarben unter einer dicken Schicht Make-up verschwinden lassen.
„Sorry, aber ich war noch im Copy-Shop und hab neue Flugblätter machen lassen", flötet er. „Ich hab gestern Nacht noch ein neues Logo entworfen. Schaut euch das mal an!"
Dietmar drückt uns einen dicken Stapel rosaroter Din-A-4-Blätter in die Hand:
„GAY JUSTICE 2000: MEHR GAYRECHTIGKEIT!" ist die Headline. Darunter ist eine flammende Aufzählung aller Arten von Ungemach, denen Homosexuelle in den letzten fünfzig Jahren weltweit ausgesetzt waren, ein glühender Aufruf für mehr Verständnis und eine brandheiße Kampfansage an die staatliche Intoleranz und Ignoranz und so weiter. Aufgelockert wird das Ganze durch eine Ralf-König-Illustration und das supermoderne Logo der ARMEE DER LIEBENDEN, das wirklich sehr trendy geraten ist und durchaus auch als Erkennungszeichen für eine Gay-Disco oder eine exklusive Herren-Boutique durchgehen könnte.

„Tolles Layout, Dietmar! Echt cool!“, stellt Leon fest. Jetzt tauchen auch Marek, Nicole und Miriam auf. Sie haben die Transparente dabei, die Burga und Leon aus den sündhaft teuren Seidenlaken gebastelt haben.

Wir bauen uns also in der Mitte der Zeil auf. Leon und ich halten ein großes „GAY JUSTICE 2000!“-Transparent, Nicole und Miriam halten ein Transparent mit der provokanten Aufschrift „HETEN KNETEN“ und Marek, Dietmar und Burga versuchen, Flugblätter zu verteilen.
„Wo ist eigentlich Bierschiss-Bruno?“, frage ich. Der Anführer der Gruppe ist noch nicht da.
„Bruno hat angerufen. Er kommt später. Er muss noch mal zum Arzt. Die Brandwunden an seinen Händen eitern wieder. Und nenn ihn nicht Bierschiss-Bruno. Das kann er nicht ab!“, erklärt mir Miriam. Miriam trägt eine dunkelblaue Bomberjacke, ausgebleichte Jeans und Springerstiefel mit lila Schnürbändern. Très butch!
„Warum nennen ihn eigentlich alle Bierschiss-Bruno?“, erkundigt sich Leon.
„Vor ein paar Jahren war Bruno auf Klassenfahrt in den Alpen. Eines Abends haben ihn sich ein paar seiner Klassenkameraden vorgeknöpft, weil sie Schwule hassen. Erst haben sie Bruno grün und blau geschlagen und zum Schluß haben sie ihm noch einen Einlauf mit Bier gemacht. Mit einem ganzen Kasten! Und dann haben sie ihn brutal durchgeschüttelt...“, berichtet Dietmar und rollt die Augen himmelwärts.
„Das ist ja entsetzlich!“, sagt Nicole, die heute in einem weiten, bodenlangen, schwarzen Kleid und geschmack-vollem Make-up daherkommt. Voll die Lippenstift-Lesbe! Ihre Augen sind vor Empörung weit aufgerissen.

„So sind die Heten!“, predigt Burga. „Am liebsten würden sie uns alle abschlachten! Wir müssen uns endlich wehren!“
„Also bitte!“, melde ich mich. „Das mit Bruno ist wirklich schlimm. Okay! Aber nicht alle Heterosexuellen sind so. Den meisten ist es doch völlig Wurst, was andere Leute im Bett oder sonst wo treiben. Außerdem hat sich in den letzten Jahren einiges geändert!“
„Quatsch! Du wirst unterdrückt und merkst es noch nicht einmal! Träum weiter, Faust! Wir wecken dich, wenn die Revolution vorbei ist!“, ereifert sich Burga.
„Genau, Alter!“ Leon gibt ihr tatsächlich recht. „Das ganze Scheiß-System ist nach wie vor durch und durch homophob!“
„Stimmt!“, sagt Dietmar. „Bestenfalls akzeptiert man uns als zahlungskräftige Zielgruppe für Instant-Kaffee und Light-Zigaretten und teure Designer-Jeans.“
„Und als Steuerzahler! Vor allem als Steuerzahler!“, merkt Miriam an.
„Burga hat Recht! Am liebsten würden uns die Heteros ausrotten. Sie versuchen sogar, das Gen zu isolieren, das angeblich Homosexualität verursacht. Dann wollen sie die menschliche DNA so verändern, dass es in der Zukunft keine Lesben oder Schwule mehr gibt!“, schimpft Nicole und schüttelt ihr blondes Engelshaar.
Ich könnte ihr jetzt einen Vortrag über Sinn und Unsinn der Gen-Technik halten. Tue ich aber nicht. Statt dessen weiden sich meine müden Augen an Mareks Anblick.
Marek sieht wirklich unglaublich sexy aus. Er trägt Sneakers, ein viel zu knappes graues Kapuzen-Sweatshirt mit „Army“-Aufdruck und dunkelblaue enge Lee-Jeans, die seinen knackigen Hintern prima zur Geltung bringen. Und er ist jung, blond und hat ein verdammt hübsches

Gesicht. Er könnte ein Vermögen in Pornofilmen verdienen. Ich stelle mir vor, wie wir es vor laufender Kamera treiben...

Gegen zwölf ist es uns immer noch nicht gelungen, auch nur ein einziges Flugblatt zu verteilen. Die Masse der Einkaufswütigen ignoriert uns einfach. Da geht es uns nicht schlechter als den religiösen Fanatikern, die sich ein paar Meter von uns entfernt aufgebaut haben und lautstark fromme Lieder singen.
Bruno taucht auch nicht auf.

„Ich muss noch einkaufen!“, lüge ich gegen halb eins und mache Anstalten, mich zu verdrücken.
Ich gebe Leon noch ein Küsschen auf die Wange und hauche ihm ein „Du weißt ja, wo du mich finden kannst!“ zu, dann eile ich Richtung S-Bahn.
Tatsächlich habe ich es auch wirklich eilig, nach Hause zu kommen. Nach der Gruselnummer auf der Friedhofsklappe habe ich eigentlich ständig das dringende Bedürfnis zu duschen und außerdem bin ich sterbensmüde.

Kaum bin ich in meiner Wohnung in Grießheim, ruft Jack an: „Wolfi! Schatz! Ich hole dich heute Abend um halb zehn ab und wir fahren zusammen ins *Transmetropolitan*. Wegen deinem Job!“
„Oh ja! Gute Idee, Jack! Ich bin jetzt übrigens wieder in der Wohnung in Grießheim!“, antworte ich.
„Ach du Schreck! Na, dann treffen wir uns lieber um halb zehn im *Manhattan*. Tschühüß!“ Schon hat er aufgelegt.
Ich springe erst mal unter die Dusche und dann ins Bett.

Gegen 15.00 Uhr kommt Leon aus der Stadt zurück. Er hat eine dicke Hertie-Tüte mit jeder Menge Delikatessen und einer Flasche Veuve Cliquot dabei.
„Nicole hat ihrer Mutter die Hertie-Card gemopst", erklärt er und stellt den Schampus in den Kühlschrank.
Dann kommt er ins Bett und wir küssen uns heiß und gierig.
„Würdest du mich heiraten, wenn es erlaubt wäre?", frage ich ihn nach einer wirklich unglaublich intensiven Nummer.
„Vielleicht, Alter. Aber nur wenn wir dann in eine günstigere Steuerklasse kommen!", antwortet er und schon wälzen wir uns wieder im Bett und haben noch mehr supergeilen Sex.

Um kurz nach acht kommt Burga heim. Sie ist völlig frustriert und schimpft auf die Scheiß-Heten und die Scheiß-Schwulen und die Scheiß-Lesben und das Scheiß-System. Anscheinend war die kleine Demo wohl ein Mega-Flop.
Ich zaubere uns ein paar Leckereien zum Abendessen und Leon und ich köpfen die Veuve Cliquot, während Burga weiter nörgelt.
„Macht keine Dummheiten, während ich weg bin!", rufe ich den beiden zu und gebe Leon noch einen dicken heißen Kuss.
Dann mache ich mich auf die Socken, um Jack zu treffen.

Kurz darauf: Wenige Meter vor dem *Manhattan* hupt mir an der Ampel ein schwarzer Jaguar-S-Type zu und ich steige schnell auf der linken Seite ein, denn der Fahrersitz ist rechts.

„Hallo, Wolfi!“, grüßt mich ein älterer Herr mit grauen Schläfen und Schnauzbart.
Es ist natürlich Jack, der wieder einmal sein Aussehen, seine Körperhaltung, seine Stimme und sogar sein Alter drastisch verändert hat.
„Professor Thompson, Professor für Anglistik und Amerikanistik“, stellt er sich vor. Tatsächlich trägt er das typische, passende Tweed-Jackett mit Lederflicken am Ellenbogengelenk und eine erloschene Pfeife im Mundwinkel.
„Warst du schon mal im *Transmetropolitan*?“, fragt er, drückt mir ein Küsschen aufs Ohr und fährt über die rote Ampel.
Natürlich habe ich schon vom Hotel *Transmetropolitan* gehört: *Hotel Diskret* oder *Pension Klempinski*, wie es in der Szene heißt, gibt es schon seit den fünfziger Jahren. Hier kommen ausnahmslos Schwule rein, die nur so nach Geld stinken. Es gibt Codewörter und Clubkarten, um gewöhnliches Volk wie mich draußen zu halten. Das *Transmet* ist der exklusive Treffpunkt für schwerreiche und prominente Homosexuelle. Hier logieren Politiker, Geistliche, Banker, Industrielle und so weiter und so fort. Alle, die meinen, dass die Welt nie, nie, nie erfahren darf, dass sie die Banane der Pflaume vorziehen.
Das *Transmet* ist voll der Klemmschwestern-Laden!

Wir kreuzen durch das Bornheimer Einbahnstraßen-Labyrinth und parken schließlich vor einem riesigen dunklen Kasten mit kaputter „Hotel“-Neon-Reklame und „Belegt“-Schild.
„Übrigens: Tolle Arbeit, wie du Desmond zur Hölle geschickt hast! Wirklich große Klasse! Du entwickelst dich immer mehr zu einem echten Teufelskerl! Des ist

jetzt übrigens in der ewigen Verdammnis und ich lasse ihn mit weißglühenden Dildos foltern", sagt Jack, während wir zum Eingang gehen.

Ein Page öffnet uns: „Professor Thompson, welche Ehre!" Jack steckt dem Buben ein kleines Trinkgeld zu und wir schlendern am Empfang vorbei in die sogenannte „Piano-Bar".
„Zwei Lager!", bestellt Jack mit leichtem englischen Akzent bei der großen blonden Transe, die hinter dem Tresen steht.
Wir setzen uns an die Bar und ich schaue mich um: Super-geschmackvolle Einrichtung. Alles nur vom Feinsten. Schwere schwarze Ledercouchen, Le-Corbusier-Sessel, viel Gold und Kitsch. Es ist ziemlich dunkel, trotzdem glaube ich, hier und da an den vollbesetzten Tischen das eine oder andere Gesicht aus den Fernsehnachrichten zu erkennen. Es gibt neben dem Piano eine kleine Tanzfläche mit Spiegelkugel und Lichtorgel und sogar eine winzige Bühne, auf der jetzt aber eine Leinwand aufgebaut ist.
Per Video-Beamer wird eine Art Zusammenschnitt der Original-Raumschiff-Enterprise-Serie gezeigt. Nur Großaufnahmen:
Captain Kirk schaut Mister Spock an. Spock wirft einen schüchternen Blick zurück. Kirk lächelt verliebt. Spocks Lippen formen seinen Namen „Jim!". Dazwischen ist eine Einstellung mit Doctor „Pille" McCoy. Ist er etwa eifersüchtig? Auf wen? Kirk und Spock verstecken sich hinter Papp-Felsen auf einer unwirtlichen Planetenoberfläche. Spock hält den verletzten Kirk im Arm. Werden sie sich jetzt gleich küssen?
Die Farben scheinen schwer bearbeitet worden zu sein. Alles wirkt bonbonrosa und himmelblau. Kirk scheint

Lippenstift und Rouge aufgelegt zu haben. Dazu läuft DO YOU REALLY WANT TO HURT ME? von Culture Club.

„Das nennt man Slash-Art. Freundespaare aus Literatur und Fernsehen werden als schwule Lover neu entdeckt“, erklärt Jack. „Schwer angesagt, im Augenblick, Wolfi! Du solltest mal die aktuelle Version von MAX UND MORITZ sehen. Junge, Junge!“
„Professeur Thompson!“, ein dicker schwarzhaariger Mann mit sonorer Stimme, etwa fünfzig, kommt zu uns an die Bar und schüttelt Jacks Hand. Er trägt ein viel zu enges, seidenes Versace-Hemd in blau, weiß und gold, mehrere Kilo schwerer Goldkettchen um Hals und Handgelenke, jede Menge Ringe an den kurzen Wurstfingern und dichte schwarze Brusthaare sprießen aus dem Kragen.
„Philippe!“ Jack lächelt zurück. „Das ist Philippe, die Inhaberin. Du kannst sie aber auch Madame Olga nennen. Olga tritt hier ab und zu auch höchstpersönlich auf.“ Jack zeigt auf die Bühne. „Sie ist nach wie vor eine der besten Zarah-Leander-Darstellerinnen auf dem Kontinent!“
„Wie machen Sie das mit den Brusthaaren?“, frage ich neugierig.
„Ach, da mach dir mal keine Sorgen, mon petit!“, säuselt Philippe und drückt mir einen kleinen Kuss auf die Wange. „Das ist also der Kleine? Er ist süß, oui, oui“, raunt er Jack zu und wendet sich dann mir zu. „Also, pass auf, cheri, du kannst nächsten Freitag hier anfangen, an der Bar. Die Backstreet-Bears werden auftreten. Sie kommen aus Kanada und machen Man-Strip. Richtige Holzfäller-Typen mit Muskeln und Moustache, weißt du?

Très populaire! Es wird ein volles Haus sein! Ich zahle zwölf Mark die Stunde. Sei exactement um acht Uhr hier!"
„Zwölf Mark?", entfährt es mir. Zwölf Mark sind sterbenswenig!
„Und die Trinkgelder, naturellement! Und wenn du ein bisschen nett bist zu den Herren, wer weiß?" Philippe lächelt ein kleines vielsagendes Lächeln.
„Wolfi könnte auch am Sonntagnachmittag Platten beim Tanztee auflegen. Er hat die ganzen alten Disco Sachen. Silver Convention, Donna Summer und Sylvester. Das ganze Zeug", empfiehlt Jack.
Stimmt sogar. Ich habe in meiner Wohnung bestimmt noch drei Kisten voll mit diesen alten Juwelen.
„Pourquoi pas?", sagt Philippe und wir stoßen mit Champagner an, um das Geschäft zu besiegeln.
Philippe drückt mir noch meine persönliche Club-Karte in die Hand und dampft wieder ab, um sich um sehr, sehr wichtige Gäste zu kümmern.
„Im Untergeschoss gibt es übrigens einen richtigen Pool, einen Whirlpool, eine kleine Muskelbude und eine große dunkle Dampfsauna. Da ist immer was los. Da kannst du den reichsten Tucken der Welt ins Gesicht spritzen, wenn dir danach ist!", erklärt Jack und ordert uns noch zwei Lager.
Jetzt läuft ein japanisches Porno-Video, bei dem alle interessanten Körperpartien der Darsteller undeutlich gemacht sind, wie es in manchen Sendungen im Privat-TV üblich ist.
„Schau mal, wer da drüben ist!" Jack winkt einem unscheinbaren Brillenträger mit Halbglatze zu, der gerade hereinkommt. „Das ist Werner. Werner ist ein top-wichtiger Banker und ein bisschen Pädo. Ich habe ihm von

dir erzählt. Ich habe ihm gesagt, dass du erst vierzehn bist!"
„Vierzehn?"
„Naja. Auf jeden Fall siehst du nicht aus wie vierzig, oder?", stellt Jack treffend fest. „Außerdem: Wenn Werner die Brille abnimmt, sehen für ihn alle Jungs wie vierzehn aus. Oder sogar jünger! Werner fliegt mindestens dreimal im Jahr nach Ki-Fi-Land. Da hat er einen kleinen Freund, der schon seit mehr als zehn Jahren vierzehn ist!"
Werner kommt zu uns rüber. Er ist etwa Anfang vierzig. So alt wie ich eigentlich sein sollte!
„Das ist Wolfi, von dem ich dir erzählt hab, Werner!" Jack macht uns miteinander bekannt. Ich versuche, so minderjährig wie möglich auszusehen und Jack erzählt ein herzzerreißendes Märchen. „Wolfis Mutti braucht dringend Geld für eine teure Herzoperation und Wolfi ist in die große Stadt gekommen, um sein Glück zu versuchen und seiner Frau Mutter zu helfen."
Werner guckt mich von oben bis unten an und ich klimpere höchst unschuldig mit den Wimpern. Schließlich nickt er und lächelt mich geil an.
„Ich lass euch zwei Turteltäubchen jetzt allein. Wir telefonieren die Woche, Wolfi!", ruft mir Jack hinterher, während mich Werner Richtung Treppenhaus schiebt.

Die Wände im Treppenhaus sind über und über mit gerahmten Original-Autogrammen berühmter nationaler und internationaler Künstler geschmückt: Rainer Werner Faßbinder, Walter Sedlmayr, Hubsi von Meyerinck, Pier Paolo Pasolini, Freddy Mercury, Divine, jede Menge Schauspieler, Travestiekünstler, Schlagersänger, Balletttänzer, Opernsänger, Stars und Sternchen. Ein wahres schwules Who´s Who!

Werner hat ein Zimmer im zweiten Stock. Es ist eingerichtet wie alle Hotelzimmer auf der Welt. Wir haben ein bisschen harmlosen Vanilla-Sex und eine Viertelstunde später ist alles vorbei und ich bin 200 Mark reicher.

„Leon! Burga! Ich bin wieder da-ha!“, rufe ich gutgelaunt, als ich kurz nach Mitternacht wieder in unserer kleinen Wohnung im Ghetto bin.
Niemand da. Die beiden sind ausgeflogen.
Neben der Luftmatratze, die sich Burga als Notbett aufgepustet hat, liegen ein paar zerknitterte Fotokopien. Neugierig, wie ich nun mal bin, schaue ich sie mir genauer an.
Es sind Ausdrucke von Dokumenten aus dem Internet: „Bombenbauen leichtgemacht“, „Build a better bomb!“, „Chemie für Revoluzzer“. Anleitungen, wie man aus Pflanzenschutzmittel und etwas Zucker hochexplosive Bomben bauen kann!
„Oh, Nein!“
Instinktiv weiß ich: Die Scheiße dampft!

Mit zwei Sätzen bin ich aus dem Haus, in drei Sekunden an der Mainzer Landstraße und zwei Minuten später in einem Taxi Richtung Preungesheim.

25

EXPLOSIV!

„Drücken Sie auf die Tube!“, beschwöre ich den Taxifahrer. „Es geht um Leben und Tod!“
Der gibt wirklich mächtig Gas. Schon bald jagen wir durch die dunklen Straßen von Preungesheim.
„Schneller! Schneller!“, treibe ich den Fahrer an. Ich habe das dringende Gefühl, dass jetzt jede Sekunde zählt.
Mittlerweile hat ein leichter Nieselregen eingesetzt.
Da vorne sehe ich die GAY-JUSTICE-Graffiti an der grauen Häuserfront, an die ich mich von meinem letzten Besuch bei der ARMEE DER LIEBENDEN erinnere.
„Wir sind da.“
Ich drücke dem Fahrer ein paar Scheine in die Hand und schon eile ich durch die unverschlossene Haustür und knipse das Licht im Treppenhaus an. Im selben Augenblick öffnet sich die Fahrstuhltür.

Angela Engel kommt mir aus dem Lift entgegen. Sie trägt eine undurchsichtige Jacky-O-Sonnenbrille und hält Burga am rechten Ohr fest und zerrt die schimpfende Möchtegern-Terroristin hinter sich her.
„Faust! Gut, dass du hier bist! Kümmer dich um sie. Versteck sie vor der Polizei, bis Gras über die Sache gewachsen ist.“ Angela schubst Burga in meine Arme und drückt mir eine N3-Packung Valium in die Hand.
„Was ist los? Und was ist mit ihr?“, frage ich völlig verdattert.
„Du weißt schon: To serve and to protect und Dingeldangel. Das Schutzengel-Ding. Walburga hat das

Potential, später einmal die ganze Welt zu verändern. Deshalb..“
Bevor sie weiterreden kann, geht ein Ruck durch das Wohnhaus. Wie ein kleines Erdbeben. Gleichzeitig gibt es einen ohrenbetäubenden Knall. Das Licht fällt aus. Putz rieselt von der Decke.
„Ihr müsst jetzt verschwinden! Pass auf sie auf!“, ruft Angela mir zu. Ich kann ihre säuerliche Fahne riechen.
„Und Leon? Was ist mit Leon?“
Keine Antwort. Angela ist einfach weg.
Ich ziehe Burga hinter mir her aus dem Haus auf die Straße.
Ein Blick sagt alles: Da, wo im fünften Stock das Fenster von Brunos kleiner Einzimmerwohnung zu sehen sein sollte, klafft jetzt ein schwarzes, qualmendes Loch in der Fassade.
Die Idioten haben sich offensichtlich selbst in die Luft gesprengt!
„Oh Gott!“, keucht Burga und deutet auf die rauchenden Trümmer, die überall auf der Straße liegen.
Auf einem verbeulten Autodach liegt eine Gestalt. Arme und Beine in einer völlig unnatürlichen Haltung. Es ist Nicole. Ihre Kleidung ist zerfetzt. Die Augen sind weit aufgerissen. Blut sickert aus Nase, Mund und Ohren.
„Leon!“ Meine Schreie hallen durch die Dunkelheit.
„Leon!“
„Leon!“
Lichter gehen an. Leute schauen aus den Fenstern. In der Ferne sind Sirenen zu hören.
„Los Burga!“, ich schüttel sie, aber sie kann mich weder sehen noch hören. Sie ist in einer Art Schockzustand. Ihre Augen sind glasig und Rotz läuft ihr aus der Nase.

„Burga! Wir müssen hier weg, bevor die Bullen kommen!"

Später:
Wir sind zurück in meiner Wohnung in Griesheim. Ich habe Burga eine Handvoll Valium gegeben und sie hat aufgehört zu schreien und um sich zu schlagen. Sie ist jetzt völlig ruhiggestellt und schwebt auf Wolke neun, irgendwo in La-La-Land.
Ich rufe die Krankenhäuser an, tue so, als wäre ich Rundschau-Reporter und versuche herauszufinden, ob es Überlebende gibt.
Beim Unfallkrankenhaus habe ich Glück. Tatsächlich ist eine Person, die in den „Zwischenfall" in Preungesheim verwickelt war, eingeliefert worden.

Kurz darauf:
Ich warte vor der Intensiv-Station und trinke schwarzen Kaffee aus einem Pappbecher.
Jetzt könnte ich eine Zigarette gebrauchen!
Um überhaupt irgendwelche Informationen zu kriegen, gebe ich mich als Leons Bruder aus.
Da kommt der Arzt.
Bei dem Überlebenden handelt es sich tatsächlich um Leon. Aber sein Zustand ist sehr sehr ernst! Der Arzt will mir keine großen Hoffnungen machen. Eigentlich eher gar keine.
Nur ein Wunder kann Leon retten.
Ich darf einen kleinen Blick auf ihn werfen. Da liegt er. Bewusstlos. Dem Tode nah. Er ist kaum zu erkennen. Überall Verbände, Schläuche und Leitungen, die zu irgendwelchen Maschinen führen.

„Oh, Leon! Du darfst nicht sterben! Ich werde alles tun, was in meiner Macht steht!“
Tatsächlich kenne ich jemanden, an den ich mich diesbezüglich wenden könnte.
Den Leibhaftigen selbst.

26

DER PREIS IST HEISS!

„Oh Gott, oh Gott, oh Gott!“, jammert Burga. Die blöde Liese liegt in meinem Bett und heult sich schier die Augen aus dem Kopf.
Ich sitze an meinem Tisch und mache mir Vorwürfe: Hätte ich nicht besser auf Leon aufpassen müssen? Hätte ich ihn nicht eindringlich vor der radikalen ARMEE DER LIEBENDEN warnen müssen? Hätte! Hätte! Hätte! Hab ich aber nicht. Statt dessen habe ich mich an der Nordseeküste und in der Unterwelt amüsiert und bin für ein Taschengeld mit einem durchgeknallten Scherzartikel-Fabrikanten und einem langweiligen Deutsche-Bank-Fred in die Federn gehüpft!
Selbstbezichtigungen führen nirgendwohin. Ich muss handeln. Ich muss den finden, der Leon retten kann. Den Teufel. Den Fürsten der Finsternis. Seine Satanische Majestät:
Jack!

Gegen Mittag mache ich mich auf den Weg in die Stadt. Unterwegs rufe ich seinen Namen: „Jack! Jack! Jack!“ Er hat mir gesagt, dass ich nur dreimal seinen Namen rufen muss und schon ist er da.
Natürlich passiert nichts!
Das ist typisch Jack! Wenn ich ihn brauche, ist er nicht da! Wenn ich ihn nach einem Job frage, denkt er erst einmal an Prostitution! Wenn er mir einen Sportwagen schenkt, dann ist der garantiert gestohlenen und wird innerhalb weniger Tage von den Bullen einkassiert! Wenn er mir

eine Unterkunft besorgen will, dann quartiert er mich in die Wohnung eines Toten ein und dessen hysterische Mutter wirft mich wenig später auf die Straße! Wenn ich Schutz vor brutalen Schlägern brauche, schickt er ein Rudel tollwütiger Pudel, das meine Angreifer zerfleischt! Und wenn er zum Essen einlädt, wird mit ziemlicher Sicherheit Menschenfleisch serviert!
Jack bringt mich ein ums andere Mal in Teufels Küche: Ich hätte in Nekropolis sterben können! Oder auf der Friedhofsklappe!
Es ist ein Wunder, dass mein Körper nicht jeden Augenblick anfängt, rapide zu altern oder dass meine Haut verschrumpelt, wie die von Dörrpflaumengesicht Desmond!
Und so weiter, und so weiter. Ich bin wirklich richtig sauer auf Jack.
Wo könnte er herumhängen, wenn er in Frankfurt wäre?
Ich werfe einen Blick ins *Liliput*: Fehlanzeige. Im *Sunset*: Nada. Im *Manhattan*: Nichts.
Wenn man in der Frankfurter Schwulenszene jemand Bestimmten sucht, findet man ihn garantiert im *Schwejk*!
Also gehe ich ins *Schwejk*.

Das *Schwejk* ist jahreszeitlich bedingt auf Herbstanfang getrimmt. Strohblumen, bunte Drachen und Firlefanz. Es ist noch nicht viel los. Ein paar Schwestern mit vollgepackten Designer-Einkaufstüten werfen mir neugierige Blicke zu. An der Theke sehe ich Andy. Er hat die Haare jetzt extrem kurz rasiert und trägt eine John-Lennon-Brille und ein schwarz-rotes Holzfällerhemd.
Ein gewagter Image-Wechsel!
„Hallo, Andy!“, grüße ich überfreundlich. Ich bin froh, überhaupt jemanden zu treffen, den ich kenne.

„Hallo, hallo!“, grüßt Andy zurück. „Kennst du den: Ein schwuler Bauerntölpel kommt zum ersten Mal nach Frankfurt. Vor einem Lokal sieht er ein Schild. Darauf steht: Ab 15:00 Uhr warme Frankfurter. Er geht rein und fragt: ‘Sind die Herren auch pünktlich?‘ “
„Haha!“, sage ich, ringe mir ein nervöses Lächeln ab und bestelle eine Tasse Kaffee. Ich bin irgendwie gar nicht in der Stimmung für Witze. Eigentlich überhaupt nicht!
„Und den?“, Andy schiebt gleich den nächsten Gag nach. „Zwei Schwule gehen im Zoo spazieren. Sie kommen zum Gorillakäfig und beobachten einen enorm gutaussehenden Gorilla-Bullen. Der eine von ihnen geht näher ran, um ein bisschen mehr zu sehen. Da packt ihn der Gorilla und - schwupps! - zerrt ihn durch die Gitterstäbe, reißt ihm die Kleider vom Leibe und vergewaltigt ihn. Stundenlang. Ein paar Wochen später kommt ihn der andere Schwule im Krankenhaus besuchen. ‘Na, und wie geht es dir?‘ fragt er den Schwerverletzten. ‘Wie soll es mir gehen?‘ jammert der. ‘Er schreibt nicht. Er ruft nicht an... ‘ “
„Hey Andy“, sage ich. „Der ist ja noch nicht mal schlecht.“ Ich nehme einen Schluck heißen Kaffee und verbrenne mir fast den Mund. „Wo ist eigentlich Heiko?“
„Heiko hat die Fronten gewechselt. Er will jetzt seine heterosexuelle Seite ausleben.“ Andy schluckt und wischt sich verstohlen eine Träne aus den Augen. „Er lebt jetzt mit einer Frau zusammen.“
Jack ist anscheinend nicht hier. Jedenfalls nicht in einer Gestalt, die ich kenne. Er könnte jeder dieser Leute sein. Abgesehen von Andy. Ich habe die beiden schon zusammen hier im *Schwejk* gesehen.

Plötzlich steigt eine dunkle Ahnung in mir auf. Was ist, wenn...

Ich kann diesen Gedanken nicht zu Ende denken. Ich habe plötzlich das Gefühl, als würde ich keine Luft mehr bekommen.

Draußen geht es mir dann etwas besser. Jemand hupt. Ich drehe mich um. Es ist Jack in einem silbernen Dodge Viper GTS Coupé.
Ich steige ein. Jack sieht prima aus: Jung, braungebraunt, bester Laune. Er trägt ein schlichtes weißes Oberhemd mit perlmuttbesetzten Manschettenknöpfen, eine schwarze Texashose und helle Wildledermokassins.
„Hier Wolfi! Greif zu!“, er haucht mir ein Küsschen auf die Wange und bietet mir eine dicke Zigarre an. „Tut mir Leid, dass ich nicht eher kommen konnte, aber in der Hölle ist der Teufel los: Ich bin soeben Vater geworden!“
„Danke, Jack, aber ich rauche nicht mehr. Herzlichen Glückwunsch auch. Hat es jetzt endlich mit dem Anti-Christen geklappt, oder was?“
„Ach, ja, stimmt“, sagt er und steckt die Zigarre wieder in die Brusttasche. „Es ist nicht der Anti-Christ, Wolfi. Es sind die Anti-Christen! Eineiige Zwillinge! Stell dir das vor! Das ändert alles! Doppelte Chance, doppeltes Glück! Die Prophezeiungen sprechen immer nur von einem Anti-Christen und jetzt gibt es plötzlich sogar zwei! Und wer weiß, wieviele wir noch durchkriegen? Das wirft die ganzen Voraussagungen über den Haufen!“
„Nicht schlecht, Jack. Hast du übrigens...“ Bevor ich weiterreden kann, drückt Jack aufs Gas und die Karre zischt los, dass es mir glatt die Sprache verschlägt.
„Nicht schlecht, Wolfi? Hast du eine Ahnung!“ Jack strahlt, während wir durch die City kurven. „Bis jetzt sah es immer so aus, als ob ich bei der Apokalypse zwangsläufig den Kürzeren ziehen würde. Du kennst ja

die Geschichte: Der Anti-Christ, der Sohn des Teufels und einer gewöhnlichen Sterblichen, kommt auf die Erde und wird für eine Weile zum Herrscher der Welt. Er regiert in meinem Namen. Dann steigt Jesus vom Himmel herab. Die Armee der Finsternis tritt gegen die himmlischen Heerscharen an. Wir kämpfen. Das Böse triumphiert. Im allerletzten möglichen Augenblick schnippt der Allmächtige mit den Fingern und das so genannte Gute siegt dann doch noch. Weil es so vorausbestimmt ist! Dann kommt das Jüngste Gericht, wo alle artigen Spießer mit einer Eins in Betragen in den Himmel kommen und wunschlos glücklich zur rechten Hand Gottes sitzen. Das ist das Ewige Königreich: Keine Geilheit. Keine Lust. Kein Sex. Statt dessen immer lächeln und happy happy. Wie auf Heroin! Die Bösen kommen ins Fegefeuer oder in die Ewige Verdammnis. Und das ist dann mein Job. Von früh bis spät foltern und strafen! Das ist nichts für einen Mann von meinem Feingefühl, Wolfi!"

„Ja, das ist wirklich..."

Ich habe keine Chance. Jack lässt mich nicht zu Wort kommen.

„Aber jetzt sieht das alles schon ein bisschen anders aus!", erklärt er mir wild gestikulierend. „Wir haben ganz neue Strategien entwickelt. Die Armee der Finsternis ist im Geheimen zu einer Weltmacht herangewachsen und wächst weiter! Wir haben die Chancen moderner Technologie entdeckt und sind in der Lage, sie zu unserem Vorteil zu gebrauchen! Wir haben die Karten neu gemischt. Die Apokalypse kann kommen!"

„Das freut mich für dich, Jack!", sage ich, obwohl es mich im Augenblick wirklich nicht interessiert. „Aber ich habe andere Sorgen. Mein Freund, Leon..."

„Dein Freund Leon! Ich bin im Bilde“, unterbricht mich Jack. „Das arme Hascherl. Vor ein paar Wochen hat er noch gar nicht so genau gewußt, ob er nun schwul ist oder was. Und dann: Die Eltern von Flugzeugtrümmern zermalmt. Ein mysteriöser, gutaussehender Bursche, nämlich du, Wolfi, führt den blutjungen Leon in die Geheimnisse der Männerliebe ein. Sein homophober Bruder dreht durch und verschwindet dann plötzlich. Leons offen lesbische Klassenkameradin Burga versucht ihn zu politisieren. Er gerät in den Dunstkreis gehirnamputierter Schwulenrechtler und – WUMM! – schon hat es ihn erwischt! Ein guter Tip, Wolfi: Hantiere niemals mit hochexplosiven Chemikalien, während du einen glimmenden Joint im Mundwinkel hast!“
„Das hast du alles gewusst?“, frage ich.
„Ich weiß eine ganze Menge, Wolfischatz. Wusstest du übrigens, dass Silvie dem kleinen Scheißer eine Postkarte von seinem verblichenen Bruder zugespielt hat? Um seinen Tod und deine Beteiligung an seinem Dahinscheiden zu vertuschen.“
„Kannst du Leon helfen?“
„Keine Ahnung. Vielleicht. Möglicherweise. Kann schon sein. Mal sehen. Was ist für mich dabei drin?“, fragt Jack kaltschnäuzig.
Ich ahne, worauf er hinaus will. Und dann ist da wieder diese dunkle Ahnung, dieser böse Verdacht, der immer mehr zur Gewissheit wird:

Ich habe Jack und Leon fast gleichzeitig kennengelernt. Zuerst habe ich Leon mit seinem Skateboard an der Hauptwache beobachtet und dann, vielleicht zehn Minuten später, ist Jack in der Klappe am Opernplatz in mein Leben getreten.

Leon und Jack. Zwei völlig unterschiedliche Typen. Und doch: Beide sind jung, gutaussehend und supersexy. Und sie sind sich niemals begegnet. Ist es möglich, dass Leon und Jack, der praktisch jede beliebige Gestalt annehmen kann, in Wirklichkeit ein und dieselbe Person sind?
Hat Jack die ganze Geschichte von A bis Z inszeniert, nur um seine Wette mit Angela zu gewinnen? Hat er mir das alles vorgegaukelt, für eine schnöde Kiste Aldi-Schampus?

„Oh Mann!“, rufe ich. „Wie konnte ich nur so dumm sein! Du hast mich die ganze Zeit manipuliert! Das alles war nur ein großes Schauspiel, stimmt´s, Jack? Du und Leon, ihr seid identisch. Leon ist eine deiner Verkleidungen, wie Professor Thompson und der geile Hausmeister und was weiß ich wer noch!“
„Du meinst wie Superman und Clark Kent?“, fragt Jack. „Hör mal, Wolfi, ich bin nicht Leon, okay?“
Jack hält den Wagen an. Wir stehen auf einem Parkplatz direkt vor dem Unfallkrankenhaus. Ich habe überhaupt nicht darauf geachtet, wohin wir fahren.
„Komm mit!“
Wir steigen aus, laufen zum Eingang, durch die Halle, betreten den Fahrstuhl und fahren hoch zur Intensivstation.

„Sie können hier nicht rein!“, eine Ärztin versucht, uns den Weg zu versperren, als wir zielstrebig auf Leons Krankenlager zueilen.
Jack klatscht in die Hände und plötzlich scheint die Zeit still zu stehen.
Wir laufen an erstarrten Ärzten und Pflegern vorbei. Und da liegt Leon. Ein Häufchen Elend.

„Siehst du!“ Jack zeigt auf Leon. „Da ist er. Er stirbt! Der Kleine hat vielleicht noch drei, höchstens vier Stunden! Doktor Vornoff könnte ihn retten! Ein paar neue Organe, die Lebensenergie von ein oder zwei Neugeborenen und ein bisschen schwarze Magie und schon ist er so gut wie neu!“

„Und der Preis?“, frage ich.

„Du kennst den Preis, Wolfi. Deine Seele! Sag den Spruch: Verweile doch, du bist so schön! Dann sorge ich dafür, dass dein süßer Leon wieder so gesund wird, wie du ihn in Erinnerung hast und alles wird so schön, wie es vorher war!“, grinst Jack.

Siegessicher.

„Oh, Scheiße!“

Ich bin in der Falle.

„Na, komm schon, Wolfi! Sag es! Sag es! Mach schon!“

Jack klatscht noch einmal in die Hände.

Um mich herum beginnt sich alles zu drehen. Wie damals bei dem Flugzeugabsturz. Plötzlich stürze ich ins Nichts!

27

BIS ZUM BITTEREN ENDE!

Keine zwei Sekunden später finde ich mich auf einem weißen flauschigen Flokati-Teppich wieder.
„Komm, ich helfe dir auf, Wolfi!“, sagt Jack und reicht mir die Hand.
Mir ist schwindelig. Als der Raum aufhört sich zu drehen, schaue ich mich um: Wir sind in einem großen hellen Arbeitszimmer mit einem riesigen Schreibtisch, goldfarbenen Tapeten und hohen Fenstern, die in alle vier Himmelsrichtungen weisen.
Das erste Fenster blickt direkt auf den Römer, und ich kann japanische Touristen sehen, die vor dem Rathaus für ein Foto posieren.
Das gegenüberliegende Fenster zeigt aufs Mainufer. Spaziergänger füttern die Enten, Rollerblader jagen vorbei und Jogger versuchen, dem Herzinfarkt davonzulaufen.
Vom dritten Fenster aus schaut man direkt auf die Türme der Deutschen Bank. Hinter den verspiegelten Fenster wird die Welt regiert, oder Europa, oder wenigstens Deutschland.
Vom vierten Fenster aus kann man die Passanten an der Hauptwache und auf der Zeil beobachten.
Irgendwie erinnert mich das an das Büro von Doktor Renz in den frühen Folgen von EIN FALL FÜR ZWEI.

„Du hast Nasenbluten, Wolfi. Wasch dir erst mal das Gesicht.“ Jack führt mich zu einer schmalen, steilen Wendeltreppe in der Mitte des Raumes und wir steigen in die nächsttiefere Etage herab.

Direkt neben der Treppe befindet sich ein großes, in Gold und Marmor gehaltenes Badezimmer. Ich wasch mir das Blut aus dem Gesicht und begutachte meine Erscheinung im Rasierspiegel: Verboten schön, begehrenswert und gleichzeitig unendlich melancholisch!
„Wir sind hier übrigens in meiner Frankfurter Niederlassung“, erzählt Jack, nachdem ich mich frisch gemacht habe, und ich folge ihm in sein weitläufiges Wohnzimmer.
Wir machen es uns auf einer großen schwarzen Ledercouch gemütlich. Jack nimmt ein Glöckchen vom gläsernen Couchtisch und läutet. Ein paar Sekunden später erscheint ein livrierter windschiefer Greis mit schütterem grauen Haar und serviert uns Kaffee und Kekse.
„Das ist Karl, der Kohlenkeller-Killer, wie man ihn früher einmal nannte. In den letzten Tagen des Zweiten Weltkriegs hat er Frankfurt unsicher gemacht und Kinder in dunkle Keller gelockt und wirklich schlimme Dinge mit ihnen angestellt. Vielleicht vierzig oder fünfzig Gören, alle so zwischen neun und zwölf. Das ist damals alles nie richtig bekannt geworden und alle Hinweise auf Karl sind im Bombenhagel vernichtet worden. Nach dem Krieg hab ich ihn in meine Dienste genommen und seither kümmert er sich hier um den Haushalt. Danke, Karl, das wäre dann alles.“
Karl schlurft von dannen und wir schlürfen den heißen Kaffee.
Während ich fieberhaft überlege, wie ich Leon retten kann, ohne dabei meine unsterbliche Seele zu verlieren, schaue ich mich ein wenig um.
Homoerotische Kunst an den Wänden: Zuckersüßer Kitsch von Pierre et Gilles, Deftiges von Tom of Finland, Verklemmtes von Quaintance, Zeichnungen und Skizzen

von Cocteau, da Vinci und Michelangelo oder so. Sicher alles Originale.
Dazwischen gerahmte Pin-up-Fotos: Junge Kerle in knappen Tangas, mit weißen Matrosenhütchen, Stetsons oder als römische Legionäre verkleidet in schwarz-weiß. Picklige Pornostars mit Siebziger-Jahre-Frisuren und Koteletten in verblassenden Farben.
Es gibt einen vorsintflutlichen Farbfernseher mit weißem Kunstoffgehäuse und eine dazu passende Stereo-Anlage.
In einem bis unter die hohe Zimmerdecke reichenden Regal stapeln sich alte Schriftrollen, Leitz-Ordner, Zeitschriften, Bücher, Bibeln, Gesangbücher, religiöse Traktate, Tonbänder, Langspielplatten, CDs, verbeulte Flugschreiber, Totenschädel, in Spiritus eingeweckte mißgebildete Föten in Einmachgläsern, geschmacklose Souvenirs aus aller Herren Länder und eine reichhaltige Auswahl antiker Sexspielzeuge.
„Aus der Sammlung von irgendeinem Papst. Pius oder Paul oder Innocenz der Soundsovielte. Ich kann mir diese Papst-Namen einfach nicht merken“, kommentiert Jack, der meinen Blicken folgt.
In der Mitte des Raumes ist ein prächtiger, über drei Meter hoher Tannenbaum aufgebaut, der über und über mit kitschigem amerikanischen Weihnachtsbaumschmuck, rhythmisch pulsierenden elektrischen Kerzen, kiloweise Lametta und mehreren Dutzend Rauschgoldteufelchen geschmückt ist.
„Der Anti-Christbaum!“, scherzt Jack und tunkt einen Keks in seinen Kaffee.

„Was soll denn nun eigentlich werden mit deinem kleinen Schatz?“, fragt er nach einer Weile.
Ja, was soll denn jetzt werden mit Leon?

Soll ich ihn retten, um dann für alle Ewigkeit in der Hölle zu schmoren und Klone für Jacks Armee der Finsternis zu züchten?
Eine schreckliche Vorstellung!
Und wenn ich meine Seele für Leon opferte, wo kämen die Spenderorgane her, die er so dringend braucht? Würde Fridolin mal schnell einen Schulbus verunglücken lassen und die benötigten Transplantate aus den Körpern der Sterbenden reißen?
Und was ist mit den Neugeborenen, die geopfert werden müssten? Würde Leon das wollen?
Und was ist mit meinem Leben? Den Abenteuern, die vor mir liegen?
Und Jack? Wird er mich überhaupt noch beachten, wenn meine Seele in seinem Besitz ist?

Jack nimmt die Fernbedienung vom Couchtisch und macht den Fernseher an. Auf dem Bildschirm sehen wir die Live-Übertragung einer Überwachungskamera: Leon im Krankenbett. Er ringt mit dem Tod. Eigentlich halten ihn nur noch die Maschinen am Leben.
„Du musst dich jetzt entscheiden!“, sagt Jack und legt seine Hand auf meine Schulter.
„Ich kann es nicht! Ich kann es nicht tun! Oh Gott, verzeih mir, Leon!“, schluchze ich.
„Okay!“, murmelt Jack und macht den Fernseher aus. „Lassen wir den kleinen Scheißer gehen.“
Im gleichen Augenblick spüre ich: Leon ist tot.
Ich habe ihn verraten.

Eine Ewigkeit später:
„Das ist alles die Schuld der ARMEE DER LIEBENDEN! Wären sie nicht gewesen, wäre das alles nicht passiert!“,

schimpfe ich und weiß doch gleichzeitig, dass ich nur einen Sündenbock suche.
„Das kannst du nicht sagen, Wolfi! Sie haben für das Gute gekämpft. Für das, woran sie glaubten“, widerspricht Jack. „Du darfst nicht vergessen: Auf dem flachen Land, im Westerwald oder in Niederbayern kriegst du unter Umständen die Fresse poliert, wenn du einen Mann in der Öffentlichkeit küsst. Ein paar hundert Kilometer weiter kannst du an der Dorfeiche aufgeknüpft werden, nur weil du mit deinem Freund Hand in Hand spazieren gehst. Freiheit und Toleranz für Schwule und Lesben gibt es eigentlich nur in ein paar Großstädten. So falsch haben sie doch gar nicht gelegen, deine Gay-Justice-Aktivisten. Ein bisschen naiv vielleicht, aber...“
Ring, Ring! Jacks Handy klingelt.
„Ja? Angela! Das ist ja eine Überraschung! Danke, danke! Beide wohlauf! Da staunst du, was? Ich fühle mich wie Michael Jackson! Faust? Nein, hat er nicht. So kann das gehen! Ja, warte mal“, Jack drückt mir das Handy in die Hand. „Für dich, Wolfi.“
„Faust!“, es ist Angela. „Ich wollte dir nur sagen: Weiter so! Gerade dachte ich, ich hätte diese gottverdammte Wette schon wieder verloren. Außerdem hab ich deinen kleinen Schatzi-Spatzi soeben in ein Reinkarnations-Programm verfrachtet! Ich hab da Beziehungen. In circa neun Monaten kommt er als Sohn eines kolumbianischen Drogenbarons noch einmal auf die Welt. So eine Chance kriegt sonst kaum jemand! Bis demnächst, Faust. Wir sehen uns!“
„Danke“, sag ich, aber Angela hat schon wieder aufgelegt.
„Angela sorgt dafür, dass der kleine Scheißer wiedergeboren wird, eh?“, fragt Jack. „Sie hat schon ein weiches Herz, die alte Schnapsdrossel!“

„Warum trinkt Angela eigentlich so viel?“, frage ich, obwohl es mich nicht wirklich interessiert.
„Naja, die dauernde Frustration, weißt du, Wolfi. Gerade die letzten Jahrhunderte, die Kriege, die Hexenverbrennungen, Seuchen, Völkermorde, und so weiter. Das kann einem Schutzengel schwer an die Nieren gehen! Und der Alkohol wirkt bei ihr auch nicht so besonders. So ein Wasserglas voll Schnaps hilft ihr nur, um für ein paar Augenblicke den Depressionen zu entfliehen. Also, ich bin sicher, früher oder später wird sie sich von Gott abwenden und für mich arbeiten! Wetten, dass?“

Jack verschwindet für ein paar Augenblicke im Flur und kommt dann mit einer eisgekühlten Flasche Veuve Monsigny und zwei Champagnergläsern zurück.
„Lass uns anstoßen!“ Jack köpft die Flasche und schenkt uns ein. „Ich bin endlich Vater geworden. Dein kleiner Leon hat überraschenderweise eine zweite Chance bekommen. Und du, lieber Wolfi, hast jetzt schon länger durchgehalten, als alle anderen Fäuste, um die ich mit Angela gewettet habe!“
Wir lassen die Gläser klingen.
„Das ist übrigens der Schampus, den ich dieses Jahr zu Ostern gewonnen habe. Angela und ich hatten die Faust-Kiste in Weimar durchgezogen. Innerhalb von vier Tagen hab ich unseren Kandidaten ins Unglück gestürzt. Ein Kinderspiel! Obwohl, Wolfi, du hattest ja auch irre viel Glück: Ich hab noch gar keine Zeit gehabt, irgendwelche Pläne zu schmieden, wie ich deine Seele fangen könnte. Nur die Standards: Übermäßiger Luxus, leichtes Geld, eine Überdosis Wollust! Ich war einfach zu sehr mit diesem ganzen Weltuntergangs-Business beschäftigt, um mich so richtig um dich zu kümmern!“

Jack füllt unsere Gläser noch einmal auf.
„Aber das wird jetzt alles anders. Wir können zum Beispiel endlich unsere Flitterwochen nachholen. Für dieses Jahr sind noch ein paar richtig tolle Katastrophen angekündigt: Eine vollbesetzte Fähre wird möglicherweise Anfang Dezember irgendwo bei Skandinavien Schiffbruch erleiden. Hast du Lust darauf? Wir zwei und eine Kiste Schampus in der Rettungsinsel? Dann gibt es noch ein paar Flugzeugabstürze. Sex im Sturzflug über dem Regenwald! Wuiii! Das wär doch superaffengeil, oder?“, schwärmt Jack, während er ein altes Soul-Album auflegt.

Ich höre Jack überhaupt nicht richtig zu. Jetzt, da ich weiß, dass es mit Leon doch irgendwie weitergeht, fällt der ganze Streß von mir ab. Ich schluchze, Tränen laufen über meine Wangen, Streicher setzen ein und Barry White brummt von Liebe und Leidenschaft.
Jack nimmt mich in den Arm.
„Schon gut, Wolfi. Lass es raus! Ist schon gut“, er leckt mir die Tränen vom Gesicht. „Hm, salzig. Weißt du, dass du ganz schön sexy bist, wenn du heulst?“
Jack küsst mich und zieht sich das Hemd über den Kopf. Im Nu ist er splitternackt und steht stark erregt vor mir. Er sieht umwerfend aus.
„Ist das nicht fantastisch? Obwohl es dir total dreckig geht, kannst du trotzdem vor Wollust aus den Nähten platzen! Eigentlich willst du nur heulen und sterben, und gleichzeitig hast du das dringende Verlangen, jemanden in den Hintern zu ficken! Komm schon, Wolfi! Zieh dich aus!“
Er hilft mir aus den Klamotten und dann liegen wir auf der Couch und küssen uns und streicheln uns und Jack zieht

mich ganz eng an sich und kleckert mit der Gleitcreme auf die edlen Lederpolster.

„Okay, Wolfi! Pass gut auf!“, haucht er mir ins Ohr und dann küssen wir uns leidenschaftlicher als je zuvor und plötzlich kann ich uns beide wie aus der Vogelperspektive sehen, wie wir es auf der Couch miteinander treiben.
Gleichzeit sehe ich den guten Fridolin, der in einem kleinen Spezialitätenrestaurant in Südfrankreich schlemmt, schnell noch „Coque au vin“ ordert und einem süßen garçon einen Klaps auf den Hintern gibt. Der große Kerl trägt eine speckige schwarze Rocker-Lederkluft und auf dem Rücken seiner Lederjacke steht mit silbernen Nieten „MAN-EATER“ geschrieben.
Und ich sehe Andy. Andy steht vor seinem Badezimmerspiegel und erzählt sich selbst Witze: „Was ist der Unterschied zwischen einem Zahnstocher und einem Schwulen?“, fragt er und schießt die Antwort gleich hinterher: „Gar keiner! Beide stochern in Speiseresten herum!“ Er kichert und kichert und lacht sich fast tot.
Da ist Heiko. Er geht mit seiner neuen Freundin am Goetheturm spazieren. „Also ich möchte später einmal Kinder“, sagt sie.
„Ja, okay“, antwortet Heiko, während er einem vorbeilaufendem blonden Jogger auf den knackigen Hintern starrt. „Ich will einen Jungen.“
Ich sehe Bruder Sebastian in seiner winzigen Klosterzelle. Er geißelt sich mit einer Nilpferdpeitsche und stöhnt: „Oh Jesus, oh Jesus, oh Gott, oh Gott, oh Jesus!“
Und da ist Angela. Sie kriecht in einem alten Jeep über die matschigen Feldwege irgendeines Kriegsgebietes. Rauchsäulen am Horizont, Kinderschreie von ganz weit weg, Schüsse aus dem Off. Sie greift nach der halbvollen

Flasche Jim Beam auf dem Beifahrersitz. Im Autoradio läuft ein alter Abba-Hit: „Supertrooper..." Die Kamera fährt durch die getönten Gläser ihrer übergroßen altmodischen Hilde-Knef-Brille und in Angelas Augen glaube ich Bruno, Nicole, Miriam, Marek und Dietmar wahrnehmen zu können. Sie schwimmen in einem endlosen eisblauen Nichts, lächeln verklärt, als wären sie narkotisiert, und treiben langsam auf ein blendend helles Licht zu.
Ich sehe Burga. Ihre Augen und ihre Nase sind ganz rot vom Weinen. Anscheinend ist sie in der Luxus-Villa ihrer Eltern. Sie nimmt ein fettes Bündel Geldscheine aus dem Safe im elterlichen Schlafzimmer und verlässt das Haus, ohne sich noch einmal umzuschauen.
Irgendwo im Süddeutschen sehe ich Silvie, Doktor Vornoff, Schwester Ilsa und Special Agent Elisabeth in einem komfortablen Landhaus. Elisabeth ist bis an die Zähne bewaffnet und bewacht die Wiege, in der Jacks Zwillinge schlummern. Silvie knipst Polaroids von den schlafenden Kleinen, Ilsa strickt einen rosaroten Strampelanzug und der kleinwüchsige Hexendoktor blättert selbstzufrieden in einer Ausgabe von DER DEUTSCHE DERMATOLOGE.
Und da, in der Ewigen Verdammnis, ist Desmond. Jedenfalls das, was im Moment von ihm übrig ist. Die Lunge, die Luftröhre, Stimmbänder, die Zunge, seine schmerzverzerrten Lippen und das bloßgelegte Nervenkostüm. Seine Schreie der Qual gellen durch die Ewigkeit.
Vor dem Schaufenster einer Metzgerei erspähe ich Hank. Fasziniert betrachtet er die Auslagen und träumt wohl davon, eines der Würstchen zu sein.

Dann sehe ich ein schier unendlich großes, vollbesetztes geisterhaftes Großraumbüro. Ottfried sitzt vor seinem Computermonitor und programmiert: „IF YEAR = 2001; FORMAT C:/“
Annette und Gerda kuscheln in ihrem breiten Ehebett. Gerda krault Annettes Bart und die beiden kichern wie gehirnamputierte Schulmädchen. Wahrscheinlich haben sie einen besonders starken Stechapfel-Tee oder so getrunken. Draußen hetzt Zoltan über die Wiesen. Der liebenswerte Höllenhund scheucht ein paar doofe Kühe hin und her und kläfft vergnügt.
Und da ist mein neuer Boss Philippe in seinem bonbonrosa Boudoir. Er trägt ein transparentes Negligé, sitzt vor seinem Schminktisch, lackiert sich die Fußnägel und summt vor sich hin: „I´m the queen of Chinatown...“
Schließlich sehe ich eine vollbusige, braungebrannte Schönheit mit langen, schwarzen Haaren. Die Kamera fährt auf sie zu und wie bei einer Art magischer Computer-Tomographie kann ich eine bestimmte kleine Zelle in ihrem Bauch ausmachen. Das ist Leon. Er scheint mir zuzuzwinkern, als wollte er sagen: „Pass auf dich auf, Alter!“
Für einen Augenblick kann ich die ganze Welt simultan aus hunderttausend verschiedenen Blickwinkeln wahrnehmen.

Dann kommt es mir. Unglaublich intensiv!
Gleichzeitig spüre ich Jacks eiskaltes Sperma!

Eine kleine Träne läuft meine Wange herab. Dieser bittersüße Augenblick könnte von mir aus ewig dauern, aber ich werde den Teufel tun und das Jack auf die Nase binden,

ENDE

Faust geht weiter!
Neue aufregende Abenteuer mit Faust, Jack und ihren Freunden gibt es ab
sofort zunächst im Internet! Jetzt klicken:
www.homo.de/szene/faust

und bald wieder als Taschebuch !!!

Marco Schneider

Alles für'n Arsch

Schockierende
Dokumentation

180 Seiten
DM 24,90
Din A5 Großformat
ISBN 3-9806249-2-7

Sergej 7/99
Keiner gibt es zu, aber jeder liest sie: schwule Kontaktanzeigen. Dieses Buch erreicht die Abgründe der 50jährigen Boys, Toilettensklaven, Bettnässer und Bis-zum-Anschlag-Fickens: Über 150 Antworten auf 14 Kontaktanzeigen. Unglaublich, was Schwule einem völlig Unbekannten schreiben, und sehr lustig, diese Ergüsse mal laut vorzulesen.
GAB 7/99
Eins steht fest: „Alles für'n Arsch" schockiert und man fragt sich, welche Reaktion neben Neugier, Mitleid, Schmunzeln, Lachen, eingestandenermaßen Geilheit, Abscheu oder Distanz nun von Nöten sei, die Gesamtheit sexueller Phantasien schwuler Männer zu beurteilen. Könnte man nicht auf die Komik einiger Stilblüten zurückgreifen, wäre die Gesamtschau dessen, was sich als „freie" Sexualität gibt, noch am ehesten zum Heulen.
X-TRA , Wien, 5/99
„Alles für'n Arsch" zum Muttertag, zur Geburt eines Kindes oder zur 5-Jahres-Lebensgemeinschafts-Party...- Ich werde es tun! Allein als Geschenk an mich selbst, einfach, um die hoffentlich peinlich berührten Gesichter und die heilige Mühsal, das Gefühl des „Unpassenden" zu ersticken und das Lächeln zu verdecken, zu genießen.

Marco Schneider

GAY EXTREME

Sexuelle Abgründe
schwuler
Männer im Internet

200 Seiten
DM 24,90
DIN A5 Großformat
ISBN 3-9806249-7-8

Achtung - dieses Buch ist nichts für empfindliche Naturen, weil sich hierin extremste Sexphantasien unzensiert wiederfinden! Diese Schock-Dokumentation berichtet über sexuelle Abgründe homosexueller Männer im Internet. GAY EXTREME lässt die Liebhaber außergewöhnlicher Neigungen selbst zu Worte kommen. Dem Leser werden dabei Einsichten gewährt, wie er sie wohl noch nie zuvor so präsentiert bekommen hat.

GAY EXTREME beinhaltet über 40 Extremsex-Dialoge (Chats) im Originalwortlaut. Hier berichten Liebhaber außergewöhnlichster Sexpraktiken über ihre z.T. abartigsten Sex-Phantasien. Dazu werden dem Leser weit über 150 Extrem-Kontaktanzeigen serviert, wie sie wohl abgründiger kaum sein können. Zudem wird der Leser über Sadismus, Masochismus, Fetischismus, Exhibitionismus, Voyeurismus, Sodomie und der Nekrophilie informiert. Abgerundet wird diese einzigartige Dokumentation durch ein Dirty-Talk-Begriffsregister, das mit über 500 obszönen Begriffen und einem umfangreichen Sex-Glossar aufwartet.

Markus Westberg

GAYLEX

Das große informative und unterhaltsame Nachschlagewerk über den schwulen Mann!

352 Seiten
34,80 DM
Din A5 Großformat
ISBN 3-9806249-3-5

Strandläufer. 9/99
Das neue Nachschlagewerk aus dem Himmelstürmer Verlag kann auf fast jede Frage eine Antwort geben. Die Erklärungen sind gut geschrieben, teilweise mit einem Schuß Humor, aber immer seriös. Querhinweise sind logisch aufgebaut und können ergänzende Hinweise geben. Ein informatives Lesevergnügen.

GAB 9/99
Informativ und unterhaltsam, so beschreibt sich das neue Nachschlagewerk für Schwule. Recht akribisch wird hier in alphabetischer Reihenfolge alles das aufgelistet, was man als „guter" Schwuler so wissen sollte. Von „Chaps" über „Thomas Mann" bis hin zu „zweimal spritzen" – hier wird nichts ausgelassen.

Männer aktuell 8/99
Buch des Monats:
Da gibt es Nachschlagewerke zum Thema „Schwule Promis", „Schwule Biographien", „Schwule Geschichte" und „Schwule Sexualität und Gesundheit". Einen Brockhaus der Homosexualität gab's bis dato aber noch nicht. Ein Mann hat Mut: Markus Westberg trug ca. 900 Worterklärungen und 1600 Stichwörter in Sachen schwul zusammen.

Gegenpol 9/99
Das gut recherchierte GAYLEX ist zwar in erster Linie als Nachschlagewerk konzipiert, es eignet sich aber auch hervorragend zum unterhaltsamen Herumschmökern.

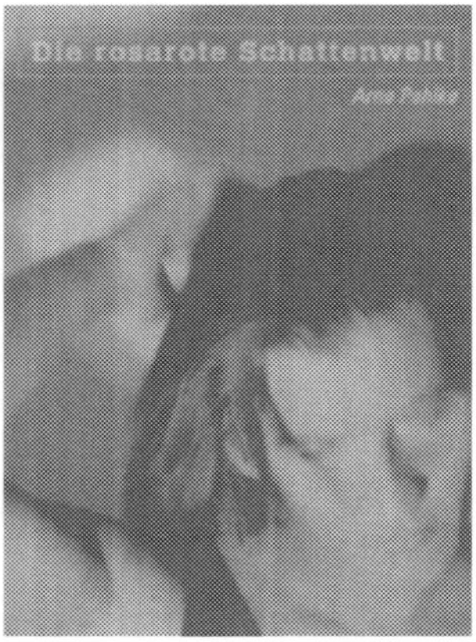

Arne Pahlke

Die rosarote Schattenwelt

176 Seiten
DM 23,80
Din A5 Großformat
ISBN 3-9806249-1-9

Bedarfst Du einer Anleitung zum Schwulsein? Weißt Du, wonach Sperma schmeckt. Bist Du aufgeklärt über Sex im Stadtpark oder auf dem Bahnhofsklo? Was weißt Du über einschlägige Szene-Schwule, Tunten, Stricher, Knabenliebe, Zungenspiele oder die Monochrommasturbation? Wie wäre es mit einem Streifzug durch die Sexkinos oder einem lustigen Kurztrip nach Tuntenhausen?

Tauche hinab in die rosarote Schattenwelt, einer Welt voller krasser Gegensätze. Tauche hinein, in ein Buch voller außergewöhnlicher Geschichten, von komisch bis tragisch, von schockierend bis schelmisch. „Die rosarote Schattenwelt" bietet mehr als nur eine Ansammlung unterhaltsamer schwuler Storys rund um die Liebe, den Trieb, die Hoffnung und den Tod. Sie ist vielmehr ein Kaleidoskop eines neuen schwulen Lebensgefühls.